SCHAU SPIEL FRANK FURT

LITERATUR HAUS FRANKFURT

# STIMMEN EINER STADT

Monodramen für Frankfurt

Herausgegeben
von Schauspiel Frankfurt
und Literaturhaus Frankfurt am Main e.V.

Mit einem Vorwort
von Marion Tiedtke
und Hauke Hückstädt

FISCHER Taschenbuch

**Theater**
**Dramatische Rundschau**
Eine Reihe bei FISCHER Taschenbuch

*Stimmen einer Stadt* entstand am Schauspiel Frankfurt in Zusammenarbeit mit dem Literaturhaus Frankfurt am Main e. V.

Die Uraufführungsserie und deren Abdruck wurden ermöglicht durch den Hauptförderer *Deutsche Bank Stiftung* sowie die *Aventis Foundation, FAZIT-STIFTUNG, Deutsche Vermögensberatung* und die *Adolf und Luisa Haeuser-Stiftung für Kunst und Kulturpflege.*

MIX
Papier aus verantwortungsvollen Quellen
FSC® C014496

Originalausgabe
Erschienen bei FISCHER Taschenbuch
Frankfurt am Main, Mai 2020



Redaktion (Schauspiel Frankfurt): Marion Tiedtke

Umschlaggestaltung: Sanaz HazeghNejad · sanaz.eu
Foto des Bühnenraumes: Felix Grünschloß

Satz: Pinkuin Satz und Datentechnik, Berlin
Druck und Bindung: GGP Media GmbH, Pößneck
Printed in Germany
ISBN 978-3-596-70091-2

## INHALT

**Die monodramatische Serie »Stimmen einer Stadt« wird ermöglicht durch den Hauptförderer**

Deutsche Bank Stiftung

**sowie**

Aventis foundation

Deutsche Vermögensberatung
Vermögensaufbau für jeden!

FAZIT-STIFTUNG

ADOLF UND LUISA HAEUSER-STIFTUNG FÜR KUNST UND KULTURPFLEGE

# Vorwort
## VON DEN MENSCHEN DIESER STADT

von Marion Tiedtke und Hauke Hückstädt

Kaum anderswo als in Frankfurt am Main prallen so viele Gegensätze auf so dichtem Raum aufeinander. Welche Leben werden hier gelebt? Welche Held*innen des Alltäglichen bestreiten hier ihr Auskommen? Welche Biographien prägen diese Stadt? Mit dem Beginn der Intendanz von Anselm Weber 2017 am Schauspiel Frankfurt haben wir eine neue dramatische Serie ins Leben gerufen: »Stimmen einer Stadt«. Wir luden neun namhafte Autor*innen ein, Menschen aus Frankfurt zu treffen und das Gehörte und Erlebte poetisch zu überschreiben. Entstanden ist daraus eine Folge von neun Monodramen als eine Art Kaleidoskop dieser Stadt.
Seit dem 19. Jahrhundert ist die wachsende Stadt ein Faszinosum. Sie ist das Zentrum rasanter gesellschaftlicher Entwicklungen. In ihr lagert sich Vergangenheit ab, wuchert Gegenwart, bahnt sich Zukunft an. Ihr Lebenstakt schlägt schnell, ihr Rhythmus schafft Freiheiten. Kein Wunder, dass Metropolen immer wieder Gegenstand der Philosophie, der Soziologie, der Literatur und des Films wurden. Die Stadt kann eine lange kulturgeschichtliche Erzählung vorweisen: Walter Benjamins Flaneur in seinem philosophisch-essayistischen *Passagenwerk* von 1927 erfährt die Anziehung der Stadt Paris in ihren damals neuen Warenauslagen und damit zugleich die Ambivalenz von Verführung und Unverbindlichkeit, die in dieser Konsumwelt liegt. James Joyces *Ulysses* nimmt sich aus wie ein Stadtfüh-

rer Dublins zu Beginn des 20. Jahrhunderts, in dem er die seelischen Abgründe und Sehnsüchte seiner Bewohner*innen literarisch auslotet. Und nicht zuletzt Rainer Werner Fassbinders Adaption *Berlin Alexanderplatz*, nach dem Roman von Alfred Döblin, beschreibt die Nachtseite eines unerbittlichen Existenzkampfes im Moloch Stadt. Das sind nur drei berühmte Beispiele für eine philosophische, literarische oder filmische Betrachtung der Stadt und ihrer Einwohner*innen.

Bis heute hat dieses Lebensfeld Stadt nichts an Bedeutung eingebüßt – im Gegenteil. Die politischen Gegensätze zur Brexit-Frage in England und die große Wählerschaft des amtierenden US-amerikanischen Präsidenten, aber auch der anwachsende Populismus in Europa zeigen, wie tief die Gräben in den derzeitigen Gesellschaften geworden sind. Und diese Gräben lassen sich in modernen Städten besonders ausloten. Städte sind Ballungsgebiete und Zentrifugen für Entwicklungen. Sie sind geprägt von der immer weiter aufgehenden Schere zwischen Arm und Reich, zwischen Jugendprotest und Altersarmut. Herkünfte und Sprachen mischen sich oder geben Anlass zu Parallelwelten. Soziale Unterschiede, nationale Identitäten, religiöse Prägungen, sexuelle Ausrichtungen, neue Arbeitswelten und zukünftige Freizeittrends – die Stadt hält viele Optionen bereit, und doch wirft sie ihre Bewohner*innen immer wieder auf sich selbst zurück. Anonymität ist der Mantel der Stadt, doch die suggerierte Unabhängigkeit unter diesem Schutz heißt auch Unverbindlichkeit, Austauschbarkeit, Unsicherheit.

In Frankfurt am Main leben rund 180 Nationen mit über 120 verschiedenen Sprachen, fast jeder Zweite zählt zu den sogenannten Migrant*innen. Für viele ist Frankfurt auch nur ein Durchgangsort, da rein statistisch gesehen alle 25 Jahre hier eine neue Bevölkerung lebt. Eine Stadt, die tagsüber über eine

Millionen Menschen zählt, obgleich sie nur knapp über 750 000 Einwohner*innen hat. Eine Stadt, die vieles von internationaler Bedeutung bietet – die Buchmesse, die Börse, die EZB und das Bankenzentrum, der drittgrößte europäische Flughafen, eine der größten deutschen Universitäten, die Tageszeitung *F.A.Z.* und überregional bedeutende Museen. Frankfurt hat eine lange Tradition der Kunst, Literatur und Philosophie, aber auch der freien Presse und der politischen Bewegungen vorzuweisen. Eine Handelsstadt, die sich auch durch ihre vielen Bürgerstiftungen verantwortlich für die Gemeinschaft zeigt. Diese Großstadt der kurzen Wege bildet zweifellos die Diversität und Globalität unserer Welt ab, auch wenn sie sich beim Ebbelwoi oder beim Handkäs mit Musik noch ganz dörflich ausnimmt.

Gemeinsam mit jeweils einer Autorin, einem Autor suchten wir Orte und Menschen in Frankfurt auf. Die großen und kleinen Leben standen dabei gleichwertig nebeneinander. Der Flaneur, die Servicekraft vom Flughafen, der Immobilienbesitzer, der Strafverteidiger, die Hotelbesitzerin, die Wirtin der Ebbelwoi-Wirtschaft, die Künstlerdiva, der Politiker, der Mann fürs letzte Geleit – all diese Menschen waren mit ihren Biographien Anlass für eine Verknüpfung von Realität und Fiktion, aus der schließlich Theaterabende hervorgingen. Geschrieben von den Autor*innen, verkörpert und verwandelt von den Schauspieler*innen, inszeniert vom Intendanten des Hauses, Anselm Weber, und ausgestattet mit einer Bühnen- und Videoinstallation des in Frankfurt lebenden Künstlers Philip Bußmann. Die neun Monodramen wurden zu Paradestücken für jeweils eine Schauspielerin oder einen Schauspieler, die oder der das Solo eines anderen Lebens spielte. Ziel des Formates war es, das Reale poetisch zu überschreiben. So entstand kein bloß dokumentarisches Theater, sondern eine literarische Überhöhung und am

Ende eine theatrale Kunstfigur. Die Verknüpfung dieser drei Ebenen – dokumentarische Recherche, poetische Überschreibung und inszenierte Darstellung – waren in diesem Projekt intendiert. Über eine Spanne von drei Jahren entstanden in jeder Spielzeit drei Monodramen.
Welcher Autor oder welche Autorin war bereit, sich auf einen Dialog mit den Menschen dieser Stadt und dem Theater einzulassen? Welche Menschen aus den unterschiedlichen Lebenswelten konnten wir ansprechen, die anonym bleiben und zugleich offen von ihren Biographien erzählen sollten mit der Ungewissheit, was ein Autor oder eine Autorin daraus schaffen würde? Wir, der eine Leiter des Literaturhaus Frankfurt, die andere Chefdramaturgin am Schauspiel Frankfurt, haben diese Monodramen-Serie initiiert, die Autor*innen ausgewählt und Menschen dieser Stadt aufgesucht.
Bei der Auswahl der Autor*innen war es uns wichtig, diejenigen zu gewinnen, die normalerweise nicht für das Theater schreiben, sondern vor allem durch ihre Romane und Erzählungen bekannt geworden sind. Dahinter stand auch die Absicht, sie erstmals oder mindestens wieder für das Theater, für das dramatische Fach zu gewinnen. Das bietet sich bei der Gattung des Monodramas ganz besonders an, da es an der Schnittstelle von Prosa und Dialog zu verorten ist.
Der Büchner-Preisträger und hochgelobte Frankfurter Autor **Wilhelm Genazino** hat das erste Monodrama verfasst: *Im Dickicht der Einzelheiten.* Mit autobiographischen Referenzen schuf er die Figur eines Flaneurs, der auf seinen Streifzügen durch die Stadt die äußeren Impulse und Begegnungen zum Anlass nimmt, um über den modernen Großstadtmenschen in der heutigen Leistungs- und Transitgesellschaft nachzudenken. Der Betrachter, also die Ich-Figur des Textes, nimmt jeden Passanten in seinem

alltäglichen Überlebenskampf als vereinzelt und auf sich geworfen inmitten einer Metropole wahr, in der die wachsende Armut ihre Spuren hinterlässt. Gespickt von Stadteindrücken und Reflexionen, ist dieser Text ein melancholisches Selbstgespräch.
Das zweite Monodrama verfasste die aus Aserbaidschan stammende, deutsche Romanautorin **Olga Grjasnowa**, die durch ihr Debüt *Der Russe ist einer, der Birken liebt* bekannt wurde und 2017 einen Roman zum syrischen Bürgerkrieg herausbrachte: *Gott ist nicht schüchtern.* Olga Grjasnowa interviewte für das Schauspiel Frankfurt eine Mitarbeiterin am Frankfurter Flughafen. Sie hat deren Biographie in einen Text gefasst, der das Leben einer Zeitarbeiterin im Bodenpersonal widerspiegelt. Es ist der tragische Absturz einer Maschine, mit dem dieser Frau die Aufgabe zuteil wird, die Hinterbliebenen zu betreuen: eine Aufgabe, die sie dazu bringt, auf ihr eigenes Leben zu schauen – auf das, was wirklich zählt.
Das dritte Monodrama schrieb **Teresa Präauer** für das Schauspiel Frankfurt. Es titelt *Ein Hund namens Dollar.* Die Wiener Autorin ist auch Bildende Künstlerin. Für ihren ersten Roman wurde sie gleich mit dem ZDF-Aspekte-Literaturpreis ausgezeichnet und war in den letzten Jahren bei namhaften Literaturpreisen vertreten. Sie hat sich mit einem wohlhabenden Privatier in Frankfurt getroffen und ihm zugehört. Das Euro-Zeichen am Willy-Brandt-Platz wird der imaginierte Schauplatz für die Geschichte eines Lebenskünstlers. Wie man aus dem Hässlichen Profit schlägt, wie das Tier dem Menschen ans Herz wächst, wie das Geld den Charakter prägt, all das erzählt Präauers Monodrama humorvoll, tiefsinnig, überspitzt und entlarvend.
In der zweiten Spielzeit haben wir **Antje Rávik Strubel** für *Stimmen einer Stadt* gewinnen können. Antje Rávik Strubel ist für ihre dichten psychologischen und sprachlich präzisen Romane

und Erzählungen bekannt. Sie traf sich mit einem Rechtsanwalt, einem Strafverteidiger. Ihr Text *Unvollkommene Umarmung* deckt auf, was alles hinter der Ordnung des Lebens versteckt bleiben muss. Es sind die Risse im Privaten, die auch das erfolgreiche öffentliche Leben zu einer bloßen Fassade werden lassen: Splitter von rätselhaften Alpträumen, verdrängten Erinnerungen und unterdrückten Gefühlen wandern durch diesen komponierten Text, der zu einer ganz heutigen Seelenaussprache wird.
Auch dem Autor **Thomas Pletzinger** erteilten wir einen Stückauftrag. Pletzinger ist ein Meister der Recherche, was er zuletzt mit seinem 2019 erschienenen Buch über den Basketball-Star Dirk Novitzki erneut bewiesen hat: *The Great Nowitzki.* Er traf sich mehrfach mit einer Hotelbesitzerin im Bahnhofsviertel und hörte ihr genau zu. Eine Frau, die sich beruflich verändern will: *Ich verlasse dieses Haus.* Auf vieles blickt sie im Moment des Abschieds zurück: auf die Kindheit, die Ehe, die Gäste. Und so lässt dieses Monodrama alles noch einmal Revue passieren – die Stationen ihrer eigenen Lebensgeschichte parallel zu den alltäglichen, skurrilen, aber auch abgründigen Geschichten eines Hotels. Es zeigt exemplarisch die tiefgreifenden Veränderungen im Frankfurter Bahnhofsviertel der letzten dreißig Jahre.
**Angelika Klüssendorf** ist die Autorin des sechsten Monodramas. Seit ihrer ersten Erzählung *Sehnsüchte* von 1990 zählt sie zu den stilbildenden deutschsprachigen Autor*innen. Mehrfach stand sie auf der Long- und Shortlist für den Deutschen Buchpreis, zuletzt 2018 mit dem Roman *Jahre später.* 2013/2014 war sie Stadtschreiberin in Bergen-Enkheim und zugleich neuer Stammgast einer Ebbelwoi-Wirtschaft, deren Wirtin ein stadtbekanntes Original ist. Klüssendorf war fasziniert von dieser Frau, deren Speiseauswahl schon von ihren zwei Heimaten er-

zählt: dem slowenischen Dorf, aus dessen Enge sie flüchtete, und der neuen Heimat dieser Großstadt, in der ihr nichts geschenkt wurde. Über all ihren Erfahrungen von Gewalt und Unterdrückung triumphiert aber ein unbändiger Lebenswille.

**Martin Mosebach** ist wie Wilhelm Genazino Georg-Büchner-Preisträger, lebt und schreibt seit Jahren in Frankfurt. Seine Werke sind so vielzählig wie erfolgreich, immer provokant und hochpoetisch. Sein Monodrama *Das Leben ist eine Kunst* ist eine bitter komische Rückschau einer alt gewordenen Diva, die mit all ihren Männern und dem linksintellektuellen Künstlermilieu der siebziger Jahre abrechnet. Aber auch sonst im Leben scheint ihr keiner gut genug zu sein, selbst die eigene Tochter nicht. Als die Zwangsräumung fast vor der Tür steht, spielt sie die Rolle der Grande Dame einfach weiter – unbeeindruckt, selbstgefällig und doch gekonnt, obgleich der Putz des Lebens längst ab ist.

**Lars Brandt** hat als zweiter Sohn von Willy und Rut Brandt an den Reden und Veröffentlichungen seines Vaters zeitweise mitgearbeitet, später mit *Andenken* ein viel gelobtes und gelesenes Vater-Sohn-Porträt verfasst. Der Filmemacher und Autor hat sich auch in diesem Projekt einen Politiker ausgesucht, jemanden, der auf kommunaler Ebene für »die gute Sache« kämpft. Er zeigt uns in seinem Stück *Die Gräten* eine Momentaufnahme: Zwischen vielen Terminen und großen Sitzungen wandern die Gedanken im Kopf des Politikers, der nicht aufhören kann, daran zu denken, warum er seinen Beruf einmal ergriffen hat. Im freien Spiel der Kräfte, die sich durch den Neoliberalismus und Kapitalismus entfalten, bleibt Politik mehr und mehr auf der Strecke. Die tägliche Arbeit verliert sich meist im Reglement der Partikularinteressen, wobei sich die Werte der Demokratie aufweichen. Welche Gräten kann ein Politiker dieser gefährdeten Gesellschaft ziehen?

**Zsuzsa Bánk** kennt die Stadt Frankfurt am Main bestens. Die Autorin ungarischer Abstammung ist in Frankfurt geboren und aufgewachsen, hier lebt sie bis heute und hat inzwischen zahlreiche Auszeichnungen für ihr Werk erhalten. Bekannt wurde sie sogleich mit ihrem Debüt, dem Roman *Der Schwimmer* von 2002, ihr dritter Roman *Schlafen werden wir später* erschien 2017. Bánks Monodrama bildet den Schlussstein unserer Serie. Und besser hätte es nicht kommen können, denn Bánk wollte sich von Beginn an mit einem Mann für das letzte Geleit auf einem der Frankfurter Friedhöfe treffen. – Was bleibt von all den verschiedenen Leben, die tagtäglich zu Grabe getragen werden, wie kann jemand tagtäglich die wechselnden Trauerzeremonien aushalten, die ihn auf die eigene Endlichkeit am Rande der Großstadt zurückwerfen? Davon erzählt ihr Text auf leichtfüßige, poetische Weise.

Es sind im Stil sehr unterschiedliche Werke entstanden, die zugleich literarische Generationen präsentieren – gerade so vielstimmig wie die Menschen dieser Stadt.

Die neun Autor*innen sind verschieden, und doch eint sie die Neugier auf die Lebensgeschichten, die sich in dieser Stadt stellvertretend für viele Städte abspielen.

Wir danken vor allem Anselm Weber als Intendant des Schauspiel Frankfurt, dass er die Idee dieser monodramatischen Serie unterstützt und als Regisseur die Texte für die Bühne inszeniert hat. Ein großer Dank geht an alle Förderer, die über drei Jahre die Entstehung der Monodramen ermöglicht haben: die Deutsche Bank Stiftung als Hauptförderer sowie die Aventis Foundation, die FAZIT-STIFTUNG, Deutsche Vermögensberatung und die Adolf und Luisa Haeuser-Stiftung für Kunst und Kulturpflege.

Wir danken allen Autor*innen für ihre Bereitschaft, sich auf diesen nicht sehr gewöhnlichen Arbeitsprozess einzulassen.

Und wir danken denen, die wir während unserer Gespräche öfter als »Biographie-Inhaber« bezeichneten: den Menschen aus Frankfurt, die sich geöffnet haben für unsere Autor*innen, für unsere Institutionen, für die Bühne, für die Kunst. Ohne das Engagement von Friederike Emmerling als Leiterin des Fischer Theater Verlags und Stefanie von Lieven als kritische Lektorin wäre das Buch nicht entstanden. An sie richten wir ebenfalls unseren Dank.

Frankfurt am Main im Januar 2020

# STIMMEN
# EINER STADT
# I–III

Uraufführung: 5. Mai 2018
in den Kammerspielen am Schauspiel Frankfurt

# WILHELM GENAZINO
# IM DICKICHT DER EINZELHEITEN

Dieser Theatermonolog wurde von Marion Tiedtke für das Schauspiel Frankfurt auf Basis des gleichnamigen Essays von Wilhelm Genazino als Bühnenfassung eingerichtet, dabei sind aus folgenden Büchern Stadtbeschreibungen eingeflossen:

1 Wilhelm Genazino, *Leise singende Frauen*

2 Wilhelm Genazino, *Tarzan am Main. Spaziergänge in der Mitte Deutschlands*

3 Wilhelm Genazino, *Kein Geld, keine Uhr, keine Mütze*


Die Auszüge sind *kursiv* gesetzt und am Ende der jeweiligen Passage mit entsprechender Nummer gekennzeichnet.

# I.

Ich mache heute einen Versuch, eine Wahrheit zu finden und ihr nahezukommen. Ich bin nicht gerne kühn. Genau genommen weiß ich nicht, was ich sagen soll: Deswegen rede ich.

*Mindestens einmal am Tag rutscht mir etwas aus der Hand. Ein Buch, ein Brief, eine Gabel oder eine Armbanduhr. Mich beunruhigen diese kleinen Zwischenfälle nicht wirklich. Dabei hätte ich wahrscheinlich Grund, der Sache nachzugehen. Bis vor einigen Jahren ist mir kaum je etwas auf den Boden gefallen. Entweder ich hatte etwas in der Hand oder ich hatte nichts in der Hand. Die eigentliche Beunruhigung kommt erst ein oder zwei Tage später. Ich hebe die auf den Boden gefallenen Sachen nicht wieder auf. Wenn es die Armbanduhr ist, denke ich: Ach Gott, die Uhr, habe ich sie je gebraucht? Ich sehe auf meinen kleinen satellitengesteuerten Wecker, das genügt. Und in der Stadt brauche ich meine Armbanduhr erst recht nicht, weil es dort Uhren genug gibt.*[2]

Oft spüren wir, wie die Zeit vergeht, aber wir können nicht sagen, wie eine Minute nach der anderen verschwindet. Genau das möchten wir können. Jeder kennt den Anblick von Menschen, die irgendwo in der Gegend herumstehen und auf ihren Augenblick warten. Zum Glück geht unser Augenblick an uns vorbei und erkennt uns nicht. »Zum Glück«, sage ich, denn man muss fürchten, dass wir diesen Augenblick nicht ertragen könnten.

Ich ziehe meine Sommerjacke über und verlasse die Wohnung. Im Treppenhaus begegnet mir der Vertreter aus dem vierten Stock, der sich neuerdings Finanzberater nennt. Vermutlich wird er mir demnächst ein paar Aktienfonds verkaufen wollen. Ich weiß nicht, was ich dann sagen soll. Von den vielen Personen in meiner Nachbarschaft, die ich nicht kenne, die mir aber immer wieder begegnen, möchte ich keine missen. Manche grüße ich, manche nicht, andere schaue ich nur an. *Ihre Unverzichtbarkeit gründet auf Blickprogrammen, die sich zwischen ihnen und mir über Jahre hin eingespielt haben. Das heißt, es musste mit jedem Einzelnen lange und fast immer nur mit Blicken geklärt werden, ob ein Sich-Anschauen möglich und genehmigt und vielleicht sogar angenehm sei. Es ist tröstlich und mehr, sich auf diese Weise gegenseitig zu verblicken und zu vererden. Das Heimisch-Sein in den Blicken der anderen ist nötig, weil Wohnungen niemals allein ausreichen, das Gefühl der Zugehörigkeit aufkommen zu lassen.*[1] Ich gehe auf die Straße und sende Blicke aus – fast wie Pfeile, nur um nach kurzer Zeit mit Gewissheit zu denken: Wir gehen mit unerhörter Allmählichkeit dem Tod entgegen und wollen unterwegs angeschaut werden, so oft und so haltlos wie möglich.

Ich habe zwei oder drei Bekannte, die dann und wann das Gefühl haben, dass sie »blöd« aussehen; sie sagen nicht: Ich fühle mich heute alt, hässlich, krank und so weiter, sie sagen: Heute sehe ich blöd aus. Immer mal wieder will ich herausfinden, was kannten eigentlich meinen, wenn sie sich blöd nennen.

Denn selbstverständlich sehen die zwei oder drei Leute weder alt noch hässlich aus, weder faltig noch sonstwie. Sie sehen völlig »normal« aus, sie haben die Gesichter, die man erwartet, wenn man in eine U-Bahn einsteigt oder ein Wartezimmer betritt. Meine Bekannten können selbst nicht sagen, was sie unter »blöd« verstehen.

Unser Gesicht ist von Anfang an endgültig. Das Gesicht ist die schmerzhaft endgültige Antwort auf alle unsere Wünsche, ein anderer zu sein, wenigstens von Zeit zu Zeit. Unser Begehren nach einer Auswechslung unseres realen Ichs muss immer wieder von diesem Gesicht abgebremst werden. Dieser Aufgabe kann das Ich nicht nachkommen, ohne selbst ein Opfer zu werden. Immer wieder bringt das lch die gleichen lähmenden Belehrungen hervor, die unser Leben nicht erleichtern kann. Der Widerspruch des Subjekts haust in den Details des Körpers; er entweicht in die Einzelheiten des Gesichts, in die Gestalt der Nase, des Munds, der Ohren. Die Organe überleben den Aufprall der Auswechselungswünsche nicht immer ohne reale Deformationen.

Der Wind kühlt mein Gesicht. Ein beinamputierter Mann, der in sein hochgewickeltes Hosenbein eine Bild-Zeitung geschoben hat, humpelt vorüber. Ein paar Afrikaner bieten Haarspangen, Feuerzeuge, Halsketten, Kämme und Kaugummis an. *Das Gewimmel der Menschen erscheint mir heute dichter als sonst. Auf den Gesichtern der Kaufenden liegt der Ausdruck einer milden Ratlosigkeit, von der ich nicht sagen kann, ob sie der Bedürftigkeit oder dem Verlassensein näher ist. Sie gehen so eng aneinander vorbei, dass sich ihre Plastiktüten zuweilen berühren. Auf den Straßen liegen Papierteller, leere Ampullen, Pappbecher,*

*Blechbüchsen, Melonenschalen, Schachteln, Trinkröhrchen. Entweder die Kaufenden bemerken nicht mehr, dass sie nach jedem dritten oder vierten Schritt auf etwas treten, oder sie haben sich daran gewöhnt, dass es zwischen ihren Füßen und der Erde immer eine Schicht von Gegenständen gibt, über die sie hinwegkommen müssen.*[1]

*Der Wind treibt eine Doppelseite einer Zeitung die Straße entlang. Ein Auto kommt aus der entgegengesetzen Richtung und fährt in die vom Wind halb aufgerichtete, fast tänzelnde Zeitungseite hinein. Es entsteht ein klares, reißendes Geräusch. Das Auto fährt über die Zeitungsseite hinweg und zerfetzt sie halb. Eine Zeitlang liegt die auseinandergerissene Doppelseite fast flach auf der Straße. Dann überquert ein Junge die Straße und kickt in die Zeitungsseiten hinein. Ich kann gar nicht so schnell schauen, wie die Tage vergehen.*[1] Allein das hohe Tempo des Zeitvergehens versetzt mich in das Gefühl einer Bringschuld, das mich wiederum an meine grundlegende Ahnungslosigkeit erinnert. Fast jede Woche lesen wir in einer Zeitung, dass wir uns »neu erfinden« sollen oder müssen. Immerzu sollen wir ein Anderer werden. Gleichzeitig sollen wir bleiben, wer oder was wir geworden sind, sollen wir uns als früh veraltet durchschauen. Ja, was denn nun?

*Am Straßenrand liegen alte Möbel. Wahrscheinlich werden sie in Kürze von der Müllabfuhr abgeholt. Das größte Stück ist ein durchgesessenes, jetzt umgekipptes Sofa. Ich betrachte die rostigen, verbogenen Sprungfedern und die breiten Stoffränder der Polsterung. Die Oberseite ist in gutem Zustand, dass das Sofa auf dem Spermüll endet, mag man nicht hinnehmen. Eine Küchenanrichte, zwei Schränkchen, ein Tisch, ein Bett, ein*

*Blumengestell, mehrere Stühle, ein Hocker, diverse Haushaltsgeräte, Bündel zusammengeschnürter Zeitungen und ein umgefallener Besenschrank liegen um das Sofa herum. Der einzige Gegenstand, der seine Abnutzung restlos eingesteht, ist ein auf Rollen fahrender, jetzt auf der Seite liegender Staubsauger, der aus den fünfziger, vielleicht sogar noch aus den vierziger Jahren stammt. Alle anderen Stücke sind zwar alt, aber nicht wirklich verschlissen. Vielleicht deswegen geht von dem Gerümpel eine kleine Unruhe aus:*[1] Gibt es irgendwo einen Schrottplatz für vergammelte Individuen?

*Ich betrachte einen halbtrunkenen, schwerfälligen Mann in einem fleckigen Übergangsmantel, den ich kaum von einer wandelnden Mülltonne unterscheiden kann. Die Zahl der Männer, die Mülltonnen öffnen und nach Nahrungsmitteln suchen, ist inzwischen größer wie die Zahl der Männer, die die Mülltonnen berufsmäßig leeren.*[3] In früheren Jahren haben mich öffentlich Gescheiterte stark eingeschüchtert. Ich hielt es für möglich, dass ich früher oder später zu diesen Ausgeschlossenen gehören würde.

Schon wieder bin ich in einer Grübelei versunken: Unsere Lebensgier – man kann auch sagen: das Dynamit unserer Subjektivität – macht aus jedem Einzelnen eine unverwechselbare Person, ein Ich. Steckt in diesem Ich ein Autor, dann versucht dieser Autor, aus seiner Welterfahrung eine Kunsterfahrung zu machen.

Als ich anfing zu schreiben, war ich sechzehn Jahre alt, und das Schreiben war zu diesem Zeitpunkt ein Akt des Widerstands: gegen die Schule, gegen den Mangel, gegen die Eltern, gegen die damals einsetzende Fernsehsucht, die schuld war an der wachsenden Stummheit der Menschen; dabei hatte das Fernsehen der sechziger und noch der siebziger Jahre einen menschenfreundlichen Vorteil: Es beendete gegen 22.30 freiwillig sein Programm. Etwas so Revolutionäres wie einen frühen Sendeschluss wagt unser heutiges Fernsehen nicht mehr.

Könnte ich Schriftsteller sein, wenn außer mir niemand wüsste, dass ich Schriftsteller bin? Und: Könnte ich Schriftsteller sein, wenn meine Bücher zwar geschrieben, aber nicht verlegt würden? Die Werke der Schriftsteller entstehen unaufgefordert, meistens selbstlos, an niemanden gerichtet, mit ihrer zukünftigen Verlassenheit früh vertraut. Tatsächlich wenden sich die Werke an alle, sie sind kraftlos, gebärden sich aber omnipotent und geltungssüchtig. Dabei wird nicht klar, ob die Werke eine Entblößung, eine Verausgabung, eine Selbstverzehrung oder eine Opferung sind oder sein wollen. Man müsste den Werken in die Augen schauen dürfen, wenn sie Augen hätten. Keines aller Werke sagt zu wenig, alle Wörter sagen zu viel. Meine Vermutung ist: Auch Worte sind Triebwesen. Sie sind Abkömmlinge eines tiefen Begehrens, das niemand portionieren kann; weil kein Mensch die Gesamtheit seines Verlangens kennt. Weil der Ausdruckstrieb (wie jeder Trieb) ein Opfer unserer inneren Tumulte ist, sollten wir die Sprache als Konfusionstumult verstehen. Man muss das Motiv des Schreibens dort suchen, wo nichts anderes geschieht. Ich hatte das Glück, in der unordentlichen Nachkriegszeit aufzuwachsen. Die alptraumhafte Grundschuld der Geburt war gemildert, weil es in der unmittelbaren Nachkriegszeit niemand gab und niemand geben konnte, der von Schuld frei war.

Es gibt viele Schriftsteller, die eines Tages nicht mehr nur erfolgreich sein, sondern auch noch gute Bücher schreiben wollen. Das Schreiben ist undurchsichtig, weil es nicht nur eine Beschäftigung ist wie viele andere auch. Im Schreiben steckt ein Biographieversprechen, das viele Schreibende voreilig positiv auslegen. Sie übersehen, dass Anerkennung oft Zufall ist, der Erfolg ebenfalls. Sie sind in aller Naivität einem Hauptmotiv unserer Gesellschaft gefolgt: eifrig sein, viel arbeiten, abends Kasse machen, früh schlafen gehen. Die Fixierung auf den Erfolg verhindert oft, dass Schriftsteller zu der Kernfrage vorstoßen: ob unsere Gesellschaft die Literatur überhaupt noch braucht. Dabei kennt jeder viele Menschen, die nie ein Buch aufschlagen – es sind nette, gut ausgebildete, hilfreiche Menschen, aber sie lesen nicht. Sie vermehren sich, sie fahren Auto, sie arbeiten, sie sehen fern – das muss genügen.

*Alle leben! Ein Penner geht in Strümpfen vorüber. Einige Passanten bleiben stehen und schauen ihm halb erschreckt und halb bewundernd nach. Obwohl seine Strümpfe vor Schmutz starren, tragen sie eine Intimität auf die Straße, die niemand sonst hierher zu bringen wagt. Ein junger Hund will eine leere Plastikflasche mit dem Maul fassen, aber es klappt nicht; die Flasche rutscht ihm immer wieder aus dem Maul heraus. Zwei Jungen spielen mit einer Perücke Fußball, ziehen sich das Haarteil zwischendurch über den Kopf. Ein Fahrrad fällt um. Das Vorderrad ragt in die Luft und dreht sich noch eine Weile, die Speichen blitzen nacheinander im Sonnenlicht. Zwei Putzfrauen wischen den Boden eines Autosalons, ohne die Limousine zu berühren, die sich in der Mitte des Salons langsam um sich selbst dreht. Ein Mädchen mit Sonnenbrand löst vorsichtig kleine Fetzen Haut von seinen Armen und steckt sie sich in den Mund. Laut redende Jugendliche bemerken nicht die zerstörten Telefonkabinen, an denen sie gerade vorübergehen. Die Leitungen hängen nach unten, die Scheiben sind zerschlagen, die Hörer verschwunden, die Böden mit Glassplittern übersät, die Telefonbücher auseinandergeknickt. Ich kann das Bild kaum hinnehmen, aber dann hebe ich doch den Blick, weil ich die kalt gewordene Sehnsucht spüren will, die als Ausdruck in den Vernichtungen einzig übrig geblieben ist.*[1]

Jeder Einzelne will wissen, wo er »hingehört«, wo man ihn (oder sie) kennt und wo man sie unaufgefordert grüßt. Die Menschen kennen ihre Gegend, sie kennen ihre Nachbarn und wissen, wo die Kollegen ihren Urlaub verbringen. An dieser Stelle taucht das oft geschmähte Wort Heimat auf. Heimat ist nichts anderes als eine (oft unwillentlich entstandene) Zugehörigkeit zu den anderen, die schon länger da sind. Man kann auch sagen: Heimat ist eine oft unwillentlich entstandene Zugehörigkeit. Man kann auch sagen: Heimat ist eine Geheimsache; sie ereignet sich meistens wortlos im Inneren der Menschen: als Gemütsbewegung. Wir tun so (und wir müssen so tun), als wüssten wir, was Heimat ist. Die Beziehung des Ichs zu einer Landschaft oder zu einer Stadt ist gestaltlos, und weil sie gestaltlos ist, ist sie auch nicht direkt zugänglich. Gleichzeitig ist Heimat aufdringlich; sie lässt sich von uns nicht abwimmeln, sie kennt unsere Schwachstellen, beziehungsweise: Sie selbst ist die Schwachstelle, mit der wir zurecht kommen müssen. Heimatgefühle bilden sich ohne innere Absicht an zufälligen Orten; der Wirkstoff Heimat arbeitet ungeplant, unmerklich und intensiv. Es dauert oft ein halbes Leben, bis wir eines Tages merken, dass wir dort, wo wir nicht mehr loskommen, Wurzeln geschlagen haben; die wir dann Heimat nennen. Im Stillen, im unausgesprochenen Raum ist Heimat ein Wort für Untrennbarkeit geworden.

Ich war einmal dabei, als deutsch-jüdische Emigranten Amerika als Touristen in ihre alten Heimatstädte zurück ten. Einst waren sie aus Nazi-Deutschland geflohen und waren Amerikaner geworden, voller Dankbarkeit, weil das fremde Land sie ohne Bedingungen aufgenommen hatte. Jetzt, als sie als Besucher in Frankfurt die Paulskirche, den Main, den Dom und den Eisernen Steg wiedersahen, brachen sie in lautes Schluchzen aus, weil sie bestimmte Häuser und ein paar Brücken wiedersahen und nicht untergegangene deutsche Worte wiederhörten, die sie selbst vergessen hatten. Man kann sagen: Gewisse heimatliche Anmutungen waren ohne Bewusstsein ihrer Träger körperlich geworden und drückten sich in Form von Wehklagen aus. Denn Heimat ist ein lebenslanges Erlebnis mit immer neuen Ausbrüchen.

Ich gehe in den Supermarkt. *Der Supermarkt ist die kleinste mögliche Erlebniseinheit der Stadt. Dabei sind die hier angebotenen Erlebnisse nicht jedermanns Sache und nicht leicht zu beschreiben. Jeder Supermarkt von einiger Größe ist eine Art Fluchtraum. Ein Fluchtraum für Menschen, denen die Welt des heimischen Wohnzimmers, der Küche, des Büros gerade zu nahe tritt. Man sieht den Flüchtenden diese Übernähe an. Sie laufen in der überhellen Atmosphäre zwischen den Regalen umher, sie wissen nicht recht, warum sie hier sind und was um Gottes willen sie kaufen sollen. Ich kaufe mir wenigstens ein paar Tomaten, zwei Flaschen Mineralwasser und ein bisschen Obst.*[2] Ich schlage den Weg zum Amtsgericht ein, obwohl ich dort nichts zu tun habe. Aber ich sehe gerne, wenn Angeklagte das Gericht verlassen und ihr Gesicht voller Freispruch ist.

*Plötzlich fällt mir auf, dass ringsum viele Menschen kauen. Fast jeder zweite hält Essbares in der Hand, ein Brötchen oder eine Banane, einen Blätterteig oder eine Bratwurst, ein Stück Pizza oder eine Brezel. Ein junges Mädchen knipst mit Daumen und Zeigefinger die in die Kruste eines Brotlaibs eingebackenen Sonnenblumenkerne herunter und zerkaut sie einzeln und ziegenhaft langsam. Wer nicht isst, hat gerade gegessen oder wird gleich essen. Durch das fortwährende Essen verwandelt sich der Platz in einen bewohnten Raum. Erst jetzt sehe ich, dass sich der gesittete Bettler, indem er mitisst, sich den anderen Menschen gleich macht und dadurch seine Verarmung vorübergehend ausblendet. Durch seine Beteiligung am allgemeinen Essen hält er das Gefühl einer nicht ausgeschlossenen Rückkehr zu den anderen aufrecht. Durch diese außerordentliche Leistung interessiert mich der Mann mehr als zuvor. Plötzlich erscheint auch der Abfall auf dem Platz in einem anderen Licht. Die Blechdosen, Pappbecher und Pizzakartons werden zu Zeichen einer unverbrüchlichen Zusammengehörigkeit, die jeder in Anspruch nehmen kann. Diese eben erst entdeckte Auslegung erschüttert mich derart, dass ich auf dem Rand eines Blumenkübels Platz nehme, um in aller Ruhe die gemeine Milde des Mülls anzuschauen.*[1]

Vermutlich ist das Verlangen nach Heimat ein Trieb wie andere auch, den wir nur aus Scham nicht so nennen. Häufig leisten wir sogar Widerstand, jedenfalls eine Weile. Dann fragen wir uns: Diese hässliche Schule soll meine Heimat sein? Dieses sogenannte Einkaufszentrum will ein Sehnsuchtsobjekt werden? Hinter unserem Rücken, abseits unserer Aufmerksamkeit, haben sich diese Objekte vor uns wichtig machen können.

Zuweilen setze ich mich in Frankfurt in die U-Bahn und fahre in Stadtteile, in denen ich früher gelebt habe. Und freue mich, dass es diese Stadtteile immer noch gibt und dass sie sich kaum verändert haben. Diese Vororte sind weder einmalig noch attraktiv, aber sie sind sogar in ihrer Dürftigkeit unverwechselbar und glaubwürdig durch die lange Haltbarkeit ihrer Identität. Allenfalls ist ein Supermarkt verschwunden oder hinzugekommen, nachts flackert das Neonlicht einer Disco, aber sonst ist nichts geschehen. In dem Wort Heimat steckt auch das starke Wort »heimlich«. Die Herausbildung von Heimatgefühlen in eigentlich wenig attraktiven Gegenden geschieht in der Regel ohne Öffentlichkeit und ohne Kommunikation. Ich gehe so weit und sage: Die Bedürftigkeit der Vororte ähnelt der Bedürftigkeit ihrer Bewohner. Die Menschen, die hier leben, haben das angenehme Gefühl, dass sie hier nicht überfordert und nicht verhöhnt werden wegen ihrer Ähnlichkeit mit den Verhältnissen. Eben deswegen fühlen sie sich hier zu Hause. Wer Heimat empfindet, fühlt sich durch diese Empfindung auch geschützt. Der moderne Mensch schämt sich, wenn sich so etwas Unmodernes, fast Altertümliches (und politisch Heruntergekommenes) wie Heimat in ihm ausbreitet.

Den meisten der heute berufstätigen Menschen ist es nicht mehr erlaubt oder aus technischen Gründen nicht mehr möglich, ihr Berufsleben in ihrer Heimatstadt oder gar in ihrem Heimatdorf zu verbringen. Meistens haben sie zwei starke Faktoren miteinander in Einklang zu bringen: Ihre eigene Heimat und die Heimat ihres Partners oder ihrer Partnerin. Wer zum Wochenende hin in einem ICE unterwegs ist, sitzt oder steht in einem überfüllten Zug. Die Männer (oder die Frauen) sind in Würzburg, Aschaffenburg, Karlsruhe oder Heidelberg zu Hause, aber ihre Arbeitsstelle befindet sich in Mainz oder Köln oder noch weiter weg. Die Berufstätigen sind täglich mehrere Stunden unterwegs, aber es wird von ihnen erwartet, dass sie nicht klagen. Denn beides, das Privatleben und das Berufsleben, gilt als geordnet, und die tägliche Drängelei im Zug ist zwar unangenehm, aber keine wirkliche Behinderung. Vielleicht (wer weiß?) ist das Leben im Zug die einzige wirkliche Befreiung des Tages. Denn während sie im schaukelnden ICE stehen, dicht bedrängt vom Nebenmenschen, sind sie von beidem – von ihrem Job und von ihrem Liebes- und Eheleben – gleichweit entfernt, und insofern verbringen sie während der Zugfahrt die einzige unangefochtene Zeitphase, wenn man von der Übernähe der fremden mitfahrenden Körper einmal absieht.

## II.

Eine Weile ist es unterhaltsam, sich in den überfüllten Hauptstraßen zu bewegen. Eine Kindergärtnerin ruft den vor ihr laufenden Kindern zu: Nach vorne schauen! Immer nach vorne schauen! Wieso eigentlich, frage ich nicht die Kindergärtnerin, sondern mich. Es ist viel sinnvoller, wenigstens beiseite zu schauen, dorthin, wo die anderen nicht hinschauen. In einer Nebenstraße überholt mich seitlich ein Hund. Das Tier streift mein Hosenbein, sehr kurz, sehr elegant, eine unwiderstehliche Geste. Bedeutet die Berührung etwas? Und wenn sie nichts bedeutet, warum ist sie dann so eindringlich und gleichzeitig diskret? Möglicherweise hat der Hund die Berührung nicht einmal bemerkt. Das ist vielleicht das Beeindruckende an Tieren: Sie streifen empörungsfrei durch die Welt. Der Hund treibt sich eine Weile auf dem Platz herum. Ich setze mich auf eine Bank und schaue ihm zu. Ich muss lachen. Der Hund schaut zu mir herüber und vergewissert sich, dass das Geräusch des Lachens harmlos ist.

Die Leute mit ihren Hunden und Handys, mit ihren Rennrädern und Plastiktüten, mit ihren Sturzhelmen und Skateboards und Tattoos, mit ihren Bierdosen in der Hand und den Stöpseln im Ohr – muss man das alles wahrnehmen? Oder sind wir schon gescheitert, wenn wir den Blick abwenden? Wer Kontakt hat mit dem Scheitern, befindet sich auf der Spur der Moderne. Ich nehme an, gerade die Ratlosigkeit macht uns zeitgenössisch. Die Ratlosigkeit können wir auch Überforderung nennen, dann sind wir noch einen Tick heutiger. Der erwachsene Mensch, ein Wesen mit Gedächtnis, Bewusstsein und Biographie, kann kaum ein Scheitern vergessen, im Gegenteil, er macht aus jedem einzelnen Misserfolg ein bleibendes inneres Vorkommnis. Einerseits gehört das Scheitern angeblich ins Leben (mühsam nehmen wir die Belehrung hin); andererseits ist ein Übermaß davon lebensgefährlich. Ich bin es gewohnt, im Scheitern weiterzumachen. Eine Weile weiß ich nicht, was geschieht und wie ich davonkommen werde, aber ich mache weiter. Reales Scheitern ist zwar einerseits gewöhnlich, weil es erniedrigend alltäglich ist und deswegen wertlos scheint, aber es greift gleichzeitig tief in das menschliche Empfinden ein, weil durch das Scheitern buchstäblich alles, auch das Banale, bedeutsam wird.

Zu meinem zwölften Geburtstag schenkten mir meine Eltern ein Jugendbuch über die Geschichte von Robinson Crusoe. Ich begann sofort zu lesen, kam aber nicht richtig voran, weil ich noch nicht richtig lesen konnte. Ich glaubte, ich sei Robinson; bald durchstreifte ich die Trümmerlandschaften der Nachkriegszeit, kletterte auf Bäume und blickte über ein nicht vorhandenes Meer. Ich hatte den Raum einer inneren Sprachlosigkeit betreten – und hatte es nicht bemerkt. Ich half mir mit einem stillen Monologisieren. Ich sprach vor mich hin – und bemerkte nicht, dass dieses ruhige Vorsichhinsprechen sehr verbreitet war. Erst viele Jahre später fiel mir auf, dass die Menschen nicht alt werden können, ohne fast ununterbrochen vor sich hinzubruddeln.

Oft bedrängt mich das Verlangen nach meiner Kindheit; wenn mich dieses Verlangen zu stark bedrängt, bleibe ich (irgendwo) auf der Straße stehen und warte, bis die Gespensterei wieder verschwunden ist. *Ich konnte als Kind nicht fassen, dass meine Eltern arme Leute waren. Wir trugen ältliche, schon oft gewendete Kleidung, wir aßen das Brot von gestern, kratzten uns nachts, wenn uns die ungewaschene Bettwäsche juckte, wir schwitzten im Sommer in dicken Mänteln, weil wir nicht einmal wussten, dass es sogenannte Übergangsmäntel gab. Und wir mussten dankbar sein, dass wir es nicht wussten, denn die Anschaffung von Übergangsmänteln hätte uns in kurzer Zeit in den Familienkonkurs gestürzt.*[3] Ich wunderte mich oft, dass mein Vater kein Alkoholiker wurde. Er verdiente wenig, seine verdrießliche Ehefrau wartete trotzdem täglich auf ihn, und sein Sohn (ich) ahmte in der Schule die Erfolglosigkeit des Vaters nach. Ich litt an einem selbsterfundenen Jugendstarrsinn, der mir gefährlich erschien, obwohl ich gleichzeitig auf ihn stolz war. Zu diesem Jugendstarrsinn gehörte, dass ich schon mit sechzehn Jahren wusste, welchen Beruf ich ergreifen sollte / würde / müsste: Ich wollte Schriftsteller werden und sonst nichts. Tatsächlich schrieb ich bald darauf einen Roman, der sogar einen Verlag fand; als das Buch erschien, war ich 21 oder 22 Jahre alt. Danach trat eine Ernüchterung ein; ich hatte mir »Schreiben« als Beruf zu einfach vorgestellt; ich hatte angenommen, wenn das erste Buch einmal da ist, würde das zweite und das dritte Buch von selbst folgen. Jeder, der aus »heiterem Himmel« plötzlich mit Schreiben beginnt, muss seine Ahnungslosigkeit höflich übersehen haben. Jeder Anfänger »bezahlt« für seine Dreistigkeit; er/sie bezahlt für etwas, wofür er/sie nichts kann. Anfänger sollten (müssten) froh darüber sein, dass sie überhaupt Wörter und Sätze gefunden haben, die sich haben verwenden lassen. Tatsächlich mussten viele Jahre vergehen, bis ich genügend Mut und Kraft und Dreistigkeit für ein neues Buch hatte.

*Vermutlich deswegen fühle ich mich den Abstürzlern aller Art bis heute nah, beinahe verwandt. Ich fürchte sowieso (bis heute), unsere Wirtschaftsordnung hat einen Grad von Geschlossenheit erreicht, der die einmal Ausgeschlossenen nicht mehr »zurück«lässt. Wer Arbeit hat, verkehrt in den geschlossenen Zirkeln derer, die ebenfalls Arbeit haben. Wie sehr die heutige Gesellschaft in geschlossene Segmente auseinandergefallen ist, kann man beobachten, wenn man einen Abend in der Oper oder im Schauspielhaus verbringt. Wer in der Pause – ein Glas Prosecco für sieben Euro in der Hand – ein wenig in den weiträumigen Foyers umherwandelt, kann ganz nah und doch im Dunkeln die herumhuschenden Schatten derer sehen, die in der Grünanlage unmittelbar vor dem Theater die Nacht verbringen. Die Männer liegen im Gras, ihre letzte Habe neben sich. Andere besitzen wenigstens eine Kunststoffmatte, die die Bodennässe zurückhält. Ich kriege – bis heute – Gänsehaut, wenn ich die Eingeschlossenen und die Ausgeschlossenen so nah beieinander – und in meiner Nähe – weiß.*[2]

Vor vier oder fünf Tagen ist ein Mann aus meiner Nachbarschaft ermordet worden. Es war ein kleiner dunkelhäutiger Asiate, ein Inder vermutlich. Ich kannte ihn nur vom Sehen. Er stand Tag und Nacht in einer Bratwurstbude und war offenbar zufrieden. Bevor er einen besseren Verkaufskiosk übernahm, war er nachts von Restaurant zu Restaurant gelaufen und hatte Rosen verkauft. Er sparte für die Bude, in der er nun ermordet worden ist. Ich bin fast jeden Tag an seinem engen Häuschen vorbeigekommen und habe zu ihm reingeschaut. Eines Tages haben wir uns gegrüßt; die Verlorenheit, die er anfangs zeigte, verflüchtigte sich. Ich kann nicht genau sagen, was mir an ihm gefiel. Wenn ich ihn sah, fragte ich mich: Wie war es nur möglich, dass dieser kleine Mann aus einer Hungerhütte vom anderen Ende der Welt den Weg in eine deutsche Fresshütte fand? Und dann schlug ich eines Morgens die Zeitung auf und musste lesen, dass ihn jemand erstochen hatte. Niemand hatte es gesehen, niemand hatte etwas gehört. In der Zeitung hieß es, es stoppte ein Auto, zwei oder drei Männer stiegen aus, der Inder hielt sie für gewöhnliche Kunden, wie sie jeden Abend bei ihm vorbeikamen. Die Männer brachten ihn schnell um, leerten die Kasse und fuhren davon. Das Schlimme war: Ich hatte geahnt, dass man ihn eines Tages umbringen würde. Er war voll naiver Lebenszuversicht: Er fühlte sich in seiner Bratwurstbude gerettet. An dieser Naivität war zu sehen, dass er gefährdet war. Schlichtheit des Glücks ist gefährlich in einem Land wie dem unsrigen, in dem Glück, Zuversicht und Lebensfreude kompliziert geworden sind. Ich wollte ihn warnen. Aber er hätte mich missverstanden. Ich hatte die Angst, die er hätte haben müssen. Ich hatte mich nicht getraut, zu ihm in die Bude zu gehen und ihn zu warnen: Gehen Sie vorsichtiger mit Ihrem Glück um. Ich konnte mir seine Mörder vorstellen; es mussten junge Männer gewesen sein, die einen missratenen Abend hinter sich hatten. Die Bratwurstbude war nur zwei Tage lang geschlossen. Nach kurzer Zeit stand ein anderer junger Mann hinter der Theke. Er zeigte ein ähnliches Ungeschick wie sein Vorgänger; zum Glück war er wenigstens nicht dankbar. Er sah aus wie die, die er bediente. Vermutlich würde er mit dem Leben davonkommen.

*Als ich zurück in der Wohnung bin, knipse ich das Radio an. Ich höre gern Nachrichten, die ich schon kenne. Wieder hatte es zu viele Karambolagen auf der Autobahn gegeben, in Südamerika waren erneut Flugzeuge abgestürzt, auf dem Rhein waren zwei vollbeladene Schlepper nur knapp aneinander vorbeigekommen. Es beruhigt mich, dass immer dasselbe geschieht. Früher dauerten die Nachrichten sechs oder sieben Minuten. Heute ist schon nach drei Minuten alles gesagt. Die Müllwagen auf der Straße machen solchen Lärm, dass mich die Zimmerlautstärke meines Radios kaum noch erreicht. Im Radio kündigt eine Sprecherin »lebensbejahende Musik« von Mozart an. Ich schmunzle und frage mich, was ist das jetzt wieder: lebensbejahende Musik?*[3]

# OLGA GRJASNOWA
# ABSTURZ

## 1.

Die Nachricht kommt zwischen Nacht und Morgen. Das Klingeln des Telefons reißt mich aus dem Schlaf. Eine müde Stimme, die ich noch nie gehört habe, bittet mich, früher zur Arbeit zu kommen. Nirgendwo brennt Licht, nicht in den Fenstern des Wohnblocks gegenüber und auch nicht in der Jugendhaftanstalt am Ende der Straße. Meine Wohnung ist ebenfalls dunkel und kalt. Aber friedlich. Hier ist alles friedlich – wie immer.

Die S-Bahn ist voll, obwohl sie an menschenleeren Straßen vorbeigleitet. Betrunkene, Nachtschwärmer und Pendler im Halbschlaf vermeiden es, sich gegenseitig anzusehen. Die meisten starren auf ihre Mobiltelefone. Auch ich. Wahrscheinlich lesen wir die gleiche Nachricht auf unterschiedlichen Kanälen. Dazu die Bilder der rauen See. Sie werden uns noch lange jagen.

Durch das Terminal fahren Reinigungsmaschinen. Der Boden glänzt.

Erst vor Ort ziehe ich meine Uniform an. Zeichne die Konturen meiner Lippen nach. Pudere meine Nase. Ob das angemessen ist, das weiß ich wirklich nicht. Aber wir werden stets dazu angehalten, geschminkt und ordentlich frisiert zur Arbeit zu erscheinen. Daran ändert nicht einmal eine Katastrophe etwas.

Alle Augen werden auf mich gerichtet sein.

Mit dreißig bin ich eine der dienstältesten Mitarbeiterinnen unserer Fluglinie. Zumindest beim Bodenpersonal. Eigentlich gehört es zu meinen Aufgaben, alleinreisende Kinder und körperlich-beeinträchtigte Personen zu begleiten. Manchmal suche ich auch nach verlorenem Gepäck. Es sind keine Aufgaben, die großes Geschick verlangen, aber wegen der Zeitverträge bleibt niemand lange hier, nur ich. Ich bin hängengeblieben. Ich wollte immer weg von hier und habe es zu lange aufgeschoben. Ich dachte, ich bin noch jung, noch macht mir die Zeit nichts aus. Und nun werde ich die wartenden Angehörigen abholen müssen. Denn ich bin ja die mit der meisten Erfahrung bei unserer Airline, außerdem habe ich heute Dienst und bin eingeteilt.
Ich werde den Menschen sagen, dass ihre Mütter, Väter, Freunde oder Kinder heute nicht ankommen.
Dass sie irgendwo im Atlantischen Ozean vermutet werden.
Dass sie wahrscheinlich nie mehr kommen werden.
Es wird zu meiner Aufgabe, und es ist in Ordnung.
Das ist der Preis für zehn Jahre zuverlässigen Dienst.

Die Abholer, wie wir sie ab sofort nennen sollen, werden sich bald am Ausgang versammeln, selbstgemalte Plakate, Luftballons und Blumen in den Händen halten und sich nach einem Kaffee und zwanzig Minuten mehr Schlaf sehnen.
Wir werden auf sie zukommen und sie in einen ruhigen Raum bitten. Noch bevor wir unsere vorsichtig gewählten Worte aus-

gesprochen haben, wird Panik von ihnen Besitz ergreifen. Denn die Panik kommt immer vor der Trauer.
Der Flug 457 stürzte im Atlantischen Ozean ab.
Wir wissen nicht, weshalb.
Vielleicht war es ein Pilotenfehler.
Oder ein Materialfehler.
Keine Terroristen weit und breit.
Natürlich versuchen wir uns vor der Verantwortung zu drücken.
Das gehört schließlich zu unserem Geschäftsmodell.
Zumindest ein wenig.
An Bord waren 216 Passagiere und 12 Besatzungsmitglieder.

Er flog diese Strecke so gerne.
*Eine unserer glamourösen*, pflegte er zu sagen.
Los Angeles–Frankfurt, keine Zwischenlandung.
Er liebte mich nicht, aber er hatte auch nichts gegen mich.
Damals suchte ich nicht nach Liebe.
Eine schöne, bequeme Verbindung.
Er war frei.
Er imponierte mir.
Ein älterer, erfahrener Mann, der mich ausgesucht hat.
Er hatte eine Macht über mich, die ich selber nicht verstand.
Ich blieb bei ihm.
Wir hatten ein Arrangement.
Sieben Jahre lang.
Meine ganze Jugend hindurch.
Bis meine Mutter starb.
Da veränderte sich alles.
Danach haben wir uns lange nicht gesehen.
Und dann, zwei Wochen davor, rief er mich an.
Wollte mich sehen, sehnte sich nach mir.
Als ob nichts gewesen wäre.

## 2.

Der Chef telefoniert hektisch mit der Zentrale.
Ein kleiner, untersetzter Mann mit großem Charisma.
Wir warten auf die, deren Angehörige, Freunde, Liebhaber oder Bekannte hätten hier landen sollen.
Wir haben keine spezielle Ausbildung.
Wir sind nicht psychologisch geschult.
Wir wissen nicht, was auf uns zukommt.
Vielleicht wird niemand kommen.
Es ist noch früh.
Die Sonne ist noch nicht einmal aufgegangen.
Doch die Nachricht läuft bereits als Eilmeldung auf allen Kanälen.
Im Fernsehen wird der Atlantik in Dauerschleife gezeigt.
Der Ozean wirkt ruhig.
Von der aufgewühlten See ist nichts mehr zu sehen.
Aus Rücksicht auf die Angehörigen wurde noch nicht bekannt gegeben, um welche Flugnummer es sich handelt.
Die Kollegen weinen, und ihre Tränen breiten sich wie eine Epidemie aus, und doch beweinen sie lediglich sich selbst.
Viele Kunden meiden bereits unsere Schalter.
Als ob wir ein böses Omen für ihre Reise wären.
Hastig gehen sie an uns vorbei, tun so, als ob sie uns nicht sehen, während die Finger sich in die Plastikgriffe ihrer Rollkoffer krallen.
Andere drängen sich neugierig nach vorne.
Sie sind laut und schamlos und wollen sich einen Platz in der ersten Reihe sichern.
Die ersten Kameras werden aufgebaut.
Was wollen die denn zeigen?
Uns?

Es gibt hier nichts zu sehen.
Nichts.
Absolut nichts.

Hinter den Kulissen bekommen wir ein kurzes Briefing.
Wir haben uns in der Mitarbeiter-Kantine versammelt.
Der Chef spricht.
Ich mag ihn.
Er ist ein Mann der leisen Töne und mit einem weichen Händedruck.
Eine Kollegin und ich werden zum Care-Team bestimmt.
Einem der vielen.
Wir sollen ruhig bleiben.
*Bleiben Sie ruhig*, wiederholt der Chef immer wieder.
*Vergessen Sie nicht, Sie sind das Aushängeschild unserer Airline.*
Wir müssen die Angehörigen in einer ruhigen Tonlage ansprechen.
Uns hilfsbereit und sensibel zeigen.
Sie vor den Medien abschirmen.
Immerhin ist es möglich, dass einige noch nichts über den Absturz wissen.
Vielleicht fahren sie los, ohne die Nachrichten zu hören oder ihre Mobiltelefone einzuschalten.
Wobei, wahrscheinlich ist es nicht.
*Meiden Sie vorerst Journalisten.*
*Sonst finden Sie sich morgen auf der ersten Seite der BILD-Zeitung wieder.*
Ermahnt uns der Chef.
Dann gibt er uns die Passagierliste.
Seine Hand zittert, als er das engbeschriebene Blatt weiterreicht.
Sein Blick streift durch den Raum. Außerstande, jemanden zu fixieren.

228 Namen.
*228 Tote, denn wir gehen davon aus, dass niemand den Absturz überlebt hat.*
*Unter ihnen 167 deutsche Opfer. Das jüngste gerade mal zwei Jahre alt. Die deutschen Opfer haben hier Vorrang. Zumindest unter diesen Umständen*, beeilt sich der Chef zu sagen. *Um die Opfer mit Anschlussflügen werden sich die Kollegen vor Ort kümmern.*
Wir gehen aufmerksam die Namen durch.
Ein einzelner Name sagt nicht viel aus.
Wir brauchen Gesichter und ihre Geschichten, um es zu begreifen.

Sein Name ist unauffällig.
Hunderte tragen denselben.
Eine einzige Zeile auf der engbedruckten Liste.
Aber ich weiß sofort, dass dieser nur zu ihm gehören kann.
Leise spreche ich seinen Namen aus.
Und dann schaue ich in die Runde.
Die meisten hier kannten ihn schließlich auch.
Wir begreifen es gleichzeitig.
Niemand spricht.
Und dann äußert sich doch eine Kollegin mit einem runden, symmetrischen Gesicht.
Sie sagt, er habe ein Kind bekommen.
Solch einen schönen, süßen Jungen.
Ich frage, von wem, und werde mit Blicken abgestraft.
Eine Kollegin macht sogar ein unmissverständliches Handzeichen, das mich zum Schweigen bringen soll.

Aber diese Frage lässt mich nicht mehr los.

## 3.

Als meine Mutter starb, wollte ich unbedingt ein Kind. Es ist drei Jahre her. Wir waren damals seit sieben Jahren zusammen, da könnte man doch schon langsam an so etwas denken, nicht? Es war nicht so, dass meine Mutter und ich ein enges Verhältnis hatten, aber ich wollte dieses Kind. Natürlich hätte ich noch warten können, doch wozu? Um meinen Arbeitgeber glücklich zu machen? Vielleicht wollte ich mit dem Kind auch nur meinen Liebhaber an mich binden, aber das ist nun wirklich Küchenpsychologie.

Wir lernten uns kennen, als ich neunzehn war, da hatte ich gerade bei der Airline angefangen. Ich wollte studieren, wusste aber nicht so recht, was, und auch nicht, wie es eigentlich ging. Meine Eltern waren keine Akademiker, und studiert hat bei uns nur eine Tante, und zu der hab ich keinen Kontakt.

Er war zwanzig Jahre älter und verheiratet, hatte aber keine Kinder. Ich wollte keine Familie zerstören. Nach fünf Jahren hatte er sich von seiner Frau getrennt. – Ich glaube eigentlich nicht, dass es da um mich ging. Wir sahen uns mehrmals die Woche, sofern es sein Arbeitsplan erlaubte.

Ich bin ein Einzelkind gewesen und war mit meiner Leidenschaft bis dahin nicht gerade freigiebig umgegangen. Er war erfahren und von den Frauen verwöhnt. Das imponierte mir sehr. Ich fühlte mich auserwählt, und dieses Gefühl reichte eine ganze Weile lang. Bis ich ihn doch hoffnungsvoll, eifersüchtig und leidenschaftlich liebte. Die Liebe kam so plötzlich wie eine Grippe, und obwohl ich merkte, dass ich in meiner Liebe alleine war, konnte ich mich nicht lösen.

Neben mir hatte er andere Frauen, ich wusste nicht, wie viele und zu welchen Konditionen, und redete mir ein, es mache mir nichts aus. Ich hielt mich daran, dass er immer wieder zu mir zurückgekommen war. Nach jedem Streit, nach jeder Szene, rief er mich immer wieder an. So musste ihm doch etwas an mir liegen. Ich glaube nicht, dass ich ihn besitzen wollte. Oder binden. Aber dieses Kind, das Kind wollte ich unbedingt.

Meine Eltern kamen gerne zum Flughafen.
Sie sagten, sie würden mich von der Arbeit abholen und zum Essen einladen.
Sie kamen immer donnerstags, denn sie waren ordentliche Leute.
Eine Stunde, bevor ich Schluss machte, standen sie in der Wartehalle.
Dort schauten sie sich die Tafel mit sämtlichen Abflügen an.
Wahrscheinlich träumten sie sich fort.
Mir gegenüber haben sie ihre Ausflüge in die Wartehalle niemals erwähnt.
Anschließend sind wir auch nicht essen gegangen.
Wir marschierten zur Wohnung meiner Eltern und sprachen nur das Nötigste miteinander.
Dafür lief der Fernseher ununterbrochen.
Ich verbrachte eine Stunde auf ihrem Sofa und ging dann in meine Einzimmerwohnung, die nicht weit weg war.

Zurück konnten sie nicht.
Sie sind 1989 aus Ungarn geflohen.
Als sie sich gerade im Übergangsheim eingerichtet hatten, wurde die Mauer geöffnet.
Tagelang starrten sie fassungslos den Fernseher an.
Ihr ganzes Leben lang träumten sie davon zu reisen, aber diese Flucht blieb ihre einzige Fahrt.

Sie hatte ihnen so zugesetzt, dass sie Frankfurt nie wieder verließen.
Obwohl sie geflohen waren, um die Welt zu sehen.
Sie haben mir nichts vom Osten erzählt.
Nichts von unserem Leben dort.
Überhaupt sprachen sie kaum.
Weder mit mir.
Noch untereinander.
Aber sie mussten dort andere Menschen gewesen sein.
Vielleicht hätte ich sie lieber gehabt.

Ich habe fast alle Länder dieser Welt bereist.
Nur in Ungarn bin ich seit unserer Flucht nicht mehr gewesen.
Es waren meist kurze, unaufgeregte Reisen.
Immerhin zahlen wir fast nichts für die Tickets.
Sobald ich ein paar Tage frei hatte, setzte ich mich in eine Maschine und flog nach Paris, Hongkong oder Kapstadt.
Ich mag es, in der Wartehalle zu stehen und durch die große Fensterfront hindurch die Flugzeuge und die Fahrzeuge zu beobachten.
Ich mag es, meinen Kollegen zuzulächeln.
Ich mag es, wenn das Flugzeug abhebt und die Stewardess mir Orangensaft herüberreicht.
Dann komme ich mir vor wie ein Teil von etwas Großem.
Und wir sind tatsächlich so etwas wie eine Familie.
Eine, die nichts außer beruflichen Oberflächlichkeiten verbindet.

Meine Eltern waren vorsichtig mit ihren Versprechungen, sie haben mir nie das große Glück versprochen.
Vielleicht hat mich das angespornt, es mir selber zu versprechen.

Ich wusste nur nicht recht, was es sein sollte, das große Glück.
Meine Eltern haben mir nichts ausgeschlagen, ich sollte nur lernen, meine Wünsche zu mäßigen.
Mich niemals über unseren Stand zu erheben.
Das war nicht allzu schwer –
Meine Wünsche waren bescheiden.
Ich wollte das große Glück.
Diese Wünsche waren das ganze Erbe meiner Eltern.

Als ich ihn kennenlernte, passte alles zusammen.
Auch er versprach mir nichts. Das war mir vertraut.
Er wollte weder reden noch planen, nur leben.
Lass uns einfach nur leben, sagte er immer wieder, und niemals erklärte er mir, was das für ein Leben sein sollte.
Wenn ich es mir recht überlege, sollte ich einfach mit einem Tier zusammenleben.
Mit einem mittelgroßen, freundlichen Hängebauchschwein.

Meine Mutter starb nur ein halbes Jahr nach meinem Vater.
Mein Vater hatte Krebs, war lange bettlägerig.
Sie pflegte ihn aufopferungsvoll.
So wie ich es nie könnte.
Ich hätte ihn erlöst.
Um seinetwillen.
Und um meinetwillen.
Als mein Vater endlich gestorben war, verstand meine Mutter, dass sie kein eigenes Leben besaß. Sie war erst Tochter und dann Ehefrau. Ihr ganzes Leben lang. Und dann war dieses Leben fort, und geblieben bin nur ich. Aber ich reichte ihr nicht.
Und auch meinem Liebhaber reichte ich nicht.

## 4.

Er möchte keine Kinder.
Zumindest keine von mir.
Ich versuche, ihn zu überreden, aber er gibt nicht nach.
Er sagt, wenn er sich Kinder gewünscht hätte, hätte er sie mit seiner Frau bekommen.

Mit dreißig bin ich weder jung noch alt. Ein gutes Leben könnte noch vor mir liegen. Noch bin ich jung genug, um etwas aus mir zu machen. Aber weibliche Zukunftspläne habe eine kurze Halbwertszeit.

Ich wurde schwanger und sagte es ihm nicht.
Er suchte ohnehin nur nach einer günstigen Gelegenheit, um mit mir Schluss zu machen.
Die ließ nicht lange auf sich warten.
Wir trafen uns zum Abendessen in einem kleinen Lokal in Bornheim.
Noch vor dem Hauptgang war unsere Beziehung beendet.
Leise und steril.
Ohne großen Aufwand.
Drei Monate später verliere ich das Kind.
Was ich fühlte, das wusste ich selber nicht.
Das weiß ich noch immer nicht.
Aber ich verlor das, was ich mir am meisten gewünscht habe, und am schlimmsten sind die Menschen, die sagen, ich hätte noch alles vor mir. Die mir erklären, dass der Kinderwunsch an ein gewisses Alter gebunden sei, und ich hätte es überhaupt noch nicht erreicht. Also wäre es ja fast zu meinem Besten und überhaupt nicht ungewöhnlich, und überhaupt hätte ich ja noch

alles vor mir, und überhaupt wüssten sie nicht, worüber wir da reden würden, denn das Kind habe ja nie gelebt, und überhaupt hätte es ja kein Kind gegeben, und überhaupt ist überhaupt ein schreckliches Wort.

## 5.

Ich stehe am Ausgang und betrachte die Gesichter der Wartenden.
Ich lasse meinen Blick durch die Menge schweifen und bleibe hin und wieder an einem einzelnen Gesicht hängen.
Ich möchte den Menschen noch ein paar Augenblicke geben.
Sekunden, in denen sie an ihren Alltag glauben können.
In denen sie fest davon überzeugt sein können, dass ihr Leben sich nach ihrem Terminkalender richten wird.
Nur ein paar Augenblicke des Glücks.
Und ich denke an ihn und seinen Verrat.
*Wenn ich mir Kinder gewünscht hätte, hätte ich sie mit meiner Frau bekommen.*
Ich frage mich, ob er die andere geheiratet hat.

Mehr und mehr Menschen kommen.
Manche sehen angespannt aus.
Die meisten einfach unausgeschlafen.
Ich suche nach Spuren, Vorahnungen.
Ich suche und denke und suche und bewege mich nicht.
Rede mir ein, alles und alle unter Kontrolle zu haben.
Mich nur noch sammeln zu müssen.
Nur einen einzigen Augenblick lang.
Sein Gesicht sehe ich deutlich vor mir.

Und mir ist schlecht.
So schlecht.
Ich erinnere mich an seine Haut, es war die Haut eines reifen Mannes.
Seine Jugend war unwiederbringlich vorbei.
Er roch nach Seife, obwohl er ein Parfüm benutzte.
Ich erinnere mich an seine Wangen.
Und die blaugrün gesprenkelten Augen.
Die Zigaretten, die wir gemeinsam in der Küche rauchten.
Die Küche war der einzige Ort in der Wohnung, wo ich ihn rauchen ließ.
Es war die einzige Grenze, die ich ihm setzte.
Was können Grenzen schon ausrichten?
Meine Eltern glaubten an Grenzen.

Auch mein Körper erinnert sich.
An die Umarmungen, die Küsse, die Schwüre.
Ich halte still.

Noch nicht.
Noch einen Augenblick.
Einen winzigen Augenblick.
Noch.
Ich setze mich in Bewegung.
Kaue langsam die Wörter, die ich gleich aussprechen muss.

Der Flug 457 ist auf der Anzeige nicht mehr zu sehen. Die Angehörigen werden nervös. Lassen die automatische Schiebetür nicht aus den Augen. Versuchen, einen Blick auf das Gepäckband zu erhaschen. Schauen immer wieder auf ihre Telefone. Gleich werden auch die Letzten anfangen zu googeln.

Sämtliche Fernseher in den Wartehallen wurden vorsorglich abgeschaltet.
Ich werde es ihnen sagen müssen.
Aber was?
Ich werde mich daran halten, dass das Flugzeug vom Radar verschwunden sei.
Dass noch nichts sicher sei.
Spekulationen stehen mir nicht zu.

Noch einen Augenblick.

## 6.

Mein Körper weigert sich, die Bewegungen auszuführen, die ich ihm befehle.
Ich stehe noch immer bewegungslos da und schaue mir ein älteres Pärchen an.
Sie stehen dicht nebeneinander, aber ihre Körper berühren sich nicht.
Ihre Augen sind auf den Ausgang fixiert, sie sehen sich nicht an.
Wahrscheinlich warten sie auf ein Kind, das längt aus dem Haus ist. Malen sich aus, wie es im nächsten Augenblick durch die Tür kommen wird.
Wie es wohl inzwischen aussieht.
Was es wohl erlebt hat.
Ohne sie.
Wie sie es gleich umarmen werden.
Mit nach Hause nehmen.
Hinein in die Geborgenheit.

Sie sieht aus wie eine Frau, die keine Widerworte gibt. Die sich tapfer um den Haushalt und die Familie kümmert. Ein Leben lang.
Er schaut verbissen auf den Ausgang.
Auch er hat ein Leben voller Arbeit hinter sich.
Sie müssen sich heute Morgen in Eile zum Flughafen aufgemacht haben.
Sie ahnen nichts.
Oder wollen es nicht wahrhaben.
Aber ab heute werden sie nur noch zurückblicken.

Neben diesem Paar steht ein hagerer Mann in einem schlecht sitzenden Anzug.
Am Handgelenk eine Swatch.
Sein Blick ist desinteressiert und erschöpft.
Von ihm erwartet schon lange niemand irgendetwas.
Die Schultern hängen.
Seine gesamte Körperhaltung signalisiert Langeweile.
In seinen Händen hält er ein Schild mit dem Namen einer bekannten Bank und dem von einem, der auf unserer Liste steht.
Er ist der Einzige, der mich bemerkt.
Und in seinem Blick liegt das Unheil der Vorahnung.
Ich nicke ihm zu.
Er lässt mich nicht aus den Augen.
Ich schaue weg.
Er starrt mir ins Gesicht.
Noch nicht.
Noch einen Augenblick.
Einen winzigen Augenblick.
Noch.

Eine junge Frau steht alleine an der Brüstung.
Sie sieht übernächtigt aus.
Und einsam.
Sie erinnert mich an mich selber.
Die Sohlen ihrer Turnschuhe sind abgelaufen.
Sie schiebt so lange die Haut an ihren Fingernägeln zurück, bis diese anfängt zu bluten.
Daraufhin steckt sie ihren Daumen in den Mund und saugt an ihm.
Sie wirkt wie ein Kind, das alleine im Wald ausgesetzt worden ist.
Sie weiß Bescheid.
Und glaubt es nicht, sonst würde sie doch nicht am Ausgang stehen und warten.

Ein junger Mann, um die neunzehn.
Gähnt.
Nippt an seinem Kaffeebecher und zieht immer wieder seine Jeans hoch.
Er wäre lieber im Bett.

Noch nicht.
Noch einen Augenblick.

Eine andere Frau mit roten Haaren und einem großen Grinsen.
Sie hat einen Helium-Luftballon bei sich, und während sie mit irgendjemanden telefoniert, lässt sie ihn los. Er steigt sofort zur Decke hoch und bleibt dort.

Guten Tag.
»Warten Sie auf jemanden, der mit dem Flug 457 ankommen sollte?«
Die Rothaarige schüttelt fröhlich ihren Kopf.
Ich lasse sie gehen.
Wende mich wieder meiner kleinen besorgten Gruppe zu.
Die Menschen starren mich stumm und feindselig an.
»Warten Sie auf jemanden, der mit dem Flug 457 ankommen sollte?«
»Würden Sie uns bitte folgen?«
»Wir klären Sie sofort auf, bitte folgen Sie uns.«
Ich tue, als ob ich die Frage »Ist alles in Ordnung?« überhöre.
Würden Sie mir bitte folgen?
Der ältere Mann baut sich vor mir auf, verschränkt die Arme und verlangt Auskunft.
Jetzt sofort.
Ja, er ist durchaus angsteinflößend.
Seine Frau schaut mich nur kurz an, in ihren Augen lauert die Furcht.
Ja, es gibt ein Problem.
Das Flugzeug ist in den Morgenstunden vom Radar verschwunden.
Aber ich spreche diese Sätze nicht aus.
Noch nicht.
Noch einen Augenblick.
Bitte folgen Sie mir.

## 7.

Die Schalter unserer Airline gleichen bereits einem Taubenschlag.
Der ältere rotgesichtige Mann, der sich gerade noch vor mir aufgebaut hatte, lässt plötzlich seine Schultern sinken, und der ganze Widerstand fließt aus seinem Körper.
Völlig schutzlos.
Als die anderen seine Verwandlung bemerken, geben auch sie nach.
Schließlich folgen sie mir alle. Wenn auch widerwillig.
Damit die Presse uns nicht sieht, nehmen wir einen Umweg.
Verschwinden hinter einer kaum sichtbaren Tür, befinden uns hinter dem Check-in, auf dem Weg zu den Büros.
Ich schleuse meine kleine Gruppe durch graue Korridore, hell erleuchtet von Neonröhren.
Unsere Schritte hallen.
Eine nicht enden wollende Prozession.
Der Büroraum ist winzig und leer, bis auf einige Stühle und einen Tisch.
Wobei wir genau einen Stuhl zu wenig haben.
Die Klimaanlage ist zu niedrig eingestellt.
Die Menschen frösteln und schauen mich entsetzt an.
Ich versuche, an nichts zu denken, während ich die fatalen Sätze ausspreche.
Der Mann mit der Swatch, der gar nicht hier hätte sein sollen, bricht zusammen.
Jemand bringt frisch aufgebrühten Kaffee hinein.
Meine Gruppe versammelt sich um den Tisch, die meisten setzen sich hin.
Nur der ältere Mann steht einsam hinter dem Stuhl seiner Frau.

Stützt sich an der Lehne ab.
Seine Hände ballen sich zu Fäusten.
Wir alle starren ihn an.
Einige Minuten vergehen.
Vielleicht sind es auch nur Sekunden.
Schließlich greift er in seine Tasche und holt ein Päckchen Zigaretten heraus.
Ich werde rot, als ich ihm sage, Rauchen sei hier nicht erlaubt.

Der Teenager nimmt sein Telefon heraus und tippt darauf wild herum.
Im Flugzeug waren seine Eltern und die ältere Schwester.
Seine andere, kleine Schwester ist zu Hause, liegt noch schlafend im Bett.
Er weiß nicht, wen er außer ihr noch hat.
Ich könnte das Jugendamt verständigen, aber dafür scheint er zu alt zu sein.
Ich schlage es ihm dennoch vor.
Er hat noch eine Tante irgendwo, beeilt er sich zu sagen, aber nicht mal ihre Nummer.
Darum haben sich stets die Eltern gekümmert.
Er weiß auch nicht, wie er Kontakt zu Freunden seiner Eltern aufnehmen könnte, so nervös und ungelenk wie er ist.
Irgendwann fällt ihm die Nummer seiner Großmutter ein, aber die lebt bereits in einem Pflegeheim.
Ihre Nummer ist nicht mehr gültig.
Ich habe noch nie jemanden gesehen, der so verloren wirkt.
Er schaut mich voller Hass an.
Ich habe ihm die Nachricht überbracht.
Aber er wird es seiner Schwester sagen müssen.

Der Chauffeur weint leise.
Ich sehe diesen großen Mann, der um einen anderen weint, um einen, den er nicht kennt.
Er ist der Einzige aus der Gruppe, der weint.
Ich denke erleichtert daran, dass ich mit dieser Emotion wenigstens umgehen kann.
Meine Kollegin reicht ihm behutsam ein Taschentuch.
Er bemerkt ihre ausgestreckte Hand nicht.
Oder gibt es zumindest vor.
Plötzlich verstehe ich, dass er nicht um seinen Fahrgast weint, sondern um jemanden, den er bereits lange vorher verloren hat.

Die junge Frau hat sich von mir abgewendet.
Ganz ruhig sitzt sie auf ihrem Stuhl.
Ob es wohl nach dem Schmerz noch ein anderes Gefühl geben kann?

Danach.
Danach sperre ich mich auf der Toilette ein.
Ich bin nicht traurig, ich bin nicht wütend.
In mir sind keine Gefühle mehr.
Aber ich bin müde.
Entsetzlich müde.
Ich bleibe stehen, starre auf die freie Fläche zwischen der Kabinentür und dem Boden.
Die sauberen Fliesen.
Die winzigen Tröpfchen auf der Klobrille.
Alles um mich herum dreht sich, wird schwarz, dreht sich weiter.
Ich sinke auf den Sitz, umklammere meine Füße, lege meinen Kopf auf die Oberschenkel.

Ich habe versprochen wiederzukommen, und so ziehe ich mich vom Toilettensitz hoch.
Ich stelle mich ans Waschbecken, beuge mich hinunter zum Wasserstrahl und trinke.
Eine Ewigkeit lang.

Ich gehe zurück in den Raum.
Aber die Angehörigen brauchen meine Hilfe nicht mehr.
Unser Teamleiter tätschelt meine Schulter und überträgt mir eine neue Aufgabe.
Er hat eine ausgesprochen gute Laune.
Fühlt sich in der Rolle seines Lebens.
Ich soll die verbleibenden Angehörigen anrufen, diejenigen, die nicht am Flughafen warten.
Ich bekomme ein Blatt mit sieben Nummern.
Sieben Familien.

Er wollte sich nicht festlegen lassen, nicht auf ein Leben und nicht auf eine Frau.
Von der Freiheit träumte er, von fremden Kissen.
Die Kollegen wussten Bescheid, aber mir sagte niemand etwas.
Ich hatte ja auch nicht gefragt, und unsere Beziehung hielten wir ohnehin privat.
Im Nachhinein müsste ich sagen, er hielt mich geheim.
Das Kind bekam er von einer anderen.
Von der nächstbesten.
Einen Jungen.
Vor einem Jahr.
Ihre Nummer und ihre Namen stehen auf meinem Zettel.
Ich stelle mir vor, wie das Telefon in ihrer Wohnung klingelt.
Sie aus dem Schlaf reißt.

Der Hörer liegt noch lange in meiner Hand.
Trotz der frühen Stunde hat die andere Frau abgenommen.
Ihre Stimme irritiert mich.
Sie ist warm und ängstlich.

Ich möchte das Kind sehen, mich in sein Kind hineinträumen.
Auch sie möchte ich kennenlernen.
Vielleicht möchte ich mich mit ihr vergleichen.
Ich warte draußen auf sie.
Ich rauche eine Zigarette und höre die Gesprächsfetzen vorübergehender Menschen.
Die Sonne ist bereits aufgegangen.
Schon längst.
Es ist immerhin schon acht.
Eine Familie steigt aus dem Taxi. Der Mann, groß und hager und mit dem Blick eines ewigen Verlierers, versucht einen Kinderwagen aufzuklappen und scheitert immer wieder an der Konstruktion. Die Frau schnauzt ihn an. Das Kind fängt an zu weinen, und der Mann müht sich weiter mit dem Kinderwagen ab und bekommt es einfach nicht hin. Die Frau wird immer wütender, und der Junge brüllt sich die Seele aus dem Leib.
Die Lokaljournalisten rauchen nebeneinander.
Heute ist ihr großer Tag.

Sie kommt alleine.
Ihr Gesicht wirkt ruhig und gefasst.
Sie hat feine Gesichtszüge, dichte und hohe Augenbrauen, leuchtend rotes Haar, eine schmale Silhouette.
Schönheit vermittelte ihm stets Sicherheit.

Wo ist denn das Kind, frage ich sie noch, bevor ich ihr mein Beileid ausgesprochen habe.

*Bei meinen Eltern.*
Sagt sie ein wenig überrascht.
*Kennen Sie meinen Mann?*
Ja, sage ich und suche nach dem Ring an ihrem Finger.
*Die meisten hier kennen ihn ja, aber wir waren lange fort.*
Sie spricht von ihm noch immer im Präsens.
Ich erzähle ihr nichts von mir.
Nichts von uns, das zu einem ihr geworden ist.
Irgendwann zeigt sie mir ein Foto ihres Sohnes, und ich weiß, dass ich eine Grenze überschritten habe.
Ein hübscher Junge.
Hat seine blaugrün gesprenkelten Augen.
Ich mache ihr ein Kompliment.
Sie lächelt.
Ich kann nicht anders. Ich frage mich, weshalb dieser Junge leben darf und nicht mein Kind. Natürlich habe ich dazu kein Recht, aber ich kann auch an nichts anderes mehr denken.

## 8.

Wir sahen uns zwei Wochen vor seinem Tod. Er war gerade erst nach Frankfurt zurückgekommen, vorher hatte er in Shanghai gelebt. Nach all der Zeit rief er mich an und schlug ein Treffen vor. Wir machten einen Spaziergang durch den Palmengarten, er zahlte den Eintritt. Im Tropenhaus war es furchtbar heiß, aber ich wollte meinen Mantel nicht ausziehen, um nicht missverstanden zu werden. Vergeblich. Er hätte mich vermisst, flüsterte er mir ins Ohr und legte seine Hand an meine Taille. Alles beim Alten.

## 9.

Die Angehörigen werden zu Hinterbliebenen und ich zu ihrer Verbindung zur Airline.
Ich kümmere mich um ihre Anliegen.
Ich organisiere die Gedenkfeier für die Verstorbenen.
Ich sammle Ordner voller Leid.
Aber ich bin noch immer eine Vertreterin der Fluggesellschaft.
Und ich darf meine Rolle nicht vergessen. Ich muss auf meine Sprache achten. Keine Versprechungen machen.

Ich kenne ihre Namen, Geburtstage und Adressen auswendig.
Seit dem Absturz ist ein halbes Jahr vergangen, und sie lassen mich allmählich in ihre Leben.
Ich besuche sie zu Hause und sehe jedes Mal die Lücke, die sich nicht füllen lässt.
Wir sitzen in Wohnzimmern oder Küchen und sprechen darüber, was passiert ist und wie es weitergehen könnte, wobei damit ausschließlich die Aufklärung des Unglücks oder die nächste Andacht gemeint ist, und alle beteuern, dass sie vor dem Absturz gar nicht gewusst hätten, wie glücklich sie gewesen waren.
Das große Glück.

Ich reise – aber die Reisen füllen mich nicht mehr aus.
Es ist nur noch eine andere Stadt, ein anderes Hotel, in dessen Zimmer ich als Erstes die Vorhänge zuziehe und sie im bestem Fall achtundvierzig Stunden später wieder aufmache.
Ich liege auf einem Bett, dessen Überwurf ich noch nicht einmal zurückgeschlagen habe, ernähre mich von den Erdnüssen und den Wodkafläschchen aus der Minibar und döse zum Flimmern des Kabelfernsehens ein.

Sämtliche Hotelzimmer ähneln sich, und dennoch glaube ich daran, dass das nächste mir eine andere Zukunft zeigt.
Eine Veränderung.
Ich starre auf ein Wandbild in einem unaufgeräumten und lächerlich kleinen Zimmer in Rom und gehe meine Möglichkeiten durch.
Es sind nicht allzu viele.
Wenn ich ehrlich zu mir selber bin.

Auch in Paris wird es nicht besser, genauso wenig wie in Mexico City, Cancun, St. Petersburg oder Rio de Janeiro.
Und plötzlich höre ich auf zu funktionieren.
Ich habe keine Kraft mehr, bin müde und matt.
Ich stehe nicht auf.
Mein Arzt schreibt mich krank.
Ich gehe dennoch bald wieder zur Arbeit.
Die Airline vermittelt mir einen Therapeuten. Einen freundlichen und kompetenten Mann mit einem kleinen Dackel.

Ich steige kein einziges Mal mehr in ein Flugzeug.
Ich habe Angst.
Dann, sieben Monate nach dem Absturz, entdeckt man Wrackteile auf dem Meeresgrund.
Die Tauchroboter haben den Flugschreiber gefunden.
Nun können wir sogar das Geschehen rekonstruieren.
Die meisten starben im Schlaf.
Zumindest nehmen wir das an.
Wir wünschen es uns und wiederholen es immer wieder gegenüber der Presse und den Angehörigen.
Fast ein Jahr nach dem Unglück finden wir sie:
das Wrack und die Leichen.

Drei Piloten, neun Flugbegleiter und 216 Passagiere, davon 126 Männer, 83 Frauen, sieben Kinder. Das jüngste gerade mal zwei Jahre alt.
Den Angehörigen steht es frei, die Leichen bergen zu lassen.
Manche sind noch gut erhalten und könnten beigesetzt werden.
Bei anderen erübrigt sich die Frage.
Seine Leiche wird nicht geborgen.
Die Witwe entscheidet sich dagegen.
Seine Witwe.
Ich organisiere die Gedenkfeier zum Jahrestag.
Sie weiß noch immer nichts von mir.
Aber ich, ich fühle mich ihr nah.

Irgendwann weiß ich über die Verstorbenen so viel, dass ich glaube, sie sind meine Familie. Ich kenne ihre Bilder, Vorlieben, Berufe und Lebenswege. Vor allem die Eltern des jungen Mannes, das Ehepaar vom Flughafen, sucht meine Nähe. Und ich ihre. Wir treffen uns oft und reden über ihren Sohn. Manchmal vergeht eine Viertelstunde, bis jemand etwas sagt. Ich würde ihnen so gerne von meinem Kind erzählen, aber dazu habe ich kein Recht.

Die Zeit heilt alle Wunden.
Das stimmt natürlich nicht.
Niemand von den Menschen, die ich betreue, ist geheilt.
Und doch lässt der Schmerz allmählich nach.
Wird stumpfer.
Verblasst zu einer Narbe.
Aber er verschwindet nicht.
Und auch ich bin noch da.

# TERESA PRÄAUER
# EIN HUND NAMENS DOLLAR

*Die Hauptfigur, die uns ihre Geschichte erzählt, hat etwas von einem pfeifenden Wandergesellen durch eine zeitgenössische Story, die aber auch allgemeiner und genereller ist als die abzubildende Gegenwart: wie ein Märchen über den steten Wechsel von Gewinn und Verlust. In diesem Fall steht uns ein umgekehrter Hans im Glück gegenüber. Am Ende hat er das Gold, aber Blessuren davongetragen, er bezahlt seinen Preis. Ob gewonnen oder verloren letztlich, bleibt daher uneindeutig, und auch, selbst angesichts mancher Sentenzen, gibt es keine Moral von der Geschicht'.*
*Völlig unzynisch! Eher euphorisch, bisweilen traurig.*

*Luxus hat manchmal etwas gar Kleinkrämerisches, der Arbeitersohn, der sich über eine Rolex freut und über kostenlose Büfetts.*

*Er hat Humor und Sprachwitz, Selbstbewusstsein – und dennoch eine versteckte Melancholie, unsympathisch bis liebenswert, aber auch etwas Vorwitzig-Schlaues.*

*Deutet manchmal ins Publikum (bei den »Gaunerkreisen« z. B.), lehrt die Anwesenden, wie man es denn machen soll: Wie werde ich reich? »In zehn Schritten zum Erfolg«. Redet so bundesdeutsches Englisch: »se« statt »the« usw., verwendet coole Begriffe, die schon ein wenig Staub angesetzt haben, ist stolz auf das eine oder andere Fremdwort.*

*Legt Wert auf Kleidung und Statussymbole, diese aber auch irgendwie seltsam clownesk und in die Jahre gekommen, eher wie Johnny Depp in* Fear and Loathing in Las Vegas *vielleicht oder wie ein Pornoproduzent aus den 70ern, Typus Gunter Sachs. Vielleicht gibt es Kleiderwechsel während des Sprechens, jedenfalls eine Liebe zum Detail. Der Part auf dem »Euro-Denkmal« ist sehr turnerisch, körperlich-grotesk.*

*Tragikomisch, slapstickhaft, boulevardesk, Billy-Wilder-haft.*

*Die Stadt als Küste, »Mainhattans« Skyline zieht vorbei in traumwandlerischen Bildern …*

## 1.

Zuallererst will ich erklären, wie ich zu Dollar gekommen bin. Das ist nur ein Beispiel unter zahlreichen und größeren, bei welchen sich mein Verhandlungsgeschick gezeigt und bewiesen hat. Um an die Dinge zu kommen, die das Leben schöner machen. Orientteppiche, Pelzmäntel, schicke Sonnenbrillen, goldene Uhren. Kunst und Autos. Champagner und Schinkenbrötchen mit Ei! Nautiquitäten! Der ganze Luxus, der dem Leben nicht den Sinn gibt, aber doch die Süße. Die Süße einer unbeschwerten Existenz! In einem rot lackierten Rolls-Royce Corniche dem Sonnenuntergang entgegenzufahren, eine schöne Frau auf dem lederbezogenen Beifahrersitz, die Türme der Großstadt vor Augen, wie sie sich dunkel gegen den Abendhimmel absetzen, und dort, ja, an der obersten Spitze des höchsten Hochhauses, bald den eigenen Namen groß aufleuchten zu sehen in neonweiß flirrenden Lettern. Meinen Namen!

Wer nur ein wenig begabt ist oder schlau, kann von mir lernen. Denn ich bin reich, aber kein Geizhals: Ich teile mein Knowhow. Hinsehen und zuhören! Eines aber vorweg, und das ist kein Geheimnis, denn ich war damit in jeder Talkshow des Landes: Ich schenke nicht dem Staat, was mir gehört. Wenn das System Schlupflöcher hat: nutze ich sie. Nur so ist aus dem armen Schlucker und Arbeiterkind ein Millionär geworden. Ein

Millionär aus einem Arbeiterkind, das arm war, aber schlau. Mittellos, aber vorwitzig. Reden muss man können, reden! Vom Habenichts, vom Pleitekaufmann, vom Sozialhilfeempfänger – zum Geschäftemacher, zum Seiltänzer, zum Glücksritter! Zum Tagträumer, zum Sammler, zum Protzer. Zum Hochstapler, zum Dressman, zum Spekulanten! Ich hab mich nach oben geredet, bis hinauf zu den In-Leuten. So wie ich jetzt vor allen stehe: als gemachter Mann! Ich fahr nen Rolly, ich trag ne Rolex, ich hab Dollar und eine Frau namens Holly. Nein, Honey!, Honey heißt sie. Zu Honey kommen wir noch. Denn Honey ist der süßeste Teil meines Lebens. Zu Dollar kam ich auf ganz andere Weise.

Gleich auf den ersten Blick habe ich gesehen, dass Dollar im ganzen Raum der Beste war. Ich kenne mich aus, Rasse, Alter, Größe, Geschlecht, und der Dollar war, klar erkenntlich, die schönste Zucht. Dennoch – auch er, wie alles Lebendige, hatte einen Makel. Einen Makel, der zuerst kaum sichtbar, dann umso enttäuschender war, eine große Desillusionierung. Ein Makel, der ihn, vorher noch wertvoll, nun ganz wertlos erscheinen ließ: Der Dollar hatte ein lasches Lid. Er guckte nicht so zuversichtlich in die Welt, wie man es allgemein vom Amerikaner sagt. Gerade das linke Lid, es hing so übers blasse Aug. Rechts war er scharf, links war er beschränkt. Aber ich, ich wusste – und kannte ja die Doktoren, die so etwas für ein Taschengeld reparieren würden –, ich wusste also, dass man ein solch lasches, hängendes linkes Lid, das einem die Sicht auf die hundige Welt halb verstellt, leicht fixieren könnte. Wahrscheinlich sogar umsonst, wenn ich dem Doktor Dollarfixer dafür einen Tipp gäbe, wo er denn günstig investieren könnte, um das liebe Bargeld nicht zu Hause einfach so herumliegen zu lassen. Der Doktor Dollarfixer war nämlich einer der Ehemänner einer der Frauen

aus dem Damenklub, wo meine Honey Mitglied ist. Ich steuerte also zielgenau auf Dollar zu und rief, laut hörbar für alle im Raum – alles feine Herren in maßgeschneiderten Anzügen, aber ahnungslos von den genagelten Schuhen bis zum pomadisierten Haar auf dem Kopf –, ich rief also: Der da, der ist ein Ladenhüter! Und ich zeigte mit dem nackten Finger auf den gut frisierten Dollar, der da noch nicht Dollar hieß, und rief noch einmal schrill: Der da!, und er erschrak so, dass es ihn schüttelte, er zurückwich und mit dem puscheligen Schwänzchen hart auf die kalte Käfigwand hinten knallte. Er jaulte kurz und jämmerlich auf, der arme Kläffer, fasste sich aber rasch und hob das lasche Lid, sodass ich sehen konnte, dass der Muskel, bei Stress und Erschütterung, ja doch noch intakt war. Ich zwinkerte ihm zu und wusste: Der ist es, wir verstehen uns.
Die umstehenden ganz und gar unwissenden und leicht beeinflussbaren Herren in Anzügen aber tuschelten und raunten: Ach ja, da hängt ja wirklich was, das ist nicht intakt! Und sie gingen näher und beugten sich über den Käfig: Der sah eben noch so perfekt aus, nun sieht man es, ihm hängt das Lid so schlaff herab. Wer weiß, wo er sich das zugezogen hat. Hat jemand die Herkunft untersucht? Kennt einer den Züchter? Ich stand nur dabei und sagte trocken: Hängt erst das Lid, hängt bald das aufgeföhnte Haar. Hängt die Pfote, hängt das Ohr. Und seht nur, wie traurig er guckt. Die Umstehenden nickten. Ja-uuul!, jammerte das Hündchen. Der Wert des Dollar rasselte in den Boden, wie es sonst nur auf dem Aktienmarkt passiert, sobald einer wie Buffy Maddog seine Finger im Spiel hat.
Ich hatte mich schließlich gut vorbereitet und angezogen für meinen Auftritt, denn ich gehe nicht im weißen Polohemd des Yachtclubs auf derlei Auktionen, sondern, und jetzt hören Sie gut zu, ich kleidete mich als Adeliger, der seinen Reichtum,

scheinbar, nicht zeigen will: Cordhose, abgewetzt, löchriger Janker, Lederstiefel samt Stallmist de luxe, unfrisiertes Haar, schlechte Laune. Aber, und jetzt sehen Sie genau hin, aber eine Uhr, eine teure Uhr musste aufs Handgelenk. Diesmal nicht die Rolex vom Protzerkönig, sondern eine dezente Retro-Cartier.
Alt ist bei Cartier nicht alt, sondern immer retro. Und die Cartier ist das Geheimsignal, auf das alle nur verstohlen blicken, doch gleichermaßen offensichtlich reagieren. Die Cartier flüstert: Ich habe in meinem Leben viel erreicht, jetzt geht es darum, das Erreichte zu verwalten und für die nächste Generation zu sichern. Sagen Sie nie Reichtum, sagen Sie immer: das Erreichte.
Ha! Wer reden kann, hat das Zeug zum Werbetexter, und wer werben kann, hat die anderen schon für sich eingenommen. Mit Reden macht einer aus Scheiße Gold, und weiß der Himmel, was die Schreiberlinge noch von ihm lernen könnten, trügen die nicht allesamt das falsche Brillengestell auf der Nase. Mit Pilotenbrille – goldener Rahmen, getöntes Glas –, da sieht man die Welt, wie sie wirklich ist.
Diesmal hatte ich die goldene Pilotenbrille aber zu Hause gelassen, um mit einem Krankenkassengestell der Marke Aristo zuerst auf den versehrten Rassehund zu gucken und dann, streng, auf die Besucher und die Verkäufer der Messe für Rassehunde, und so noch einmal zu wiederholen: Der bleibt übrig, der ist den Dollar nicht wert. Natürlich wurde auf dieser popeligen Provinz-Messe mit Euro gehandelt, aber ich tat so, als wäre alles mal so richtig international. Dann schielte ich geschäftig bis gestresst auf meine Retro-Cartier, schritt weiter und würdigte das Hündchen und auch die Menschen kaum eines weiteren Blickes. Stattdessen steuerte ich auf den billigsten Köter des Ladens zu und sagte bestimmt: Den nehm ich. Die kleine Ratte fiepte, wie nur Hunde fiepen, die wie Ratten aussehen. Der Verkäufer re-

agierte, er schien wie vom Blitz getroffen, offensichtlich hatte er nicht damit gerechnet, ausgerechnet diesen räudigen Winzling als ersten loszuwerden. Er stammelte etwas von zweihundertfünfzig oder zweihundert, ich schlug ihm selbstbewusst einen Hunderter in die flache Hand, holte die Ratte aus dem Zwinger und dampfte damit ab Richtung Messekantine.

Dort rauchte ich erst mal eine und hielt Rand, den kleinen Randy, so in der anderen Hand. Ich wollte ihn beinah schon Forint taufen oder Schilling, aber der Rand war dann die schwächste Währung, die mir im Moment eingefallen ist. Ein verknitterter klebriger Schein aus Südafrika war nach der letzten Reise noch in meiner Brieftasche geblieben, mit den Tieren aus dem Wildlife vorne drauf, einem Nilpferd oder einem Bison, damit sich das Hündchen desselben Namens im direkten Vergleich ordentlich schämen möge für seine Winzigkeit. Kaum eine Minute verging, saß schon der erste schmierige Typ im Spießer-Jackett neben mir, trank seinen Filterkaffee aus dem Pappbecher und hob an, mir Randy abzuschwatzen. Ich zierte mich, nannte ihn einen Banausen und gleich noch Schwerenöter, der den wahren Wert der Ratte Randy gar nicht erkennen könnte, ich streichelte meinen Köter und sagte dazwischen immer wieder: Dich geb ich nicht her, dich geb ich nicht mehr her. Bald wurde der Kerl davon so geil auf meinen Randy, dass er sein Angebot verdoppelte. Ich lehnte entschieden ab. Da bot er mir zum Tausch seine neueste Errungenschaft: einen schwarzen Welpen, geimpft und gechipt, gewaschen und gekämmt. Eine richtige Elvis-Tolle hatte man ihm mit Haarspray fixiert vorne zwischen seinen dümmlichen Augen. Ich wehrte mich gegen das Angebot, willigte schließlich aber ein in den ungleichen Tausch, tat wie ein Gönner, den Tauschwilligen in seiner trügerischen Annahme bestärkend, einen guten Deal gemacht zu haben. Und so ging es den ganzen Vormittag von Herrchen zu Herrchen, von Hündchen zu Hündchen, von Währung zu Währung, bis ich meinen Dollar hatte. Für den Preis einer Ratte. Den Dollar für eine Ratte! War das ein Geschäft!

Der Mensch lässt sich beim Kauf nicht nur von rationalen Überlegungen leiten, nein, er handelt emotional. Das hätte ich dem Nobelpreiskomitee schon im Jahre Schnee erklären können, aber es hört keiner auf ein Arbeiterkind aus schlechtem Elternhaus, mit wenig Bildung und kaum Zaster, ohne Asche, null Kohle, kein Bares, nix mit Pinkepinke. Aber ich war eben eines von jenen Arbeiterkindern mit Sinn und Verstand, die klar agieren und kühl überlegen, dann kühn zuschlagen und hinterher immer zuletzt lachen. Auf diese Kinder würden sie alle noch einmal hören, auf mich würden sie hören! Ich habe so gelacht, ich war sehr emotional, meine Gefühle übermannten mich, als ich den Hund aus seinem Käfig holte. Dollar, mein Dollar! Er grinste mich an, wie nur ein reinrassiger Edelkläffer grinsen kann, wenn er auf sein Herrchen de luxe trifft, wir beide zwinkerten einander zu, er sprang mir ins Gesicht, leckte mir die Backe nass. Ich küsste ihn und marschierte ab, den Triumph in Händen, die Ausfahrt vor Augen. Dollar, es geht ab nach Hause! Zu Honey! Dollar und Honey, heute habt ihr es wieder gut gemeint mit mir, dem schlauen Halunken.

## 2.

Offenes Verdeckdach, die Pilotenbrille endlich wieder aus dem Handschuhfach gekramt, verließen wir das Messegelände, wo mal Hunde, mal Bücher, mal Küchengeräte verzockt werden, einer neuen Freiheit entgegen. Dollar hockte neben mir, wo sonst nur Honey sitzen darf, und hatte meine Aristobrille samt Gummiband über den Kopf gespannt, damit der Fahrtwind das gesunde Auge nicht reizen und sich der Aufwand bei Doktor Dollarfixer nicht unnötig vergrößern würde. Und so rasten wir Richtung Innenstadt.

Ich zeigte und erklärte ihm alles, was ein Bildungsbürger dieses Landes kennen und wissen müsse, hier die Oper, da das Museum, dort dieses und jenes alte Gebäude, das eigentlich ein neues ist, aufgebaut nach dem Krieg. Ich guckte während der Fahrt ein paar Mal zu Dollar und war mir nicht sicher, ob er den Krieg kannte. Ein Hundeleben ist doch kleiner als unseres und, trotz bester Zucht und Herkunft, schien mir sein historisches Bewusstsein begrenzt. Ich will es auch nicht übertreiben mit der Vermenschlichung von Tieren, selbst wenn mein Dollar eine ziemliche Auswirkung auf Herrchen und Frauchen zu haben schien. Schließlich ließ ich es bei einem kurzen Hupen an den wichtigsten Sehenswürdigkeiten der Stadt bewenden und bog scharf um die Kurve, als es Richtung Hauptplatz ging. Dort pfiff ich einem flotten Mädchen auf dem Fahrrad hinterher, wovon nun Dollar endlich richtig wach wurde und wild zu kläffen begann. Süße Biene, sagte ich hocherfreut zu Dollar und deutete auf das Mädchen, aber meine Honey, du wirst Augen machen, meine Honey ist noch viel süßer. Ja-uuul, jaulte Dollar. Ja-uuul! Und noch mal.

Was jault denn der hysterische Köter so? Die süße Biene ist doch schon längst um die Ecke geflogen, was knurrt und bellt er da den Hauptplatz an? Ich bremste scharf ab, brüllte noch dem Fahrer nach, der uns beinah hinten auf den roten Rolly aufgefahren wäre, schließlich hielt ich auf den Straßenbahnschienen vor dem Platz und stieg schimpfend und gestikulierend aus. Wir stiegen aus, Dollar und ich. Gleich wird die olle Straßenbahn bimmeln, weil ich ihr mit dem Rolly den Weg versperre. Die wollen manchmal nicht verstehen, dass der Fahrer eines Rolls-Royce mehr Rechte hat als ein schwerfälliger Wagen aus dem Eigentum der städtischen Verkehrsbetriebe. Es gibt schon viel Neid. Sollen die Straßenbahnfahrer doch anhalten, eine kurze Verschnaufpause machen für alle, ein Zigarettchen rauchen und, um Himmels willen, alles ein bisschen entschleunigen!

Ja, Erfolg erzeugt Feinde. Besitz macht Arbeit. Und er zieht einen heftig wedelnden Schwanz an Problemen hinten nach. Honey und ich haben das am eigenen Leibe oft und oft erfahren müssen. Die Villa auf Ibiza: ausgeraubt. Das Anwesen in Miami: geplündert. Alles fort, was glänzt. Honeys Armbanduhr für die Treffen im Damenklub: futsch, auch ihr weißer Nerz, den sie samt keckem Mützchen bei Empfängen des hawaiianischen Honorarkonsuls trug. Meine Sportanglerausrüstung, die ich zwar nie benutzt, aber doch ganz gern bei mir hatte, wenn wir die Küste von Monaco entlanggefahren sind und dem monegassischen Volke vom rasenden Auto aus zugewinkt haben. Da hängen Erinnerungen dran! Im neuen Haus haben wir uns, nach schlechten Erfahrungen, tüchtig eingebunkert. Wir können zwar nicht mehr ruhig schlafen, aber wir bleiben wenigstens unter uns, Honey und ich. Ein System an Sicherheitsschlössern, Panzertüren und Metallgittern schützt uns. Dazu eine Sicherheitstür, ein Metallschloss, ein Panzergitter. Eine Metalltür, ein Panzerschloss, ein Sicherheitsgitter. Sie alle können das ruhig wissen, das soll sich auch herumsprechen in Gaunerkreisen.

Dollar sprang wie von der Tarantel gestochen aus meinem Wagen und schoss auf die Mitte des Platzes zu. Den nannte man offiziell hier gar nicht Hauptplatz, aber in einem der zentralen Gebäude war einmal die Europäische Zentralbank untergebracht gewesen, und so war dieser Ort doch, wenn man seinen ehrlichen Verstand

benutzte, als der heimliche oder gar nicht so heimliche Hauptplatz unseres friedlichen Staatenbundes zu bezeichnen. Von hier aus wurde regiert, bis hinunter nach Griechenland und Gibraltar, und wenn man übers Meer fuhr, dann spürte man noch etwas von seinem Einfluss, selbst an der Küste Nordafrikas. Aber deswegen kann mein Hündchen doch jetzt nicht so jaulen! Dollar, rief ich, Dollar! Die Passanten auf dem Platz guckten mich gierig, manche ungläubig, an, ein paar schüttelten den Kopf wie angesichts eines Irren. Dollar!, rief ich wieder, denn Dollar war mir schon vorausgelaufen und nirgendwo mehr zu sehen.
Dollar! Dooo-llar! Ich ging weiter und sah mich um.
Hier war er also! Direkt unter dem fröhlichsten Denkmal der Stadt pinkelte er ungeniert an eine der beiden Säulen, auf denen das Kunstwerk montiert war, um noch höher, über die Köpfe der Menschen hinweg, emporzuragen. Du kleiner Pisser, sagte ich. Du kleiner Pisser markierst dein Revier! Eigentlich war ich stolz auf ihn. Mein Dollar, rief ich, hier bist du ja!
Eine Touristin stand nebenan und sagte trocken und ungerührt, mit britischem Akzent: Aber dies is the Jurro. Für einige Sekunden stand ich perplex und wie erstarrt vor der riesigen Skulptur und konnte nicht antworten, und als ich wieder zu ihr hinübersah, da war die Britin auch schon verschwunden. Was hätte ich sagen sollen? Mein Dollar pullert auf den Euro? Sie hätte es für einen schlechten Witz gehalten, und ich pflegte mein ganzes Leben lang gute Witze zu machen und mir die schlechten zu verkneifen.
Der gute Dollar hatte sein Revier markiert und machte sich nun daran, auch ein kleines Häufchen an der zweiten Säule zu hinterlassen. Ich blickte mich verstohlen um, kramte dann einen Gefrierbeutel mit modernem Zippverschluss aus meiner Jackentasche und begann, Dollars schwarze Klümpchen dort hin-

einzukicken. Gut vorbereitet muss man sein, gut vorbereitet auf den Dollar! Wieder verschlossen würden wir es so auch durch jede Sicherheitskontrolle am Flughafen schaffen, um die Devisen außer Landes zu bringen. Ich sah mir, so auf dem Boden hockend, das Euro-Zeichen von unten bis oben an. Es war gigantisch! Dollar kläffte und winselte und wollte hinauf, rutschte aber immer wieder an den glatten Säulen ab. Wie gern hätte ich den Zipp noch einmal geöffnet, um die ganze blau leuchtende Riesenskulptur in den Gefrierbeutel mit hineinzuschieben. Die Stadt würde nach meiner Aufräumaktion zehntausende Euro an Stromkosten einsparen. Ich würde bald als Wohltäter in den Zeitungen stehen! Talk-Thema im TV: Steuersünder oder Wohltäter? Gleichzeitig musste ich darüber lachen, dass ein einziger leuchtender Euro gleich zehntausend verschlang, und so putzte ich mit einem Taschentuch sorgfältig nach, da wo vor kurzem noch die Graffiti der Blockupy-Leute zu lesen waren. Aus zehntausend macht die Stadt eins, aber aus einem mach ich zehntausend, dachte ich fröhlich pfeifend, während Dollar weiter versuchte, den Euro zu erklimmen. Was sucht er dort? Und was wollen die jungen Leute mit ihren Blockaden?

Das Euro-Zeichen überstrahlte den Platz. Es sah traurig aus und billig, wie die Dollarzeichen in den Augen von Dagobert Duck, wenn ihn die Gier ganz schwindlig macht. Dollar winselte erbärmlich. Ich hob ihn hoch, doch meine Arme reichten nicht einmal bis zum untersten gelben Stern, geschweige denn bis zum unteren Halbrund des blauen E, am allerwenigsten bis zu den zwei Querstrichen auf halber Höhe oder bis zu den obersten Sternen. Dennoch, ich wurde den Verdacht nicht los: Dollar wollte ganz oben stehen, oben auf dem obersten Stern.
Schließlich war er mein Hund!

Langsam dämmerte es, und das Blau des Euro und das Gelb der Sterne, die ihn umkreisten, leuchteten kräftiger als zuvor. Mücken hatten sich an seiner Kunststoffverkleidung gesammelt, ganze Schwärme, die dort bereits dunkel klebten oder an anderer Stelle noch schwirrten und keine Ruhe fanden. Nun bimmelte auch die erste Straßenbahn, der ich den Weg versperrt hatte mit dem Rolly. Ja, ja, ich komm ja schon, rief ich und eilte zum Auto. Ihr meint, ihr könnt euch alles erlauben, rief der Straßenbahnfahrer zornig aus dem geöffnetem Fenster, und ich setzte mich ans Lenkrad meines Rollys und zeigte ihm höflich den Mittelfinger. Er bimmelte noch einmal kräftig, bevor er quietschend losfuhr, und ich hatte nun keine andere Wahl, als den Rolly in Richtung des Euro zu manövrieren. Immerhin war dort noch mein zappelnder Dollar am Hochspringen, und ohne einen Dollar in der Tasche konnte ich keinesfalls heim zu Honey.
So, mein Hündchen, sagte ich und krallte mir das Tier, zog meine Schuhe aus und stieg vorne auf die Motorhaube. Dollar jaulte auf. Ich streckte mich, so gut ich konnte, bin ja ein sportlicher Typ, und hievte ihn auf die unterste Rundung des blauen Euro, wo der kleine Kläffer gleich auf seinen vier Pfoten zu stehen kam und losflitzte, als hätte ihm einer Adrenalin gespritzt. Welch ein Schauspiel: lief los, rutschte ab, lief los, rutschte wieder ab. Ließ sich nicht entmutigen. Klug war das dennoch nicht, eine Rundung bleibt eine Rundung, einfacher wär's mit dem Skateboard gewesen. Dollar lief auf seinen vier nackten Pfoten und rutschte ab, lief und rutschte wieder ab. Nun war es bereits Nacht geworden, und wahrscheinlich war es der Segen der Dunkelheit, der uns noch ein wenig Zeit gab, bevor die Polizei uns dort entdecken, den Rolly abschleppen und uns beide, Dollar und mich, verhaften würde. Ja, der rote Rolls-Royce Corniche war kaum

noch zu erkennen in der Dunkelheit, aber der Hund und ich, wir waren doch ziemlich ausgeleuchtet im Strahlenglanz des Euro.

## 3.

Jemand griff von unten an meine Beine und schob mich hoch. He!, rief ich. Loslassen! Aber die fremden Hände hielten meine Beine fest umschlossen und drückten mich nach oben.
Widerstand war, wie so oft, zwecklos. Ich ruderte mit den Armen und wäre beinah hintüber gekippt. He!, rief ich noch mal. Dann schwankte ich nach vorne und schlug mit der Brust am leuchtenden Euro-Zeichen auf. Harte Währung, zischte ich und griff mit beiden Armen über die gesamte Breite der blauen Kunststoffverkleidung, um mich nun festhalten und selbständig hochziehen zu können. Die beiden Hände aus der Dunkelheit gaben mir noch einen letzten Schubs, um mich vollständig hinaufzubefördern. Ich schwitzte und fluchte, nahm all meine Kraft zusammen und bugsierte meinen Hintern in seiner abgewetzten Cordhose und meine Beine in ihren unpraktischen Lederstiefeln auf das unterste Halbrund des Euro und kam dort bald zu sitzen. Steigbügelhalter, rief ich zornig ins Ungewisse, was drückt ihr von unten? Was schiebt ihr mich hoch? Mein ganzes Leben bin ich aus eigener Kraft nach oben gekommen! Ein lachendes Gesicht kam da zum Vorschein, ein Mann im Anzug war auf die Motorhaube meines Rollys geklettert und guckte mich freundlich an. Was grinst ihr, die ihr unten steht und zu uns heraufseht?, rief ich noch einmal in nun schon recht gewichtigem Ton. Als wäre unten die Masse und hier oben die Klasse. Reden muss man können, Leute, reden. Ich rückte meine Pilotenbrille zurecht.

Ich bin ganz allein hier, sagte der Mann im Anzug freundlich und machte Anstalten, zu mir heraufzukommen. Ich dachte nämlich, Sie wollen zu Ihrem Hund hinauf. Zu Dollar?, rief ich. Nein, auf den Euro, sagte der Mann von unten, als müsste er mich korrigieren. Was soll ich mit dem Euro?, rief ich.
Der Steigbügelhalter hatte recht. Ich wollte es bloß nicht zugeben, nachdem ich ihn gleich so beschimpft hatte: Es war nicht mitanzusehen, wie der Dollar sich abrackerte. Man musste das Hündchen in die Hand nehmen und mit ihm das Euro-Zeichen erklimmen, um bis an den obersten Stern zu kommen. Ich komme hoch!, rief der Mann von unten. Brechen Sie nicht meine Spirit, rief ich daraufhin unfreundlich. Welchen Spirit?, fragte der Mann, der mir seine Hand entgegenstreckte, damit ich sie nehmen und ihn hochziehen könnte. Die Spirit of Ecstasy, die silberfarbene Lady vorne auf der Motorhaube meines Rolls-Royce. Ach so, sagte der Mann, die. Ich hielt dem Mann nun meine Hand entgegen, er schnappte nach ihr, griff zu und machte einen Sprung.
Aaah!, ich schrie. Doch nicht so, Sie Idiot! Dieser unsportliche Mensch war einfach ins Leere gesprungen und hing jetzt mit all seinem Gewicht an meiner linken Hand. Mit der rechten hatte ich den Euro fest an seinem Gerüst gepackt, um mich festzuhalten. Uns beide festzuhalten. Ich schrie, und der Mann, der an mir hing, schrie jetzt auch: Ziehen Sie mich hoch! Ja, verdammt, brüllte ich, und Dollar biss jetzt fest in meine Cordhose und zerrte an mir, um uns alle drei dort oben irgendwie zu verkeilen. Der Euro strahlte weiterhin ruhig in die Nacht hinaus. Verdammte Sesselhocker, nicht mal ordentlich hochklettern könnt ihr, schimpfte ich und zog nach Leibeskräften. Welch ein Idiot.
Endlich hatten wir den dicken Sack zu uns nach oben gezogen.

Dampfend hing er auf dem schönen Denkmal, Kopf und Arme auf der einen, die Beine auf der anderen Seite hinunterbaumelnd. Jetzt kommen Sie doch hoch!, rief ich noch einmal, und Dollar sprang hysterisch bellend von einem zum anderen, bis ich ihn beruhigt hatte und er knurrend vor unserem Gast haltmachte. Ruhig, Dollar, ruhig, sagte ich. Braves Hündchen. So blieben wir jetzt eine Weile sitzen, ich, die Beine angezogen, die Arme darüber geschlungen, vor Anstrengung schnaufend. Der Mann im Anzug blieb in seiner hängenden Position auf dem Bauch liegen und atmete schwer. Ich kramte in meiner Jackentasche und holte eine Zigarette aus der Packung. Rauchen Sie? Natürlich rauchte der Idiot nicht. Alles ein bisschen entschleunigen, sagte ich, mehr an mich gerichtet und an mein Hündchen. Ich rauchte erst mal eine, und dann noch eine. Der Nachthimmel war bewölkt, ein Flugzeug flog von hierhin nach dorthin. Eine Straßenbahn bimmelte leise, schon schien die Kreuzung mit ihren Schienen sich etwas entfernt zu haben. Dollar legte sich neben mich und platzierte sein Köpfchen auf den Schuhspitzen meiner Lederstiefel. Sein geföhntes Hundehaar mischte sich mit dem Stallmist de luxe. Dann war alles ruhig.

Ich will jetzt doch eine rauchen, sagte der hängende Mann in die Stille hinein. Wollen Sie nicht ganz hochkommen und bei uns sitzen?, fragte ich. Gleich, sagte der Mann, erst rauch ich eine. Ich zündete eine Zigarette an und reichte sie ihm hinunter. Danke. Dann wieder Stille. Der hängende Mann paffte seine Zigarette, ohne zu inhalieren, und der Rauch stieg mir in die Augen. Dollar hatte beide Augen geschlossen, sein schlaffes Lid unterschied sich jetzt nicht vom straffen. Nicht so übel hier oben, sagte ich. Kleines Päuschen, dann klettern wir hoch. Über uns leuchteten die Euro-Sterne verheißungsvoll und gelb. Nach nur ein paar Zügen ließ der hängende Mann die Zigarette nach unten propellern. Ganz winzig glimmte unten noch ihre rote Glut. So klein, sagte er und sah nach unten. Richtig groß sind Zigaretten ohnehin nicht, sagte ich. Zigarren vielleicht. Ich rauche ja auch Zigarren. Zu einem Glas Whisky vor dem Kamin. Wenn Honey und ich davor liegen auf unserem afrikanischen Leopardenfell. Bei Zigarren gibts ziemlich dicke Kaliber. Nur feinster Tabak aus Kuba!

Wer ist Honey?, fragte der hängende Mann. Honey ist meine Honey, sagte ich. Ihre Frau heißt Honey?, fragte er. Klar heißt die Honey, sagte ich, aus Amerika. So wie Honey and Money. Ich hatte einmal eine Agentur, die nannte ich Honey and Money. Funktionierte super, ich hab noch das goldene Türschild davon! Honey and Money, Investments de luxe. Hab Visitenkarten gedruckt mit der Adresse darauf: Frankfurt, Miami, Ibiza. Kleben Sie nicht an Ihrem Geld, investieren Sie! Do not rest – invest! Damit haben wir ordentlich Kohle gescheffelt, Zaster, Asche, Pinkepinke. Danach in einem herrlichen Wohnmobil ans Meer gefahren, Honey und ich. Sie im hautengen Catsuit samt Cowboyhut und ich in weißen Jeans!

Wir haben immer toll zusammen ausgesehen. Honey war ohnehin die schönste Frau, ist sie noch immer. Irgendwann noch mal gemeinsam nach Hongkong, New York, auf die Seychellen. Kunst und Leben! Barfuß durch den Sand, und trotzdem immer genug Money in der Hosentasche!

Irgendwann, sorgenlos. Ah ja, sagte der Mann, schön. Der rote Punkt der Zigarette verglühte unten und erlosch. So winzig, wiederholte er noch einmal traurig und leise. So winzig sieht das Euro-Zeichen aus, wenn man im obersten Büro des Hochhauses dort sitzt und nach unten blickt. Ach so?, sagte ich. Gerade kam es mir doch ziemlich riesig vor, wie wir da auf ihm throntem oder hingen und das Hündchen so zierlich neben uns schlief. Arbeiten Sie dort oben?, fragte ich. Ja, sagte der Mann, aber ich höre auf damit. Im selben Business, sagte ich. Also, ich bin ja nicht Banker, aber ich tätige Investments. Mach aus alten Abbruchhäusern neue Villen und verkaufe die dann. Aber eigentlich bin ich Werbetexter. Ach ja?, fragte der Mann. Na ja, sagte ich, Versicherungsmakler. Anzeigenverkäufer. Werbebroschürengestalter. Aha, sagte der Mann leise. Der war wohl beeindruckt. Also eigentlich Künstler, sagte ich. Besser gesagt: Schriftsteller, berühmter Schriftsteller! Haben Sie Bücher geschrieben?, fragte der Mann. Klar, sagte ich. Mindestens zehn. Alle erfolgreich, sehr erfolgreich. Ah ja, sagte der Mann. Ja, ja, fuhr ich fort. Man muss sich nur vermarkten können. Reden, immer reden. Das ist die Kunst. Die Kunst und das Leben. Kaufen und verkaufen. Gewinnen, und nicht verlieren. Der Mann schwieg. Vom Habenichts, vom Pleitekaufmann, vom Sozialhilfeempfänger – zum Geschäftemacher, zum Seiltänzer, zum Glücksritter! Zum Tagträumer, zum Sammler, zum Protzer. Zum Hochstapler, zum Dressman, zum Spekulanten! Einmal, sagte ich, haben Honey und ich die ganze Nacht Dollarscheine kopiert und ein paar echte darunter gemischt und am nächsten Tag dann den ganzen Packen Dollars aus dem Fenster geworfen. Wie graugrüne Blüten segelten sie nach unten! Wunderschön. Wir haben das vorher den Zeitungen angekündigt und im TV. Millionär wirft eine Million Dollar aus dem Fenster! Die Leute standen unten und schlugen sich fast die Köpfe ein, um ein paar Scheine zu ergattern. Gute Promotion für mein Buch. Leider ging am selben Tag die Buchhandelskette, deren hauseigener Verlag meinen Roman gedruckt hatte, bankrott. You win some, you lose some. Ich musste lachen. Jetzt lachte der Mann auch. Die ganze schöne Geldvernichtung, sagte er. Gewinnen und ver-

lieren. Ich hörte erst Weltvernichtung, aber er sagte doch Geldvernichtung.
Aber Sie gewinnen doch, dort oben in Ihrem Büro, nicht?, fragte ich ihn. Wir gewinnen, und wir verlieren, manchmal mehrmals am Tag, antwortete er. Mein Kollege und ich, wir sitzen im selben Büro. Ihm wird immer ganz heiß, wenn wir viel verlieren, und mir wird immer ganz kalt. Das ist der Unterschied. Aber vielleicht gleicht sich das aus?, fragte ich. Letztlich ja, sagte der Mann und zog sich nun doch ganz hoch auf die Plattform, auf der wir saßen, und hockte sich neben mich. Ich zündete mir noch eine Zigarette an. Welches ist denn das Fenster Ihres Büros?, fragte ich dann. Äh – –, er lehnte sich etwas nach hinten und zwickte die Augen zusammen. Vorsicht, nicht fallen!, rief ich. Dort oben, sagte er, schauen Sie, dort in diesem höchsten dieser Bürotürme, da ist es – der Mann deutete mit dem Finger in die Luft und zählte von oben nach unten –, dort ist es das erste Büro links in der vierten Zeile von oben. Ich lehnte mich auch nach hinten. Da?, fragte ich. Nee, dort, sagte der Mann und zeigte noch einmal in die ferne Höhe. Im achtzigsten Stockwerk?, fragte ich. Der Mann lachte. In dem Haus, das es nicht gibt, sang er jetzt leise und etwas ungeübt. In der Stadt, die es nicht gibt, sang ich weiter. Hildegard Knef, sie blickte aus einer trüben Regenwolke zu uns herunter. Dann lachten wir beide. Dollar hob sein schlaffes Lid und winselte ein bisschen. Auch ziemlich klein, Ihr Fenster, sagte ich zu dem Mann. Von hier aus gesehen schon, sagte er. Und der Kollege noch am Rackern?, fragte ich. Mhm, nickte der Mann. Und Sie? Ich weiß nicht, sagte der Mann, ich werde wohl fortgehen. Ich kann Sie fahren, sagte ich. Mal sehen, sagte der Mann. Aber zuerst helfen wir dem Dollar noch zu den Sternen nach oben!
Gesagt, getan. Wir sprangen auf, Dollar wurde sofort hellwach

und sprang uns nach, und so bildeten wir zu dritt eine Räuberleiter, um nach oben zu kommen. Es war schon verdammt rutschig, dieses Kunstwerk. Einer nach dem anderen, mit vereinten Kräften, schafften wir es auf die beiden Querstriche des Euro-E. Nach einer kurzen Verschnaufpause ging es weiter nach oben. Wissen Sie, fragte der Mann, der jetzt hinter mir kroch, wissen Sie, was ein Künstler und ein Banker machen, wenn Sie sich auf einer Party treffen? Weiß nicht, sagte ich, überdimensionierte Euro-Kunstwerke entwerfen? Hahaha, lachte der Mann. Ja, das auch. Aber hören Sie zu, das ist ein bekannter Witz: Wenn sich ein Künstler und ein Banker auf einer Party treffen, dann redet der Künstler über Geld, und der Banker redet über Kunst! Hahaha, der Mann lachte laut über seinen Witz. Das ist schon das beschissenste Kunstwerk, das ich je gesehen habe, sagte ich jetzt, und ich war schon in vielen Museen dieser Welt. Die Kunst war immer schon voller Monster, sagte der Mann darauf. Hochschulabsolvent, dachte ich und kletterte weiter, den kleinen aufgeregten Dollar vor mir herschiebend.

Ey, ich weiß nicht wie, aber irgendwie haben wir es bis zu den obersten Sternen geschafft. Dollar wieselte wie wild von einem Zacken zum nächsten. Die Leuchtdioden im Inneren der Skulptur sirrten leise und trotzdem nervtötend. Lange halt ich es hier nicht aus, dachte ich mir, aber Dollar war happy und riss beide Lider hoch und kläffte wie ein junger Hund.
Hübscher Köter, sagte der Mann. Ja, sagte ich stolz. Aber was bellt er denn so? Dollar reckte sein Köpfchen und jaulte und bellte, und er schien, bei aller Gipfelfreude, noch immer nicht zufrieden zu sein. Was will er denn?, fragte ich jetzt laut, wieso bellt er denn immer diesen Turm an? Ach so, sagte der Mann, der bellt den Mond an. Aber da war kein Mond zu sehen. Der

Mond, sagte der Mann, der ist hinter diesem Turm versteckt. Er ist nicht zu sehen. Ein Wolkenkratzer verdeckt den Mond. Wir müssen ein bisschen warten, bis die Erde sich weitergedreht hat und Ihr Hund den Mond anbellen kann. Erst danach wird er sich beruhigen. Ach so, sagte jetzt ich. Ein Tierfreund, dieser Mann im Anzug. Na ja, fuhr ich fort, aber die Türme sind hoch, und die Fassaden sind breit, das kann dauern. Ich schielte geschäftig bis gestresst auf meine Retro-Cartier: Ich will langsam heim zu meiner Honey. Ach, sagte der Mann traurig. Ich will jetzt hinunter und nach Hause, sagte ich. Ich würde noch hierbleiben, sagte der Mann, ich hab keine Termine mehr. Ich klopfte den Stallmist von meinen Stiefeln. Hm. Na ja, sagte der Mann, das Hündchen, würden Sie das eigentlich verkaufen? Den Dollar?, rief ich erbost. Ja, den Dollar, sagte der Mann, mit Währungen kenne ich mich immerhin aus. Den geb ich nicht her, rief ich beleidigt, den geb ich sicher nicht mehr her!
Schade, erwiderte der Mann. Dann schwieg er. Ich guckte enttäuscht zu Dollar, der noch immer den verdeckten Mond anbellte. Ein nervtötendes Vieh, dachte ich. Dollar jaulte jämmerlich.

## 4.

Dollar jaulte, und unten heulte die Sirene eines Polizeiwagens. Blaulicht blinkte und knallte mitsamt den gelben Sternen und den blauen Verstrebungen des Euro-Zeichens ein poppiges Bild auf den Asphalt. Sofort herunterkommen!, brüllte eine Stimme zu uns herauf. Es war nun Schluss mit der Entschleunigung. Ja, ja, rief ich, wir kommen schon. Mein Hund wollte doch nur ein bisschen den Mond anheulen von hier oben. Sofort!, schallte es noch einmal von unten. Ich ließ mich, ich weiß wieder nicht

wie, hinunterrutschen, den Dollar in der einen, die Zigarette in der anderen Hand. Eigentlich flogen wir mehr, als dass wir kletterten, dem Mann im Anzug hinterher.
Unten angekommen, erwartete uns das volle Programm. Ich rief etwas vom Recht des Bürgers auf Benutzung des öffentlichen Raumes, und wahrscheinlich rief ich auch ein bisschen zu oft: beschissenes Kunstwerk, beschissenes Euro-Denkmal! Und dann blaffte ich noch die Polizei an, mir bloß nicht meinen roten Rolls-Royce Corniche zu zerkratzen bei dem ganzen Tumult. Völlig hysterisch. Das könnte man doch zivilisierter regeln!, rief ich erbost.
Und es wurde dann ja auch zivilisiert geregelt. Der Investmentbanker holte ein Bündel Scheine aus der Hosentasche. Deshalb hat der vorhin noch so dick ausgesehen, dachte ich und pfiff durch die Zähne. So regelt man das! Und dann guckte der Mann zuerst mich an und dann den Hund, und ich guckte dann den Hund an und dann wieder ihn. Die Polizei war in der Zwischenzeit schon wieder abgefahren, nicht ohne uns noch ein paar Verhaltensregeln mit auf den Weg zu geben. Okay, sagte ich, wie viel haben Sie dabei? So viel Sie wollen, sagte der Mann, und er sah dabei irgendwie kalt und entschlossen aus. Ich wollte Dollar nicht loswerden, ich liebte ihn doch. Aber dann platzte es aus mir heraus: zehntausend. Zehntausend Dollar für einen! Von Herrchen zu Herrchen, von Hündchen zu Hündchen, von Währung zu Währung. Gut, sagte der Mann. Er fasste noch einmal in die Hosentasche und holte ein dickes Bündel an Scheinen hervor. Huch, wollte ich sagen, aber ich kicherte nur kurz laut auf.

Zehntausend für einen. Vom Habenichts, vom Pleitekaufmann, vom Sozialhilfeempfänger – zum Geschäftemacher, zum Seiltänzer, zum Glücksritter! Zum Tagträumer, zum Sammler, zum

Protzer. Zum Hochstapler, zum Dressman, zum Spekulanten! Einer von den oberen Zehntausend sein! In meinem Rolly mit offenem Verdeck brauste ich durch die Nacht. Mein Name als Schriftzug auf den Hochhäusern der Stadt. Die Buchstaben dort oben, wo sonst die Sterne stehen und die Wolken kleben, bis es regnet. Ein Flugzeug flog vorbei, noch eines und noch eines. Ich schob die Pilotenbrille ins Haar und stieg aufs Gaspedal. Honey, werde ich sagen, Honey, ich hab einen Dollar gesetzt und zehntausend gewonnen! Ich umfasste das Lenkrad fest, hielt die Nase in den Fahrtwind und ließ die Skyline der Stadt hinter mir. Traurig bin ich schon wegen des Hündchens, klar. Das war ein schöner Hund. Aber sein linkes Lid, es hing so schlaff. Und wer weiß, ob der Doktor Dollarfixer aus der feinen Nachbarschaft das wirklich wieder so hingekriegt hätte. Irgendeine Narbe bleibt immer, Honey, irgendeine Narbe bleibt immer, wenn man Geschäfte macht.
Und Honey würde mich ins Haus ziehen und die Sicherheitstür hinter uns verriegeln, eine Flasche Whisky aus dem Tropenholzschränkchen holen, mir über die Wange streichen und, ein bisschen fröhlich, ein bisschen traurig, sagen: Another Day, another Dollar, Darling.

# STIMMEN EINER STADT IV–VI

Uraufführung: 6. April 2019
in den Kammerspielen am Schauspiel Frankfurt

# ANTJE RÁVIK STRUBEL
# UNVOLLKOMMENE UMARMUNG

*Eine Hütte im Schwarzwald nachmittags im Frühling. Im Hintergrund der Bühne der Hütteneingang, davor ein Campingtisch mit Akten. Eine Holzbank. An der Hauswand hängen goldene Souvenir-Boxhandschuhe, die Andreas Sternthal gehören. Rechts lehnen Sonnenstühle zusammengeklappt an der Wand. Davor eine Bergwiese. Ein kahler Baum. Aus der Hüttentür tritt mit der sehnigen Dynamik eines Mannes, der sich sportlich viel abverlangt, Andreas Sternthal: hellbraune, gut sitzende Stoffhosen, ein in die Hose gestecktes, blaues Vichy-Karo-Hemd, darüber ein oft getragener dunkler Wollpullover mit V-Ausschnitt und ein gepflegter anthrazitfarbener Trachten-Walk-Janker. Das Hemd ist zugeknöpft, aber ohne Krawatte. Kurzes, dunkles Haar. Er boxt gegen die Handschuhe, greift sich ans Ohr, um das nicht sichtbare Hörgerät zu justieren. In der Hand hält er einen cremefarbenen Wollschal, sein Blick bleibt an der obersten Akte hängen.*

Wollen dem Sternthal immer …

*Die Luft ist frühlingskalt. Mit dem Wollschal um den Hals ist es angenehmer. So sind die Hände frei, um die Akte aufzuklappen. Er ist gut gelaunt und zum Scherzen aufgelegt.*

Wollen dem Sternthal immer die Akteneinsicht so lange wie möglich verweigern.

Wenn die Richterin Sie fragt: »Herr Fritz, ist das richtig, was der Sternthal gerade gesagt hat? Dann sagen Sie ja, das ist

richtig.« – Natürlich! Außer dem Sternthal findet ja keiner die Lücken in den Spurenakten. Weil dem Sternthal jedes Krimiverfahren Spaß macht, in dem er was rausfinden kann.
Wenn ihr einen Krimiverteidiger wollt, kriegt ihr den, aber wenn ihr wollt, dass ich euch nach dem Maul rede, kriegt ihr mich nicht!
*Er klappt die Akte geräuschvoll zu.*
Ich bin immer dafür, dass man seine letzten Lebensjahre nicht verschwendet. Die Sonne. Die Wärme. Vierzehn Grad! Wie oft lag hier oben noch Schnee zu Ostern. Das Rauschen der Höhenkiefern. Die Höhenluft …
Das verstehen sie nicht, die jungen Spunde von der Staatsanwaltschaft, glauben, sie hätten unbegrenzt Zeit. Wie viele Zeugen der Nebenklage wollen Sie eigentlich noch anhören? In jedem kleinen Körperverletzungsdelikt haben wir mittlerweile mehr Opfer mit ihren Anwälten sitzen als Verteidiger!
*Am besten wäre es, die Akte zuunterst in den Stapel zu schieben.*
Ostern, Sternthal! Mal ein Tag ohne Arbeit; ob du das schaffst? Jemand wurde getötet, und dann treten die Angehörigen alle einzeln mit einem eigenen Anwalt vor Gericht auf. Und nur, weil das den Staat kostet, rudert man jetzt zurück, aus rein fiskalischen Erwägungen! Geht's noch? Leute, wir haben uns ein Strafgesetzbuch gegeben. Die Interessen des *Opfers* sind notgedrungen andere, vom Schadensausgleich bis zu Rachegedanken, alles berechtigt, aber nicht im Strafprozess! Wir sagen, Freiheitsstrafe ist die Ultima Ratio dieser Gesellschaft. Dann kann man das nicht … Das Recht, sich zu verteidigen, kann man nicht immer kleiner machen! Aber wenn ich moniere, dass da rein emotionale, unjuristische Gesichtspunkte eine Rolle spielen, da gibt es Richter, die sagen, Sternthal, das machen Sie doch auch. Ja, klar! Weil ich der einzige, der einzige Mensch in diesem

Saal bin, der Herrn Fritz beisteht. Das ist meine Aufgabe. Ihr Richterinnen, Staatsanwälte, ihr müsst neutral bleiben, das ist der Unterschied. Das müsst ihr mal verstehen! Wird ja immer gesagt, die Staatsanwaltschaft ist die objektivste Behörde der Welt … Klar, ich will Erfolg, ich will Herrn Fritz raushauen. Aber bei euch muss der Erfolgsmaßstab ein anderer sein. Nicht, wieviel ihr für den gekriegt habt! »Was, so wenig, für mehr hat es nicht gereicht?« Sorry, das kann doch keine Niederlage sein. Was ist das für eine Haltung? Leute, das sind unsere Regeln. Regeln, die wir uns als Gesellschaft gegeben haben. Wenn's mit der Anklage nicht reicht, vertreten wir das, und zwar nicht als Niederlage der Staatsanwaltschaft, sondern, weil es das Gesetz so vorsieht. Aber nein, raus kommt's dann so: Jetzt haben die den wieder laufen lassen! Nur, wehe, dass die mal, die dann so schreien, irgendeine Kleinigkeit als Straftat haben; wie die dann … Polizisten, Anwälte als Mandanten, wie die dann auf einmal: »Herr Anwalt, das geht doch nicht, das steht doch im Grundgesetz anders.« Da packen sie die Rechtsstaatlichkeit aus! Die ist ihnen sehr wohl bekannt. Verhalten sich nur nicht danach. Bin sehr dafür, dass man seine letzten Lebensjahre nicht verschwendet. Die Sonne. Die Fichten. Die Höhe. Die Luft. *Fröstelt.* Nur der Rücken. Der Rücken bleibt kalt.
Ostern, Sternthal! Raus aus dem Hamsterrad! Hättest doch nach Umbrien fahren sollen.
»Noch sind die Deutschen nicht arm genug, um in den Schwarzwald zu fahren anstelle des Mittelmeer«. Wie oft hast du das gesagt, Oswald. Wie oft haben wir zusammen hier gesessen. »Oswald und Gerdas Ruh«. Um die Ruhe wäre es aber geschehen, Oswald, wenn die Deutschen sich das Mittelmeer nicht mehr leisten könnten. Um deine Schwarzwaldluft. Keine Knospe am Baum, aber die Sonne fast wie in Italien …

Weißt du, was ich gern mache, wenn die wieder die Rechtsstaatlichkeit vergessen? Ich mach die Zauberflöte. Diesen berühmten Spruch von Sarastro: »In diesen heil'gen Hallen kennt man die Rache nicht.« Aber die zweite Zeile: »Und ist ein Mensch gefallen, führt Liebe ihn zur Pflicht.« Das ist die Aufgabe von Strafrecht! »Führt Liebe ihn zur Pflicht.« Und wenn die so ganz aus der rechten Ecke, so übel kommen, und wollen, dass die Leute noch härtere Strafen kriegen, länger sitzen, komm ich auch mal mit dem Christlichen. Dass es dem christlichen Gedanken widerspricht, auf den sie ja so Wert legen gegenüber dem Morgenland.

Der überwunden geglaubte Obrigkeitsstaat, der den Beschuldigten nicht als Subjekt, sondern als Objekt des Verfahrens ansieht, drängt wieder nach vorn, Oswald. Die Kriminalität geht zurück, aber ein Reformgesetz nach dem anderen. Reform! Um Strafverschärfung geht es. Deine Mädchen aus dem Bahnhofsviertel, für die du dein letztes Hemd gegeben hättest … Die Freispruchquote in Hessen liegt derzeit bei zwei Prozent. Selbst in Stalins Sowjetunion gab es mehr Freisprüche!

Wusstest du, dass deine Mädchen noch lange nachher zum Zigarettenschnorren zu uns in die Kanzlei kamen? Wir hatten immer ein paar Stangen auf Vorrat da, wie du. Eine kam nach dreizehn Jahren und hat nach dir gefragt. Weil sie wieder reingeraten war ins Milieu und völlig abgestürzt ist. Armes Luder. Wäre fast verreckt. Auch das hast du mir vererbt, Oswald.

*Auf einem Sonnenstuhl auf der Wiese mit Blick über die Wolken.*

Keine Knospe am Baum. Aber frühlingswarm. Und still. So still hier oben, bis auf das Prasseln der Sonne. Oder ist die Batterie …? *Das Hörgerät ist verrutscht.* Wer will da nach Italien?

*Der Stuhl steht falsch.*

Keine Blüte, nicht ein einziger Krokus. Winterkahl. Das Skelett

des Waldes … Unten in Frankfurt müssen es zwanzig Grad sein. Hans wird zum Pferd gehen. Bei dem Wetter muss er nicht in der Halle reiten, da kann er raus. »Ach, du willst zu Ostern auf die Hütte? Ohne Arbeit? Das schaffst du doch nie!« – Doch, Hans, doch!
Diese plötzliche Wärme, das wird die Frühblüher überfordern. Der Boden war ja noch gefroren, als ich wegfuhr. Die Peonie wird aufbrechen. Explodieren! Nur Augenblicke und vorbei. Und ich … Wenn ich zurückkomme, wird es zu spät sein. – »Ich bin nicht ungern Sklave meines Gartens.« Ah. Und weiter? Sternthal! – »Es macht mich sehr müd und ist etwas zu viel, aber es ist das Klügste und … das Klügste und Wonnigste … Wohltuendste! Das Klügste und Wohltuendste, was man tun kann.« Wenn ich nur gewusst hätte … War es nicht Anfang Mai, als ich letztes Jahr die Rosen düngte? Dieses Jahr werden sie zeitiger blühen. – Man könnte schon mit dem Rad … – Ach, du. Eifriger, alter Hamster.
*Ein zweiter Sonnenstuhl wird gebraucht. Er muss ausprobiert werden.*
Meine Peonie. Schöner als die gewöhnliche Pfingstrose.
Du hättest mir nichts Wunderbareres vererben können als diesen Garten, Oswald. Natürlich auch das Haus. Ganz klar. Das weißt du. Dein großes, geräumiges Gründerzeithaus. Luftig, mit hohen Decken. Als würden die Räume atmen. Müsste ich Miete zahlen für die Kanzlei und die Wohnung … Wir könnten nie unser Geld nach gleichen Anteilen aufteilen. Klar, haben wir Älteren den höheren Jahresabschluss. Wird alles gerecht unter uns Kollegen geteilt. Der Kollege mit den zwei kleinen Kindern kriegt sogar mehr. Braucht mehr. Und wir haben uns noch kein einziges Mal um Geld gestritten!
Ich weiß noch, wo du gesessen hast, Oswald, als du mir den

Antrag gemacht hast. Ihr beide. Hier oben, in eurer Ferienhütte. Weit weg von Frankfurt. Vom Gericht. Wie lange ist das jetzt her?
Was für ein Tag! Die Gerda saß am Fenster wie immer, du links von ihr. Unter der großen Küchenuhr.
*Ein dritter Stuhl ist nötig.*
Hier die Gerda, du da. Die Sonne fiel auf dein Gesicht, ihres war verschattet. Das weiß ich noch. So habt ihr gesessen, und dann ist sie aufgestanden und hat gesagt: »Ich muss dir jetzt mal was Förmliches sagen: Wir wollen dir einen Antrag machen. Wir haben das besprochen, und du bist doch wie ein Sohn«, und dann habt ihr mir den Antrag gemacht, und ich habe ja gesagt. Ja, ich will. Ich, Andreas Sternthal, euer Sohn. Das war … Ich musste das meinen Eltern sagen, die mussten das ja zur Kenntnis nehmen und unterschreiben, mit diesem Akt werden ja die Rechtsverhältnisse zur alten Familie aufgelöst. Mein Vater war nur noch mein Erzeuger. Also, das war für die überhaupt kein Problem, auch emotional nicht, das zeigt mal wieder … An Blutsbande glaubt sowieso nur eine Minderheit im Westen!
Die Einzige, die mit der Adoption ein Problem hatte, war meine Schwester. War ja die Ältere, die Bestimmerin. Das bleibt das ganze Leben so; ich, der Kleine, an ihrer Hand. Das hab ich genossen. Mal nichts organisieren zu müssen, mal nicht der Türöffner sein. Mich mitnehmen zu lassen, bloß zuzugucken. Dass der Kleine dann über ihren Kopf hinweg … das war … Das hat sie ganz krank gemacht, dass ich jetzt Oswalds Sohn war. Dabei blieb sie meine Schwester. Wird sie immer.
Zweihundert Quadratmeter, der reine Luxus! Wenn die Kanzlei nicht mehr ist, Oswald, machen wir aus deinem Haus ein Mehrgenerationenhaus, das wird ganz wunderbar. *Steht auf.* Ein offenes Haus, ein offener Garten, wir brauchen mehr Stühle!

*Stühle.*

Zwei Tage nachdem du tot warst, kam die Gerda zu mir und sagte: »Hier, das ist das Testament vom Oswald, und du erbst alles.« Ich habe zu ihr gesagt: »Wenn du's zerreißt, gibt's das Testament nicht, ist völlig in Ordnung.« Aber sie sagte. »Es war Oswalds Wunsch, ich hätte es dir ja nicht zeigen müssen, ich hätte es ja zerreißen können …«

*Es ist doch ziemlich kalt. Im Haus findet sich eine Decke.*

Tomasz, Lieber. *Die Decke ist für Tomasz' Stuhl.* Die Dachzimmer könnten dir gefallen.

Meine Schwester. Tot. *Die Schwester braucht keinen Stuhl.* Die Kinder meiner Schwester; könnten die Zimmer haben, die jetzt Besprechungsräume sind. Und Hans, Lieber. *Die Decke ist doch nicht für Tomasz' Stuhl. Sie ist für Hans' Stuhl.* Wohnt ja schon da. Wäre gar nicht denkbar ohne den. Ohne seine Reitstiefel unten im Flur, seine Badehose auf der Leine. Die ganze obere Etage haben wir zusammen ausgebaut. Und vorher jahrelang in einer Zweizimmerwohnung, wo ich den am Anfang, als er gerade das Lehrerexamen gemacht hatte, morgens noch rausprügeln musste, damit er in die Schule geht. Saß abends im Schlafzimmer und sagte: Ich geh nicht, ich geh da nicht mehr hin. Wilder Kerl. Aber schutzbedürftig und voller Ängste. Ich muss auf den achten.

*Der Wollschal ist für Tomasz' Stuhl.* Ja, Tomasz, Lieber. *Der Walk-Janker lässt sich bis oben hin zuknöpfen.*

Und? Frau Leutheusser-Schnarrenberger. *Leutheusser-Schnarrenberger sitzt vermutlich im Publikum.* Dame meiner Träume, ich würde Ihnen die separate Souterrainwohnung anbieten, ein Fenster zur Straße, eines zum Garten … Na, Sie haben selbst eine ganz wunderbare Praxis.

Erst letzte Woche träumte ich wieder, dass ich den Zug nicht

erwische. Flitze ihm nach … Weg ist er. Dabei komme ich nie zu spät. Mich regt es schon auf, wenn eine Opernvorstellung nicht pünktlich beginnt! Fabelhafte Frau, Leutheusser, wieso kann ich mir nie Ihren richtigen Namen merken? Sie gehören zu den Menschen, die ich … brauche. Doch, das kann man sagen. Zur Unterstützung. Als Motivation. Die mich mal loben. Nicht mehr so wie mit 19, klar. Zu fünft in einer Kommune!
*Zitiert aus dem Kopf aus einem seiner Lieblingsbücher; Paul Nizan* Die Verschwörung.
»Fünf junge Leute, alle in dem schlimmen Alter zwischen zwanzig und vierundzwanzig Jahren, die Zukunft, die sie erwartete, war unübersichtlich wie eine Wüste.«
Bin in diese Kommune reingezogen mit der ganzen unübersichtlichen Sehnsucht, der intensiven Einsamkeit der Jugend, der Sprachlosigkeit, aus der ich kam … Zu dritt in einem Zimmer! Matratzen auf dem Boden! Schwer, mir das vorzustellen. Die hitzigen politischen Diskussionen, aber privat … Wenn ich mir die alten Fotos vom SDS anschaue, nur Männer auf dem Podium, nur in Krawatte, schwafeln sich die Köpfe heiß, aber privat … da herrschte dieselbe Sprachlosigkeit wie zu Hause. Dieselbe emotionale Enge. Stubentaub. Niemand wusste was vom anderen.
Drei Mann im selben Zimmer, und der Dritte kriegt nicht mit, dass zwei unter einer Decke liegen!? Überhaupt nicht mehr vorstellbar. Das war wohl notwendig. Notwendiges Rauswurschteln aus dem freudlosen Taunus. Was ich damit meine, Oswald? Ich nehme an, ich meine Dinge, auf die Staub fiel, freudloser, dicker Staub. Ich möchte dem Taunus kein Unrecht tun. Mendelssohn Bartholdy komponierte im Wald oberhalb des Elternhauses ein schönes Lied.
»Wer hat dich, du schöner Wald, Aufgebaut so hoch da droben?«

Wie gern würde ich mich begleiten. Ich beherrsche nicht einmal die Tonleiter. Drei Klaviere im Elternhaus, aber als ich alt genug gewesen wäre … Alle verkauft. Staubfänger. Wollte die Mutter nicht. Keine Klaviere und keine Gäste. Gäste machen Unordnung. Dreck. Wirbeln Staub auf, benutzen die Toilette. Lassen die Klotüren offen! Samstagabend wurde noch mal durchgeputzt, die Teppichfransen gekämmt. Hoffnungslos. Fünfzig Prozent ihres Lebens hinter der Hausarbeit versteckt! Und als die Mutter grad gestorben war, sagt der Vater, ach, ich muss euch mal was erzählen: Eure Mutter ist gar nicht die Tochter von den Großeltern. Es war ein Fehltritt von der Oma. Kurz nach ihrem Tod! Geht's noch? Das war natürlich zu spät, viel zu spät und ich …
Bin immer dafür, dass man seine letzten Lebensjahre …
Nein, das kann ich dem nicht vergessen! Hat den nie interessiert, was mit uns war. Stubentaub! Und die Mutter war noch nicht mal richtig tot! Aber zu spät, um mit ihr drüber zu reden. Das wäre doch eine Erklärung gewesen für diese verbiesterte … Freudlosigkeit! Die wollte immer so geordnete Verhältnisse, keine offenen Klotüren. Klar, sie war ja aus »unordentlichen Verhältnissen«. Blutsbande! Deshalb hat die Mutter nichts geerbt von der Gärtnerei, nur geweint. Kein einziges Stiefmütterchen! Ich hasse offene Klotüren!
*Im Sitzen.*
Das darf ich, sagt Frau Leutheusser-Schnarrenberger. Schon in der ersten Gesprächsstunde … Diese Macke sei mir erlaubt.
Je mehr Details man einräumt, die mit den Fakten übereinstimmen, Herr Fritz, umso besser. Wir müssen uns überlegen – und da müssen wir sehr genau sein, wir haben vor Gericht nur einen Versuch –, wie gehen wir mit diesen Fakten um.
Hätte mir gewünscht, dass sie mal aus vollem Herzen lacht.

Dass die Mutter Menschen um sich gehabt hätte, die sie mögen, sie unterstützen, die sagen, toll, was du machst. Die dich erobern! *Lacht.* Ich möchte auch erobert werden!

*Oswalds Stuhl ist beim Aufspringen im Weg.*

Ach, Oswald. Du musstest mich nur anschauen: »Andreas, ich freue mich über alle Maßen …« Rein zufällig! Ist das nicht verrückt? Dass sich das so ergab? Dieser Augenblick im Leben, wo auf einmal alles … Der pure Zufall! 1990. Da gab es so eine Diskussion in der Stadt, zwanzig Anwälte, wir machen eine Riesenkanzlei auf, probieren mal ganz was Neues, alle aus dem linken Spektrum, fand ich faszinierend, aber einer hat gesagt, komm, lass das, wir können da in eine Kanzlei einsteigen, in deine, Oswald, ich kannte dich ja vom Sehen … Dann standen wir bei dir, das weiß ich noch wie heute, jemand sollte sich um die Strafsachen kümmern, und du hast mich angeschaut. Dieser Augenblick, wo sich auf einmal alles … Mir wurde klar, dass diese endlose Stille, diese emotionale Stummheit, mit der ich immer gekämpft hatte, auf einmal … Ich hätte alles machen können, Oswald, du hättest dich immer schützend vor mich geworfen. Bedingungslos. Unser augenzwinkerndes Einverständnis.

*Die Stühle stehen zu nah beieinander.*

Nicht so nah. Zuviel Nähe –

*Die Stühle stehen zu nah.*

Oder war es letztes Jahr April, als ich die Rosen düngte?

*Der Abstand zwischen den Stühlen ist jetzt größer.*

Wo bist du, hast du immer gefragt. Was machst du, wo steckst du, wenn ich von unterwegs bei dir in der Kanzlei anrief. *Das Hörgerät ist ein Telefon.* »Ich freue mich, wenn du anrufst, Andreas, aber mach ja deine Sachen.« Das war ernst gemeint, dein bedingungsloses Interesse … Wo bist du jetzt?

*In der Hocke, die Decke im Arm.*
Wo ich bin? Im Zimmer der Mutter. Ich bin erwachsen und habe mir einen Namen als Anwalt gemacht. Hartgesotten, sagt man. Wir wissen, was wir damit verbinden, Oswald: mit allen Mitteln für unsere Mandanten.
Die Mutter sitzt in ihrem Sessel. Ich weiß noch, wie sie da saß. Sessel und Teppichkante: eine Linie. Es ist Nachmittag. Die Zeit der Hortensienblüte. Ein scharfer Schatten fällt von ihrem Kopf an die Wand. Ich hocke ihr zu Füßen auf dem Teppich. Sie ist nackig. Sie hat gerade einen Herzinfarkt gehabt, keinen schlimmen, aber sie kann sich nicht selbst anziehen. Der Vater geht nicht in ihre Nähe. Er will einen Rettungswagen rufen. Kommt gar nicht in Frage! Ich kleide sie! Ich ziehe ihr die Strumpfhosen an. Ich rolle die Strumpfbeine auf und streife sie über ihren Fuß, den einen, den anderen. Mir fällt auf, was sie für schöne Beine hat. Noch mit über siebzig. Das sag ich ihr: Du hast aber noch tolle Beine! Und sie lacht. Sie wird ganz rot und lacht. Ihr Gesicht! Die Augen. Es ist so lustig … Ich trage sie in meinen Armen, weil sie ja nicht laufen kann, raus und bringe sie ins Krankenhaus, und sie bedankt sich, das ist viel. Das kam nicht oft.
An diesem Abend geben sie ihr eine Dialyse. Nicht gut nach einem Herzinfarkt. … Das werde ich nie vergessen, wie sie lacht, dieses eine Mal, und die Hortensien blühen.
Was schätzt du, Oswald, wie lange kann der Mensch sich unverfälscht zurückerinnern. Ein Jahr? Drei Tage? Eine halbe Stunde? Falsch! Nach Erkenntnissen der Hirnforschung nur wenige Sekunden. Das bring ich gern, wenn Zeugen vorgeladen werden, die glauben, sich genau zu erinnern. Nicht mehr als ein paar Sekunden!
Trotzdem. Ich meine zu wissen, was meine allererste Erinnerung ist. Mein erster Eindruck als Kind. Ja, das weiß ich: Eine

Kammer mit verschlossener Tür. Ich bin allein. Ich bin schon groß genug, um die Klinke zu erreichen, aber die Tür ist zu. Die Eltern haben mich eingeschlossen, damit ich beim Hausbauen nicht störe. Ich konnte nicht reden. Bis ich vier war. Hab ich dir das erzählt? Nicht vorstellbar. Überhaupt nicht mehr vorstellbar. Alles aufgeholt, sagt Frau Leutheusser-Schnarrenberger. Hartgesotten. Die Ehrfurcht der Richter, ach, Furcht! … Genau das haben die Eltern gesagt, lachend: Macht nichts, hast du längst aufgeholt!
»Bist du immer noch in dieser Kammer?«
*In der Hocke, die Decke im Arm.*
Schon als Kind träumte ich oft, dass ich den Zug verpasse. Ich komme von der Brücke auf den Bahnsteig. Der Zug steht da, aber das Signal springt um, und ich flitze los. Ich flitze dem Zug nach, kann ihn fast erreichen, die Schlusslichter, dann ist er weg. Vor mir die rostrote Farbe der Schienen, parallel bis ans Ende des Bahnsteigs.
*In der Hocke.*
»Wo bist du jetzt?«
*Im Liegen.*
Weit weg, Oswald. Aber dieselbe Sonne. Nur die Luft riecht … das Licht ist … das Wasser schmeckt anders. Ich bin vor meinem eigenen Haus. Ein großes, umbrisches Haus mit ausgeschlagenen Fenstern, Anfang der achtziger Jahre. Alles in allem sieht es aus wie ein Gebäude, das kurz davor ist, sich in eine Ruine zu verwandeln.
Tomasz ist da. Tomasz mit dreiundzwanzig, mit seinem braungebrannten, lässigen Körper und seinen polnischen Handwerkerhänden. Er wird das Haus herrichten. Er wird nach Umbrien ziehen, und ich … Ich auch, später, mit 50, 55, in dieses luftige, offene Steinhaus im Olivenhain. Alle haben wir von Dolce Vita

geträumt. Überhaupt nicht mehr vorstellbar, ist mir ganz fremd geworden. Ich fahr viermal im Jahr hin, zweimal, um den Olivenhain zu mähen, da besteh ich drauf …
Tomasz ist geblieben. Der hat es leichter mit dem Integrieren, hat das schon einmal gemacht, als er nach Deutschland kam. Hat Leute, mit denen er reden kann, auch wenn's ihm mal nicht gut geht. Bei mir bleibt's immer bei: Was kannst du toll Italienisch, wenn ich nur buona notte sage …
Vielleicht bin ich bloß nie aus Frankfurt rausgekommen. Startbahn West. Was sind wir damals durch die Gegend gezogen! Ganze Stadtviertel leerten sich für die Demos! Hab immer gedacht, Frankfurt ist die progressivste Stadt Deutschlands. Bis man anfing, die Leute zu kriminalisieren. Erst die Bunte Hilfe, später Mohnhaupt, Heißler, Pohl. Klar, das war aufregend für einen Jungspund wie mich! Mach ich nicht mehr. Lange nicht. Wenn ihr einen Krimiverteidiger wollt, kriegt ihr den. Für eure Ideologien kriegt ihr mich nicht! Neonazis, Islamisten. Da kann man nicht … nichts bewirken.
»Und jetzt?«
Jetzt wachsen Callas in großen Töpfen. Jetzt ist die Fassade belaubt. Wir produzieren den Strom, unser eigenes Olivenöl. Es gibt einen Kamin. Ein blaues Bett unter einem runden Glasfenster. Du hättest mal mitkommen sollen, Oswald. Ich bin immer dafür, dass man seine letzten Lebensjahre nicht … Das wäre wunderbar gewesen. Das wäre undenkbar gewesen, nicht wahr? »Oswald und Gerdas Ruh«. Die Zeiten waren nicht so. Dich, Oswald, dich konnte man nur … verehren.
»Mach ja deine Sachen, Andreas!«
Mach ich! Hartgesotten. Kämpferisch. *Am Haus hängen die Boxhandschuhe.* Das bin ich. Südhessischer Jugendmeister im Leichtgewicht! Hab ich dem Hells Angel gesagt. *Die Boxhandschuhe schaukeln nach dem Schlag in der Sonne.*

*Süd*hessisch! Der Hells Angel hat's geglaubt. Nicht, dass ich nicht sportlich wäre. Ich kann gut laufen, ganz klar, das konnte ich schon immer ganz gut. Reiten, na ja … Aber keine Kraft in den Armen! – Südhessisch war glaubwürdig. Er kann es nicht googeln. Und dann hing dieses Schild an seinem Club: Kein Zutritt für Schwarze, Schwule und Frauen. Hey, sag ich, ich darf da gar nicht rein! »Was? Wieso?« Anwalt, Jugendmeister im Boxen und schwul? Das passt in deren Weltbild nicht. Guckt mich mit seinen hellen Angels-Augen an: »Ach, Sternthal, *du* bist doch was anderes!«
Glaubwürdig muss es schon sein. *Die Akte liegt wieder im Blickfeld.* Wenn die Geschichte nicht glaubwürdig ist, gibt's am Ende ein dickes Ding. Ich weiß, Herr Fritz, Sie wollen, dass ich Sie so schnell wie möglich aus dem Knast hole. Die Fingerabdrücke beweisen aber, dass Sie eingebrochen sind, da kommen wir nicht drumrum. Schmuck geklaut … Je mehr Details wir einräumen, die mit den Fakten übereinstimmen, umso besser. Wir müssen sie nur geschickt … Das heißt ja nicht, dass Sie die Frau auch erwürgt haben … Da hat sich jemand gemeldet, der hat einen Schatten gesehen und meint, das könnten Sie gewesen sein. Passen Sie auf. Ich stelle mich mal neben Sie. Man bewertet die Größe eines anderen immer im Vergleich zur eigenen Größe. Dieser Zeuge hier schätzt Sie auf einsachtzig. Sind Sie aber nicht. Höchstens 1,65. Könnte auch der Sohn der Toten gewesen sein. Der Verdacht besteht. Der Sohn, der Sie, Herr Fritz, beim Einbruch überraschte, ergreift die Gelegenheit. Er ist der einzige Erbe, aber die Alte wollte das Testament ändern.
*Schon im Gehen.* – Du willst unbedingt siegen, was? – Was? – *Das Hörgerät sitzt nicht richtig.* – Du willst siegen. – Klar, kann ich fliegen, Oswald! … Aber damit gehe ich sparsam um.

*Im Haus gibt es eine Ausgabe von* Die Verschwörung. *Das Buch ist nicht gleich zu finden.*
Also, Herr Fritz, wenn die Richterin Sie fragt: »Die Drogen, haben Sie die gebraucht?« Dann sagen Sie: »Ja! Ich brauchte das, um über den Tag zu kommen. Gegen den Schmerz.«
Schmerz ist ein großes Hindernis. Und Quelle enormer Energien.
*In die Decke gewickelt, das Buch im Schoß.*
»Es waren fünf junge Leute, alle in dem schlimmen Alter zwischen zwanzig und vierundzwanzig Jahren …«
Muss ihn nur am Steinhaus werkeln sehen … sein braungebrannter lässiger Körper … Sofort ist die Nähe da. Immer noch. Nach 36 Jahren, Tomasz. Ich liege abends in diesem blauen Bett und rieche ihn. Ja, den Geruch, den kennst du. Obwohl der so spät ins Bett kommt. Ich liege da, der Dolce-Vita-Mond im runden Fenster, und kann es kaum erwarten, ihn anzufassen. Dann kommt er rein. Er weiß von der Narbe. Eine große hässliche Narbe über den halben Bauch. Er war bei der OP nicht dabei, Hans war dabei. Er bittet mich nicht. Er sagt, los, zeig schon her! Wie im Blue Angel, vor 36 Jahren: Los, lass uns gehen! Wir kannten uns gar nicht. Ich stand am Tresen, und andere haben mir was ausgegeben. Der stand schräg gegenüber und hat mich beobachtet und geschmunzelt, wie ich so ein Getränk nach dem anderen … Ich wollte das nicht, das hat er gemerkt: Los, lass uns gehen! – Tomazs. Ich bin ohne Scham. Vor ihm im blauen Bett, wie er mir das Shirt hochschiebt, um sich die Narbe anzusehen. Mit seinen Handwerkerkünstlerhänden. »Zeig schon!« Das geht nicht verloren. Und immer noch in diesem alten Bett, einen Meter breit. Wir haben ihn noch, den Rhythmus, wie wir uns umzudrehen haben. Das klappt. Jedenfalls für die paar Wochen.
»… Zukunft … die Zukunft, die sie erwartete, war unübersicht-

lich wie eine Wüste, voller Luftspiegelungen, Fallen und unermesslicher Einsamkeit.«
Ich war ja kein Einzelgänger! Hatte Klassenkameraden, war auf Feten, Schulsprecher. Was habe ich denn ersehnt? Einen Freund, einen Vertrauten zum Reden, klar. Reden. Reden. Immer dieses Bedürfnis. Über alles, über … die Sexualität, die beginnt … Stattdessen zu viel geschlafen. Mit 16, 17. Ganze Wochenenden verschlafen. Das Dröhnen der Sonntage. Stubentaub. Die Träume, ich würde den Zug verpassen. Der Pfiff ertönt, ich strecke den Arm aus, kann die Zugtür fast erreichen … Aber dann … Zu spät.
Die letzten drei Schulklassen, da gab es einen. Doch, da schien alles drin. Der Ersehnte … Diese Freude. Diese ungekannte Freude, als der mit in die Kommune zog. Der Dritte im Zimmer hat nichts gemerkt. Zwei, drei Jahre nicht, niemand. Diese einsame, unermesslich einsame Freude. Er wollte Kinder, heiraten. Aber Sexualkontakt, regelmäßig. Unter der Decke. Manchmal fragte ich mich nachts, ob das ein Leben lang … Nicht mal bis zum nächsten Morgen hat's gereicht! Es sei, er finde, er halte es für verfehlt, weiterzumachen, er sei nicht schwul und werde jetzt ein halbes Jahr nicht mehr mit mir reden, »bis du das mal kapierst!«
*Erschöpft.* Bis du das mal kapierst … Und dann du, Tomasz, du standst einfach da, im Blue Angel. Einfach so: »Komm. Lass uns gehen!«
*Fröstelt.* Der Rücken. Der Rücken bleibt kalt. *Die Decke muss fester um den Körper gesteckt werden.*
Aber kaum hatte ich mich rausgequält, kommt der wieder und will reden, reden: »Ich liebe nur dich. Du hast mich betrogen, mit diesem polnischen Klempner, Liebe meines Lebens.« Und ich … für einen Moment …

Der Mensch, verehrtes Gericht, kann sich nur wenige Sekunden unverfälscht zurückerinnern. Schon setzen die Täuschungen ein, was in diesem Fall zu unseren Gunsten ist. Zugunsten des Herrn Fritz. Oder des Herrn Achmadi, Herrn Borvič, Herrn Gülüş.
Gibt mittlerweile viel mehr Strafverteidiger türkischen Ursprungs als zu deinen Zeiten, Oswald.
»… voller Luftspiegelungen …«
Wie oft haben wir das gemacht, hier gesessen, Oswald, weit weg vom Gericht, von Frankfurt, und geschwiegen. Es braucht viel Vertrauen, um gemeinsam zu schweigen. Und dann kam der Hans raus, um nach uns zu gucken, wie er immer nach mir guckt, und sagte, ihr sitzt seit zwei Stunden hier und habt keine Zeile gelesen!
Weißt du, ich find's ja toll, dass es diese türkischstämmigen Kollegen gibt. Leider sind die … Also rechts ist für mich auch, sich von seinem Mandanten zu distanzieren, abfällig über ihn zu reden, das Mandat nicht als gesellschaftliche Aufgabe anzusehen, nur für die Kohle … Dementsprechend fehlt das Feuer, zu verteidigen, das ist bei vielen deutschen Kollegen genauso, selbstverständlich, aber eigentlich erwarte ich von den türkischstämmigen Kollegen viel mehr Kämpferherz: Hey, ihr habt das doch mitbekommen, ihr kennt das doch, dann stellt euch doch auf die richtige Seite! Das machen sie grad nicht. Weil sie's trotz allem hoch geschafft haben. Was man fairerweise sagen muss, sie werden nach wie vor rassistisch behandelt von der Richterschaft. Ja. Es gibt viele Richter, die Kollegen mit ausländischem Hintergrund, gerade junge Anwälte, richtig absauen.
Mangel an sozialer Kompetenz!
*Er klappt das Buch zu.*
Deutsches Richtergesetz, Paragraph 9. Soziale Kompetenz, die dritte Voraussetzung fürs Richteramt.

*Im Haus gibt es eine Tüte mit Schokoladenostereiern.*
Aber keiner prüft's!
*Jedes Ei ist in glänzendes goldenes Papier gewickelt.*
An der Uni wird's nicht gelehrt. Ein Richter mit ausgezeichnetem Examen spricht nicht dieselbe Sprache wie der Herr Fritz oder der Herr Borvič, obwohl beide in derselben Stadt groß geworden sind. Das ist nicht erst seit gestern so. Aber mittlerweile sind die Staatsanwaltschaften und Richter auch noch weiblich! Und so eine Richterin, so eine bürgerlich behütet mit Sonntagsausflug und Klavierstunden aufgewachsene Richterin … Nein, Frau Leutheusser, lassen Sie mich ausreden! Eine Richterin aus bürgerlichem Elternhaus spricht natürlich nicht die Sprache des Herrn Fritz. Da entstehen Missverständnisse. Ich kann den Herrn Fritz gar nicht mehr reden lassen! Also: *Ich* gehe zur Eintracht und schreie da auch mal mit, auch so Sachen, die ich sonst nicht … und treffe Richter im Stadion. Wir kennen uns und klar, *wir* verstehen den Tonfall. Einer Richter*in* fehlt es da an sozialer Kompetenz. Die kann das nicht einordnen, wenn der Herr Fritz seine derben … Für uns ist das *normal.*
*Die Ostereier sind aus dunkler Schokolade. Vielleicht möchte Frau Leutheusser-Schnarrenberger ...* Auch eines?
Gut, okay … Anwalt, Fußballfan und schwul, das passt nicht in jedermanns Weltbild. Aber im Stadion die Atmosphäre, die Wildheit! Wie früher die Jungs vom Autoscooter, die mich nur nie fragten, ob ich eine Runde mitkommen will … Ich komm da heiser raus!
Okay, ja. Einmal. Da hatte ich diesen Mandanten. Angeklagt wegen zehnfacher Vergewaltigung. Ich dachte ja immer, Frauen, die vergewaltigt werden, sind so verhuscht. Irgendwie. Verhuscht. Und dann kamen da zehn gestandene, ganz unterschiedliche, ja tolle Frauen, die der alle auf brutalste Weise …

Hinterher sagte der, Klammer auf Arschloch, er wäre der Beste gewesen, den sie hätten kriegen können. Okay. Ja. Da lag ich falsch. Das nehm ich mir heute noch übel. – Nehmen Sie eines, Frau Leutheusser!
Leutheusser … Dame meiner Träume, warum kann ich mir Ihren richtigen Namen nicht merken?
Erst letzte Woche träumte ich wieder, dass ich den Zug verpasse. Dabei habe ich nie einen Zug verpasst. Nie! Auch als Kind nicht. Ich hab jeden Morgen den Zug in die Schule erwischt. Ich wusste, ich muss oben auf der Brücke sein, wenn der Zug nach Frankfurt unten einfährt. Da bin ich immer geflitzt, hab alles dran gesetzt, diesen Zug zu kriegen, ihn nicht zu verpassen, nur immer in diesen Träumen, in diesen immergleichen, schweißgebadeten Träumen … Bin immer pünktlich am Bahnsteig gewesen, raus aus dem Taunuskaff, zur Schule, wo er einmal sitzengeblieben ist, der Bub. Der Bub, zu dem der Vater sagte: Nachhilfeunterricht gibt's nicht. Ist mir egal, wenn du noch mal sitzenbleibst, gehst du halt ab! Der Bub. Der sowieso ungeplant war, ein Unfall. *Es sind viele Ostereier in der Tüte.* Nicht noch ein Kind!
Geht nicht.
Das geht gar nicht! So abzusauen. Sitzen da in ihrer Robe … Schlimm. Und ich … Wenn's für mich nicht von Vorteil ist … Ich weiß wenigstens, wie ich das zu nehmen habe …
Absauen, das konnte der. Wie der die Leute beleidigt hat! Aber so richtig. War mit seinem Leben nicht zufrieden. Kein Dolce Vita für den Vater. Zu kurz gekommen, zu spät gekommen, zu spät aus dem Krieg zurückgekommen, zu spät zum Studieren, zu spät, um Anwalt zu werden. *Singt.* »Ich hatt ein Kameraden, ein bessern findst du nit.« Zu spät nach dem Krieg, zu alt nach dem Krieg, immer das eine Lied gesungen nach dem Krieg und noch

ein Kind und nichts mit Anwalt, aus der Traum. *Singt.* Ach, hör doch auf. *Singt.* Hör auf! Hör mit diesem Scheißlied auf. Ruhe jetzt! Ruhe! *Das Hörgerät macht alles zu laut, es muss weg.* Und wie zu spät! Sagt uns das, als die Mutter grad gestorben war, noch nicht mal richtig tot! Hat die Leute abgesaut und es nie geschafft, sich zu entschuldigen, weil er so schwach war. Und als er dann noch, nach 45 Jahren Ehe, sagt, er hat die falsche Frau geheiratet … »Er ging an meiner Seite in gleichem Schritt und Tritt.«

*Es ist still.*

Weil er so ängstlich war.

*Es ist still.*

Zu spät, Leute!

*Nicht der geringste Laut ist zu hören.*

Hallo? Kein Echo. Vorhin ging doch Wind. Da rauschten doch die Fichten. Die Höhenluft! Das Prasseln der Sonne! Oswald? Gab's hier nicht immer ein Echo, Oswald? Da war doch ein ganz klares … Aus Westen, von den Felsen her … Frau Leutheusser? Hören Sie … Frau Leutheusser, ich muss Ihnen noch dringend … letzte Nacht, da träumte ich … Sie müssen mit mir … Diese endlose Stummheit … Hallo? Wenn keiner mit mir redet, kapiert ihr das nicht … bis du das kapierst! … Was? Ich kann dich nicht … hören. Kein Wort. Stubentaub. Sternthal? Kein Sterbenswort! Die ersten Lebensjahre … als wäre ich gar nicht … Sternthal?

*Läuft zur Hütte. Rüttelt an der Tür.*

Die war doch offen! Die Tür war doch … die Klinke … Zu hoch. Lasst mich … Ich komme nicht, ich kann sie fast, da ertönt der Pfiff, und der Zug … wieso, ich bin doch gar nicht … Sternthal!

*Das Hörgerät ist nicht an seinem Platz. Es ist verschwunden.*

Nein, iwo, ich laufe nicht weg. Ich trainiere für den Halbmarathon nächstes Wochenende! Ich kann fliegen, Oswald, ich bin Rekordhalter im Marathon, der erste Mann, der unter zwei Stunden läuft … Wo habe ich das Ding denn … Dieses sinnlose Verstecken. Das ganze Leben, fünfzig Prozent hinter der Hausarbeit, nie mal aus vollem Halse gelacht.
*Das Hörgerät ist in der Ostereiertüte.*
Emotionslos ist der falsche Begriff. Das müssen Sie mir nicht sagen, Frau Leutheusser-Schnarrenberger. Nichts zulassen! Nichts hören wollen! Nichts an sich ranlassen!
*Mit eingesetztem Hörgerät.*
So ist es. So war das. Der konnte nichts zulassen. Das konnte der nicht.
*Es sind immer noch Ostereier in der Tüte.* Ich weiß. Ja, ich weiß: »Führt Liebe ihn zur Pflicht.«
Ich weiß noch genau, wo der saß. Hier. *Leutheusser-Schnarrenberger möchte vielleicht doch ein Ei.* Gibt Energie.
Der Vater saß in der Küche, das eine Mal, als er was aus dem Krieg erzählte. Das einzige Mal. Ich war noch ein Bub. Er war noch ein Bub, keine 20, als er nach Russland kam. Und auf dem Rückzug lag ein Verletzter am Boden, ganz jung, und weinte und sagte: Herr Unteroffizier, nehmen Sie mich mit nach Hause. Und das hat er nicht gemacht. Hat er nicht. Das hat ihm einen ungeheuren Druck gemacht. Er hat diesen Jungen nicht mitgenommen.
»Er liegt mir vor den Füßen, als wär's ein Stück von mir.«
Er schaffte das nicht, verletzt wie er war, zerfetzt. Körperlich und seelisch am Ende. Das Koppel war das Einzige, was ihn noch zusammenhielt.
Schauen Sie sich den Herrn Fritz an, verehrte Richterin. Mit seinen Hosenträgern, die ihn als Einziges noch zusammenhal-

ten. Sieht so ein Dealer aus? Ich verstehe den Antrag der Staatsanwaltschaft nicht, hier auf Freiheitsstrafe zu erkennen. Das war kein gewerbsmäßiges Vorgehen. Der Herr Fritz vertickte kein Drogen, der *klaute*, um sie bezahlen zu können. Drogen gegen den Schmerz!

Ja.

Ein Leben lang dasselbe Lied. Aber kein Klavier mehr angefasst. Der Klavierspieler war in der russischen Steppe …

Jetzt nehmen Sie endlich ein Ei!

… verreckt! *Nimmt den Arm herunter.* Die Rechtsverhältnisse zur alten Familie sind aufgelöst. An Blutsbande glaubt sowieso nur eine Minderheit im Westen. Es geht um Fürsorge, nicht wahr, Oswald, um lebendige Nähe! Wie lange kann der Mensch sich zurückerinnern? Wenige Sekunden, dann setzen die Täuschungen ein. Sehen Sie. Umso übermächtiger …

… diese Sonne. Das berauschende Rauschen … War es vielleicht doch schon im März, letztes Jahr, als ich die Rosen düngte? Düngte mit dem Mist, den ich den Winter über in der leeren Pferdebox gelagert hatte.

*Im Sitzen.*

»Mitten in all dem, was die Menschen tun, fühlen, denken und schwatzen, ist der Garten das Klügste und Wohltuendste, was man tun kann.« Hamamelis. Agapanthus. Peonie.

Hans, Lieber.

*Setzt sich in einen anderen Stuhl.*

Wenn ich zurückkomme … Da wird der schon warten. Hat gekocht, auf den Punkt pünktlich. »Musst du nächstes Wochenende wirklich den Halbmarathon laufen?« Das wird er beim Essen sagen. »Du kannst doch einfach mit mir zum Pferd gehen. Gemütlich durch die Landschaft schaukeln.« Der passt auf mich auf. Hätte kein besseres Pferd für mich finden können. Pferde

sind Fluchttiere, aber nicht Belle. Wenn Belle Gefahr wittert, bleibt sie stur stehen. Mein Lebensversicherungspferd. Bewahrt mich immer vorm Runterfallen.
Aber erst muss ich noch … erst will ich … wollte ich doch …
Was, Sternthal?
*Summt.* »Wer hat dich, du schöner Wald …«
Hans. *Legt die Decke zärtlich über den Stuhl neben sich wie über Hans' Schultern.* Ich will, dass du mir zulächelst wie damals auf dem Zebrastreifen vorm Stadtbad Mitte. Als wir uns das erste Mal begegnet sind. Du mit deinen wilden langen Locken. Wie du vom Turm sprangst. Kopfüber, kerzengerade, die Arme weit offen. Dein Sprung war ein einziger, großer Jubel: Ich lebe!
Ich lebe, Hans!
Aber auch mal ganz schön, wenn der nachts nicht durch mein Schlafzimmer dappert, um sich ein Marmeladenbrot zu schmieren. »Musstest ja das Durchgangszimmer haben!« Tja, Hans. Und vorher zwanzig Jahre gemeinsam in einer Zweizimmerwohnung … Doch. Doch, das ist noch vorstellbar.
*Er sitzt auf Tomasz' Stuhl, wo der Schal hängt. Ein dritter Stuhl ist nötig, um vor Tomasz und Hans sitzen zu können und sie beide anzuschauen.*
Hans. Tomasz. Wenn zwei gemeinsam in die gleiche Richtung blicken, kann nur der Dritte sehen, was in deren Rücken geschieht.
Seit Jahren essen wir die gleichen Oliven, trinken wir drei dasselbe Olivenöl. Uns ernährt derselbe Boden.
Wenn nur zwei sich umarmen, bleibt der Rücken kalt. Das wisst ihr. Beide wisst ihr das. Der Rücken ist kalt. Ungeschützt in einer unvollkommenen Umarmung. In ihr lauert, weil sie nur halb ist, das Nichts. Hab denn nur ich das Gefühl, in einer Um-

armung erst, wenn sie von beiden Seiten kommt, ganz umfangen zu sein? Umschlossen? Ganz da?
Ihr könnt damit umgehen, sagt Frau Leutheusser-Schnarrenberger. Wenn ihr das so lange macht, der eine in Frankfurt, der andere … Wenn ihr das so lange macht, ist das in Ordnung, nicht wahr, Frau Leutheusser, da muss ich mir nicht so viele Sorgen machen.
Das heißt nicht, dass das mit dem Mehrgenerationenhaus klappt, ganz klar. Aber die wenigen Male in Umbrien, als wir zu dritt … Das war …
Frau Leutheusser? Ich muss Ihnen dringend etwas erzählen. Ich wollte Ihnen schon die ganze Zeit … Bevor ich es vergesse …
Der Herr Fritz war körperlich gar nicht in der Lage, die Frau zu erwürgen! Mit seiner frischen Narbe und den Schmerzen nach der OP. Die Staatsanwaltschaft lässt hier jedes Augenmaß vermissen! Es liegt ein ärztliches Attest vor.
*Zufrieden mit dieser Schlusspointe des Plädoyers.*
Sie lachen, Frau Leutheusser-Schnarrenberger. Sie lachen. Aber wenn es geht, schlage ich meinen Mandanten immer vor, sich ärztliche Attests zu besorgen. Bandscheibenvorfälle. Psychische Erkrankungen. Rückenprobleme. Herzbeschwerden, Krebs-OPs, diffuser Schmerz. Hinter Schmerzen steckt nie ein Vorsatz. Das ist zugunsten meiner Mandanten. Schmerzen machen die Vergebung leichter.
Und wissen Sie, was ich heute Nacht träumte? Es ging um meine Schwester.
*Die Schwester braucht doch einen Stuhl.*
Doch, doch, ganz am Anfang hatte ich die mal erwähnt.
Meine Schwester, die immer die Ältere sein wird, die Bestimmerin. Die Türöffnerin. Die mich aus der Kammer holte.
Als sie starb, lag ich neben ihr. Ich lag neben ihr im Bett und

träumte, ich käme zu spät. Und heute Nacht träumte ich das wieder.

Ich träumte, ich liege neben ihr, höre die schweren Pausen zwischen jedem Atemzug und schlafe ein und träume denselben Traum wie damals. Ich träume, ich komme zu spät zum Sterben meiner Schwester. Ich betrete das Zimmer, und sie ist weg. Sie liegt nicht mehr im Bett. Das Bett ist weg. Das Zimmer ist ausgeräumt. Nur die Abdrücke sind noch im Teppich zu sehen, wo das Bett stand, die Kommode, der Rosenholznachttisch. Aber dann sehe ich sie vorm Balkon. Sie schwebt, eine weiße schwebende Gestalt. Meine Schwester schwebt vor dem Balkon und sieht wunderschön aus. Sie stirbt, aber das macht nichts. Es ist nicht schlimm, das weiß ich jetzt.

Und bis hier ist alles wie damals.

Aber heute Nacht, als ich im Traum von ihr weggehe und auf die Eisenbahnbrücke komme und losflitzen will, weil der Zug unten gleich abfährt, mir wie immer davonfahren will, bleibt der Zug stehen. Er bleibt einfach da. Der Zug steht an Gleis 4, und als ich näher komme, fährt er nicht los. Ich betrete den Bahnsteig, und der Zug ist immer noch da. Und ich gehe so am Zug entlang, der war ziemlich voll besetzt, und an der Anzeige sehe ich, der nächste Zug fährt in einer halben Stunde.

Und da hab ich entschieden: Ach, den lass ich mal fahren.

*Förmlich zu Leutheusser, ins Publikum.*

Ich schlage vor, dass Sie mich zur Bewährung entlassen. Ich kriege meine Züge jetzt.

# THOMAS PLETZINGER
# ICH VERLASSE DIESES HAUS

*Ein Hotel im Frankfurter Bahnhofsviertel, 25 Zimmer, hunderte Geschichten. Tränen, Champagner, Blut auf den Laken. Brandlöcher, Zeitungsseiten, Kinderlachen. Das Klicken von Billardkugeln. Der Duft von frischem Kaffee. Blendend weiße Tischtücher. Eine Frau geht von Zimmer zu Zimmer und macht zum letzten Mal die Betten: Usch heißt sie. Ursula Elsa Liebermann mit vollem Namen.*
*Usch ist eine kraftvolle Frau, kantig und biegsam, hart und herzlich, ein Gedächtnis wie ein Pferd, ein Lachen aus klirrendem Glas, ein Herz wie eine Jukebox. Sie schiebt einen Wagen vor sich her: Handtücher und Seifenstücke, Waschlappen, Erinnerungen. Sie macht ihren letzten Rundgang durch das Hotel, das ihre Mutter erdacht und gebaut hat. Usch geht von Raum zu Raum und macht die Betten. Die 41 mit externem Bad, die 26 mit Blick auf die Kirche, die 27 mit Blick auf die Huren und Hustler und Cracker und Gemüsetürken des Viertels. In allen Ecken des Hotels findet sie Geschichten, sie hängen an den Wänden, sie sind in die Dielen gekratzt, liegen hinter den Fliesen verborgen. Die Geschichte des Hauses, die Geschichten der Gäste. Das Leben ihres sandfarbenen Vaters, das langsame Sterben ihrer Mutter, die Leben von Elsa, Hans, Ilse, Nick. Der schlimme Unfall. Der Duft von Ginnheim, die Gräber von Elefantine, Berlin und immer wieder Frankfurt, Frankfurt, Frankfurt.*
*Usch betrachtet das alles noch einmal ganz genau.*

Zuerst war das Hotel das Ding meiner Eltern. Ich habe es nur verwaltet. Und wenn jemand gesagt hat: »Ach, euer Hotel ist so schön!«, dann ist dieses Lob an mir vorbeigeschrammt. Es war nicht meine Idee, ich habe es nicht ins Leben gerufen, ich habe nur versucht, es irgendwie weiterzuführen. Aber dann kam der Punkt, an dem ich gemerkt habe: Ich mache das jetzt länger als meine Mutter. Meine Mutter war eigentlich nur neun Jahre hier, dann war sie ein Jahr krank. Und dann kamen wir.

Das Alter der Gäste ist immer so wie das der Betreiber. Sagt man. Als wir hier angefangen haben, waren es die Gäste meiner Eltern. Diese Gäste sind jetzt tot, ausgewandert, sonst was. Jetzt sind es unsere Gäste. Ich sage in letzter Zeit oft: Das ist meins. Ich empfinde dieses Haus inzwischen als meins.

Und jetzt gebe ich es ab.

Es gibt inzwischen 280 Hotels in Frankfurt. Letztes Jahr waren es noch 250, und vor zehn Jahren waren es noch 160. In dieser Stadt wird wahnsinnig viel Kohle umgesetzt. Es wird immer etwas gebaut, das kein Mensch braucht.

Eine Parallelgesellschaft des Geldes.

Sie ist im Krankenhaus gestorben, plötzliche Bronchitis.

Wir hatten gerade den ersten Tag nach der Winterpause wieder geöffnet. Knallblauer Himmel über dem Bahnhofsviertel. Mein Vater rief an und sagte: Wir sollen ins Krankenhaus kommen, der Arzt hat angerufen. Meine Mutter lag da, sie war an Geräte

angeschlossen, intubiert, sie konnte nicht mehr alleine atmen. Ich hatte mich immer gefragt, wie sie sterben würde. Wie stirbt jemand mit so einer Scheißkrankheit? Ich habe immer gedacht: Hoffentlich muss sie nicht ersticken.
Meine Mutter war einmal ein sehr gutgelaunter, herzlicher Mensch. Sie hat mit sehr vielen Leuten Fäden gesponnen. Wenn man schlecht drauf war, wenn es dunkel um einen war, konnte man zu meiner Mutter gehen. Sie hat alle wiederaufgebaut. Künstler, Schriftsteller, die Leute aus dem Viertel. Und mein Vater hat alles gemacht, damit meine Mutter glücklich war.
Mein Vater.
Er sah aus wie der Camel-Man. Vollbart. Grafiker, gelernter. Er hat immer sandfarbene Klamotten angehabt von Kopf bis Fuß, Feincordhosen, Babycordhosen, beiger Pulli, beiges Hemd, zwei Brusttaschen, ganz wichtig, und diese hellbraunen Clarks. Zwei Schnürlöcher, ganz weich, Kreppsohle.
Er ist immer nach Ägypten gefahren. Hat Scherben gezeichnet, die sie da aus einem Tempel ausgebuddelt haben. Ausgrabungsobjekte. Im Nil bei Assuan gibt es eine Insel. Elefantine. Und auf der hat das Deutsche Archäologische Institut einen Tempel wiedererrichtet. Ich weiß nicht, ob er zuerst sandfarben gekleidet war. Oder ob er sich zuerst im Sand aufgehalten hat. Plötzlich kam er sandfarben zurück. Vielleicht war er ein Chamäleon. Mein sandfarbener Vater.
Er hat aus den Scherben wieder die Vasen gemacht, die sie einmal gewesen sind. Mit seinen Händen, mit seinen Augen, mit dem, was in seinem Kopf vor sich ging. Er hat Ruinen wieder bewohnbar gemacht.
Er hat unheimlich viel gebastelt, im Keller gestanden, gekerschelt, ist auf die Straße gegangen, um den Sperrmüll zu durchforsten, und hat dann diese ganzen alten Holzgeschichten mit

nach Hause gebracht und sie zu irgendwas umgebaut. Flugzeuge. Holzsachen. Bilderrahmen. Im Hotel sind alle Bilderrahmen von meinem Vater.
Einmal hat er mir ein riesiges Bild gemalt. Zwei Schuhe, in düsteren Farben. Als er das gemalt hat, muss er ziemlich unter Alkoholeinfluss gestanden haben. Das Bild habe ich nicht mitgenommen. Ich konnte es nicht.
Zwei Schuhe. Schnürschuhe. Schwarze Schnürschuhe.
Ich habe das so interpretiert: Ich bin erwachsen geworden. Und mein Vater hat immer noch zu Hause gesessen. Und dem Alkohol zugesprochen. Sagt man so, oder? Meine Mutter brachte das feste Einkommen nach Hause, mein Vater war der Hausmann. Er hat mir Mittagessen gemacht. Und ich wusste mittags immer nicht, wer mir die Tür aufmacht. Der blaue Vater, der sandfarbene Vater.
Das hat sich dann gesteigert, bis er dann wirklich randvoll war, also richtig sternhagelvoll, voll wie ein Bus, so dass er irgendwann nur noch in der Ecke gesessen hat und nicht mehr ansprechbar war. Und am nächsten Tag kam das schlechte Gewissen. Wenn jemand immer wegguckt, weil er dir nicht in die Augen sehen kann, weil er weiß, dass jeder sieht, was mit ihm los ist. Vor allem die eigene Tochter. Und irgendwann hat er einfach damit aufgehört.
Das war mein Vater.

Beim ersten Schlaganfall meiner Mutter habe ich erst mal gedacht: »O Gott.« Unvorstellbar, dass mein Vater so etwas bewältigen kann. Aber mein Vater ist viel brauchbarer, als ich immer gedacht hatte. Ich hatte gedacht, dass mein Vater im Keller sitzt, und meine Mutter geht arbeiten. Mein Vater kerschelt, meine Mutter organisiert. Mein Vater bastelt herum, meine Mut-

ter kommuniziert. Mein Vater kippt sich einen hinter die Binde. Weil es eine gewisse Leere in ihm gibt.
Aber er konnte das: mit Dingen aufhören. Trinken. Zeichnen. Irgendwann hat er aufgehört zu zeichnen, und dann war da diese freie, unbemalte Fläche im Leben meiner Eltern, die gefüllt werden musste. Meine Mutter hat sich das Hotel ausgedacht, und mein Vater hat gesagt: Ja gut, ein Hotel, machen wir.
Und dann tauschen sie auf einmal die Rollen.
So ein Hotel kostet natürlich Geld. Meine Mutter ist erst mal zur Stadt gegangen, zum Bürgermeister oder zum Magistrat, und hat gesagt: Wir würden gerne ein Künstlerhotel ins Leben rufen, und ihr müsst uns helfen. Und die CDU-Regierung hat gesagt: Alles klar, machen wir. Die CDU! Ein Hotel für Kunstschaffende und Außenseiter im Bahnhofsviertel? Das machen wir, das ist unterstützungswert, da machen wir eine Pacht, die am Anfang nicht so teuer ist, und oben drauf irgendwelche kalten Subventionen, ihr müsst keine Heizung zahlen, und ach ja: Dieses Gebäude dort könnt ihr nehmen. Das Hotel war ein Wohnheim für die Angestellten vom Interconti unten am Fluss, eine total runtergerockte Bumsbude. Und die Stadt hat das zum Hotel umgebaut. Das hat fünf Jahre gedauert, weil zwischendurch die Regierung gewechselt hat.
Das Bahnhofsviertel ist seitdem für die Außenwelt verträglicher geworden. Schicker, teurer, mehr Aufmerksamkeit. Ein »Jewel of Urban Culture« habe ich gelesen. Heckmeck. Das, was dort immer schon problematisch war, bleibt weiterhin problematisch. Der Frankfurter Weg mit den Drogen: Die Drogenabhängigen kriegen ihr Zeug hier, in den Fixerstuben. Es gibt haufenweise Fixerstuben, aber die Junkies selbst mögen keine Fixerstuben.

Meine Mutter konnte diesen Rechnungskram. Öffentlichkeitsarbeit konnte sie. Organisation, Kommunikation, Netzwerk. Mit Leuten reden, mit Gästen. Das hat ihr Spaß gemacht.
Sie wollte eine Atmosphäre herstellen, die nicht anstrengend war. Wo man nicht so oder so sein muss, um in dieses Haus reingelassen zu werden. Man muss nicht irgendeinem Kodex entsprechen. Das ist bis heute so.
Meine Mutter ist die Tochter von Oma Ilse aus Berlin. Ilse Bilse, keiner willse, kam der Koch, nahmse doch. Hans und Ilse, Ilse und Hans. Wie sagte meine Oma immer, als sie noch lebte: »Ich war nie schön. Aber ich sah gut aus.« Hat sie recht. Wenn du die Bilder von damals siehst, schwarz-weiß, gelegte Haare und diese Klamotten: Ilse hatte so was leicht Arrogantes. Als wäre sie jemand. So einen Ich-nehme-nicht-jeden-Gesichtsausdruck. Ich rede auch nicht mit jedem.
»Ich war nicht schön, aber ich sah gut aus.«
Sie war sturköpfig und eigen, eine richtige Berliner Pflanze, Haare auf den Zähnen, Stacheldraht ums Herz. Mein Vater und seine Schwiegermutter waren wie Feuer und Wasser. Wo mein Vater witzig war, war meine Oma bitterböse. Ein Besen, ein richtiger Besen. Mit ihr war nicht gut Kirschen essen. Sie konnte auch wahnsinnig lieb sein, aber das war vor lauter Ruppigkeit nicht sichtbar.
Meine Mutter war die Tochter von Oma Ilse. Man sah das nicht so. Aber das war sie. Mein Vater war der Subchef, der Wäscherei-Oberabteilungsleiter, der Technische Direktor, er hat gemangelt und gehausmeistert. Instandhaltung, Reparaturen, Ruinendienst. Das Repräsentative, Personal und Finanzen, den ganzen Buchungskram hat meine Mutter gemacht. Meine Mutter war die Leitung. Meine Mutter hieß Usch, wie ich. Ich heiße wie sie. Sie hat immer ein Herz für Problemfälle gehabt, hatte immer

ihre Schützlinge. Als Kind waren es die Rothaarigen mit den abstehenden Ohren, die Schielenden, die irgendwie Schwachen, die Hinkenden, die Labilen, die Asthmatiker, die bärtigen Mädel, die Buckligen. Die Freaks.
Meine Eltern haben sich das Hotel in völliger Unkenntnis der Materie ausgedacht. Meine Mutter ging davon aus, dass ihre Kunden so ähnliche Bedürfnisse hatten wie sie selbst. Ihr ging es darum, dass Leute sich wohl fühlen. Guten Kaffee und zwar 24 Stunden am Tag, das war damals, 1993, etwas Besonderes. Und überall rauchen durfte man damals. Überall. Auch im Frühstücksraum. Die von der alten Garde rauchen immer noch. Wenn bei uns jetzt ein 78jähriger Regisseur einquartiert wird, dann kannst du Gift drauf nehmen, dass der am Fenster steht und eine raucht. Der raucht im Zimmer und tut dann so, als hätte er nicht geraucht.
Sie hatte immer ein ausgeprägtes Gerechtigkeitsempfinden. Ich kenne das von mir, es bringt dich zum Weinen. Bei meiner Mutter hat das nie aufgehört. Sie hat an eine ideale Gesellschaftsform geglaubt. Marxismus, Kommunismus. Dass jeder das Gleiche haben könnte. Kann man sich drüber streiten, ob das eine Utopie ist. Es ist halt nicht umsetzbar mit Menschen, die sich wie Menschen benehmen. Alle haben ihre Schattenseiten und versuchen, das System irgendwie auszutricksen. Meine Mutter war eine Idealistin ersten Ranges. Sie hat hier nur Leute eingestellt, die ein Problem hatten. Offenbarungseid, keine Arbeitserlaubnis, misshandelt, Narben und Schrammen, innen und außen – meine Mutter hat dich genommen. Sie hat aber natürlich so getan, als wäre deine Versehrtheit nicht der Grund. Oder sie war sich dessen nicht bewusst. »Usch«, hat mein Vater immer zu mir gesagt, »deine Mutter träumt vom Staate Marx und merkt nicht, dass das eine Utopie ist.«

Ich bin zum Arzt und habe mich vor ihn gestellt. »Sie wollen mir doch nicht weismachen, dass das hier normal – also, meine Mutter macht sich doch gerade auf den Weg, oder? Ist das so? Ist das so?« Der Arzt wollte das aber nicht sagen. Die sagen nicht: Ihre Mutter stirbt gerade. Die sagen: Wir müssen das genau beobachten.

Wir haben lange dagesessen. Ich habe gemerkt, dass sich ihre Körpertemperatur senkt. Dass der Herzschlag langsamer wird. Dass ein Herz so langsam.

Meine Mutter hat Obhut gewährt. Sie war die Herbergsmutter der Ungewollten. Ihre Gäste durften komische Eigenheiten haben. Meine Mutter fand: Wir sind alle Individuen.

Es gibt ein paar Zimmer, die für Stammgäste personalisiert sind, weil sie darauf bestehen. Die 46 ist so ein Zimmer, so ein Kabuffzimmer nach hinten raus. Die Besenkammer. Alle wollen die Besenkammer. Wenn du Geräuschneurotiker bist, musst du in diesem Zimmer schlafen. Da gibt es kein Geräusch, da gibt es nichts. Worüber man sich da aber gut beschweren kann, ist die Geruchsbelästigung vom Chinesen unten. Das stinkt. Na ja, es stinkt nicht. Aber es riecht halt nach chinesischem Essen, nach Rindersehnensalat und Blättermagen. Rindfleisch mit Zwiebeln. Sauer-scharfer Suppe.

Die 41 mögen viele Leute. Das Zimmer hat diese Holztäfelung. Und man kann schön auf die Kirche gucken mit den Fenstern. Unten schlafen die Obdachlosen. Wenn Filme gedreht werden, werden die meist in der 41 gedreht. Eben wegen der Kirche.

Nicht wegen der Obdachlosen.

Die 34 ist das Zimmer von Herrn Sonnenblum. Es muss die 34 sein. Er könnte eigentlich die 24 nehmen, weil er badet. Aber er will nicht. Es muss die 34 sein.
Mythen würde ich das nicht nennen. Der Mythos ist keine einmalige Geschichte. Ein Mythos ist das, was immer wieder geschieht. Leute neigen dazu, die gleichen Zimmer zu nehmen. Wenn man sie lässt.
Ich bin nicht sentimental, aber ich werde es werden.
Am Schluss werde ich sentimental sein.
Natürlich.
Das mütterliche Gesicht, das ich kannte, das habe ich nach dem Schlaganfall nicht mehr sehen können. Das war weg. Jetzt war da eine Grimasse. Nicht kontrolliert, sie hatte diesen Speichelfluss. Ganz andere Gesichtszüge durch die Spasmen. Und dass so jemand sich nicht die Zähne putzt, kann man sich ja vorstellen. Das Gebiss sah gruselig aus, es gab einfach einen gewissen Verfall. Meine Eltern waren hart im Nehmen. »Na und?«, haben sie gesagt. »Ist doch unwesentlich.«
Im Hotel hast du ganz besondere Anforderungen an die Wäsche. Hier haben wir nur kleine Decken, also Decken in Normalgröße. Standardlänge. Du darfst keine Knöpfe haben. Die wird gemangelt, die Knöpfe würden schmelzen. Es dauert ewig, die zuzuknöpfen. Und ohne Knöpfe stopfst du die Decke einfach rein und schüttelst. Sie muss heiß gewaschen werden, der Einfachheit halber bei 90 Grad. Da muss ja alles raus. Deswegen ist Weiß am praktischsten. Zur Not kannst du sie auch noch in die Bleichung schicken. Wenn da irgendwelche Gäste reinmenstruiert haben, zum Beispiel. Hotelbettwäsche erkennt man daran, dass sie gemangelt ist. Diese superplatte Bettwäsche, die wie ein Brett aus dem Regal kommt.
Bei uns in Ginnheim gab es eine Wäscherei, da konnte man

das selber machen. Ich glaube, meine Oma ist da regelmäßig hingegangen und hat das selber gemacht. Ginnheim war ein Dorf. Zehn Minuten von der Innenstadt nach Norden, und dann standest du auf den Niddawiesen. Bundesgartengelände, Spielstraße, Sackgasse. Ernst-May-Siedlung, wo jede Familie ihren eigenen Hauseingang hatte. Viele Kinder, viele Familien. Bauhaus-Häuser, aber alles war klein. »Klein, aber mein.«
Das war Idylle, eine Kindheit wie aus dem Bilderbuch, wir Kinder von Ginnheim, eine freie, ungekämmte Horde mit Dreck unter den Nägeln, die da durch die Straßen und Niddawiesen marodierte. Die nach Akazien roch, harte Hölzer, süße Blüten. Damals fiel es nicht weiter auf, dass ich keine Geschwister hatte, ich hatte Cousins und Cousinen und Nachbarskinder, und erst als wir dann wegzogen, war ich plötzlich allein.
Ich war nicht im Kindergarten, meine Mutter war damals immer zu Hause. Klassisches Modell. Man konnte von einem Einkommen leben. Wir lebten vom Zeichnen meines Vaters, von seinen Scherben und Ruinen. Das geht heute nicht mehr.

Das Haus gleich da gegenüber wurde von einem holländischen Investor zu Luxuswohnungen umgebaut, mit bodentiefen Fenstern, ein Viertel ist belegt, der Rest ist leer, aber zur Weihnachtszeit ist das illuminiert, als wohne da der Nikolaus. Und um die Ecke wollen sie jetzt ein Luxushotel hinbauen: Wohnen am Fluss. Wohnen am Park. Wohnen am Arsch.
Wenn man hier aus dem Fenster rausguckt, kann man in die Panoramawohnungen gegenüber reingucken. Du kannst die Leute durch ihre Räume wandern sehen. Ich denke immer: Die arme Frau von gegenüber, die hat auch einen ziemlichen Fußweg. Die zählt bestimmt ihre Schritte.
Ich habe immer Höhlentendenzen gehabt. In einer Höhle sitzen

und lesen. Ich hatte zwei kleine Glaskamele aus Ägypten, zwei kleine Glasfigürchen. Hinter dem Haus in Ginnheim hatten wir ein Hofsystem, in einer Ecke gab es eine Baumwurzel, die Erde darunter war ausgewaschen. Für mich war das die Höhle dieser Glaskamele. Ihre Wohnung. Ihr Zuhause. Ich habe tagelang mit meinen Kamelen unter dieser Baumwurzel gespielt. Ich habe mit ihnen geredet und sie mit mir. Daran kann ich mich erinnern. Die Kamele gibt es nicht mehr, ich habe sie gesucht, aber sie sind verdutt gegangen.
Alles geht verdutt. Alles verschwindet.
Ich war das erste Mal hier, als meine Eltern das Hotel eröffnet haben. Ich war bei der Eröffnungsfeier. Wo meine bucklige Verwandtschaft aus Sprendlingen eingeladen war, jeder ein Jackett in einer anderen Farbe? Bordeaux? Türkis? Flieder? Drei Kinder und zwei Eltern und der Freund der Tochter standen zwischen all diesen Schauspielern und Promis. »Guck mal, Kathi, der Motzki! Soll ich ihn dir bringen?« Meine Eltern hatten echt Humor. Die, die von der Sprendlinger Verwandtschaft leicht komisch behandelt wurden, mussten selbst damit zurechtkommen. Meine Frankfurter Oma saß die ganze Zeit im Frühstücksraum auf der roten Bank, mit ihrem riesigen Hut. Und hat darauf gewartet, dass jemand sie fragt, ob sie eventuell die Frau von der Marwitz aus der Lindenstraße sei. Dabei war sie nur die Oma aus Ginnheim.
Weder mein Vater noch meine Mutter sind hier jemals wieder aufgetaucht. Im Hotel. Nach dem zweiten Schlaganfall.
In Ginnheim hatten wir so eine provisorische Küche im Flur, in die meine Eltern ein Spülbecken reingewuchtet haben. Ohne fließend Wasser. Die Küche war mein Kinderzimmer. Hausaufgaben habe ich am Küchentisch gemacht. Ich hatte ein Klappbett, das tagsüber ein Regal war. Wenn man es rumgedreht hat,

waren die Bücher hinten an der Wand, und man konnte die Unterseite runterklappen. In meinem Kinderzimmer standen Esstisch und vier Stühle. Da habe ich Höhlen gebaut. Mit Spielkissen, Sitzkissen. Und Decken. Manchmal habe ich unter diesem Tisch geschlafen.
Wenn gekocht wurde, konnte man nicht gleichzeitig duschen. Wenn ich gebadet habe, ist Oma anschließend in die kalte trübe Brühe reingestiegen und hat danach noch ihre Nylons eingeweicht, ihre Strumpfhalter. Bei uns wurde ordnungsgemäß gespart, es wurden Buko-Dosen leer gegessen, ausgekratzt, gespült, und dann Heftzwecken darin aufbewahrt. Nähzeug. Knöpfe. Es wurden Plastiktüten mitgebracht, ausgeleert, umgestülpt, gewaschen, zum Trocknen aufgehängt und wieder benutzt. Butterpapier zum Fetten der Pfannen.
Am Ende deines Lebens machst du den Kühlschrank auf, und übrig sind drei Blatt ranziges Butterpapier.
Das war meine Oma Elsa.
»Die Oma hat die Kekse aus der Dose geklaut? / Wer? Ich? / Ja, du! / Niemals! / Wer dann?« *Und noch mal:* »Der Ops hat die Kekse aus der Dose geklaut? / Wer? Ich? / Ja, du! / Niemals! / Wer dann?« *Noch mal:* »Die Ursel hat die Kekse aus der Dose geklaut? / Wer? Ich? / Ja, du …« *Sie bricht ab.*
Wir waren eine dreiköpfige Familie, die Frau ging arbeiten, die Tochter mit der Zahnspange kam nach der Schule nach Hause und saß da rum. Mein Vater war so ziemlich das Gegenteil von dem, wie Männer sich klischeemäßig verhalten. Mein Vater ist nobel. Keine Karriereambitionen, kein Bedürfnis, sich irgendwie nach oben zu wuchten. Nobel geht die Welt zugrunde. Ich weiß nicht, woher er das hat. Er war der jüngste Bruder, er hat immer unter dem Tisch gesessen und zugehört. Er hat sich nicht eingeschaltet. Er ist mitgelaufen.

Zwei Brüder und eine Schwester.
Der eine Bruder ist Architekt geworden, der andere hat Jura studiert und ist sehr früh gestorben. Die Schwester war Sekretärin und hat sich vom Frankfurter Gestapo-Chef schwängern lassen, worauf meine Großmutter sich in der Nidda ertränken wollte, kurzzeitig. Hat sie dann später jahrzehntelang wiederholt. »Als ich des gehert hab, hab ich gedacht, ich geh ins Wasser.« Hat sie aber nie gemacht, klar.
Das war die Familie meines Vaters.
Wann bin ich zu Hause ausgezogen? Wann habe ich Abitur gemacht? Welches Schuljahr wurde bei mir annulliert wegen Epilepsie? Bin ich sitzengeblieben wegen Unfähigkeit, zur Schule zu gehen? War ich in Gedanken immer woanders? Wo war ich in diesen Jahren in Gedanken?
Als ich flügge geworden bin, hat mein Vater gelegentlich noch getrunken. Und er hat mir dieses Bild mit den Schuhen gemalt. Als meine Eltern das Hotel angefangen haben, hat er die Trinkerei eingeschränkt, weil meine Mutter ihm die Pistole auf die Brust gesetzt hat: »Pass auf, Sandmann, so können wir nicht zusammenarbeiten.«

Ich hatte dann das Gefühl, dass meine Mutter immer später kam, als wir mit ihr rechneten. Ich glaube nicht, dass sie wirklich spät kam. Ihre Zeit im Hotel hat sich gestreckt. Für sie hat sich eine neue Welt eröffnet. Wenn man arbeitet und es macht einem Spaß. Mein Vater hat Witze gemacht, und meine Mutter hat sich in die Hose gepinkelt vor Lachen. So war das. Mein Vater hat einen sehr trockenen Witz, und meine Mutter hat sich kaum noch eingekriegt vor Lachen. All diese Jahre. Dieses Gefühl, wenn man anfängt zu lachen, und erst beim Lachen wird einem in voller Gänze klar, wie witzig das wirklich ist. Wenn man *nachlachen*

muss, verstehen Sie? Meiner Mutter konnte lachen bis zum In-die-Hose-Pinkeln. Wirklich. Und ich auch. Immer. Und mein Vater fand das lustig, der hat dann natürlich noch nachgesetzt. Das war die Rückseite meines Vaters.
Wahrscheinlich war das auch der Grund, warum sie sich so geliebt haben. Bis zum Schluss. Meine Mutter hat zwar manchmal so getan, als würde sie mit dem Gedanken spielen, ihn zu verlassen. Aber wenn sie sich gut verstanden haben, dann war es bei uns sehr, sehr witzig.

Frankfurt, ach, Frankfurt. »Un es will merr net in mein Kopp enei: Wie kann nor e Mensch net von Frankfort sei!« Früher, in den Achtzigern, war das hier ein ganz böses Pflaster, Frankfurt, Bankfurt, Mainhattan. Die Kriminalität war unfassbar hoch hier. Wenn man Besuch hatte, dann haben die immer gefragt: Wie kann man hier leben, ohne täglich überfallen zu werden? Für uns war alles ganz normal. Es gibt ja auch ein paar Fernsehserien, die hier spielen. *Ein Fall für zwei?* Die heißen jetzt allerdings nicht mehr Franck und Matula. Aber einer von beiden wohnt auf einem Hausboot, das am Eisernen Steg liegt. Völlig an den Haaren herbeigezogen. Warum würde ein Staatsanwalt oder ein Detektiv auf einem Hausboot am Eisernen Steg wohnen? Wo jeden Tag 4000 Japaner und Chinesen entlanglaufen und 40 000 Fotos schießen? Da wohnt dieser Typ? Einen *Tatort* haben sie übrigens auch mal hier im Haus gedreht. Zwei sogar. Unser Hotel hat da einen Puff gespielt.

Im September war der zweite Schlaganfall. Anfangs war es nicht klar, dass alles so desaströs ist. Dass meine Mutter ein Pflegefall sein würde. Dass mein Vater sie pflegen muss. Dass das Hotel verwaist sein würde. Ich war arbeitslos, also haben mein Mann und ich uns dazu entschlossen, dass wir es noch mal zusammen probieren, mit unserer Beziehung, unserer Ehe und unserer Zukunft. Dass wir zusammen nach Frankfurt gehen und das Hotel ungelernt, aber mit gesundem Menschenverstand führen. Das war der Neuanfang von Nick und mir.

Das Haus.

Die Stadt.

Im Jahr 2003 war das.

Im Sommer. Vor sechzehn Jahren.

Ich kann mich daran erinnern, wie wir aus Berlin rausgefahren sind. Das Wetter war schön, es war ein heißer Sommer. Und wir raus, über die Avus, zurück nach Frankfurt. Mit einem Umzugswagen. Der Berliner Bär hat geglänzt. Nick hat beschlossen, erst mal im Hotel zu wohnen. Es gab zwei Zimmer in der Mansarde. »Ich ziehe da jetzt ein, ich kapiere sonst nicht, wie das Hotel funktioniert.« Wir haben das mit dem Zusammenziehen erst einmal vermieden.

Wir hatten nie vor, eine Familie zu gründen.

Kennengelernt hatten wir uns in Frankfurt, aber dann ist Nick ein paar Wochen später nach Berlin gezogen. Ich habe noch meine Friseurlehre zu Ende gemacht, dann bin ich hinterher. Nick hatte zwei Katzen, ich hatte eine Katzenallergie und bin woanders hingezogen. In die Wühlischstraße – wie Wühltisch ohne T. Das habe ich damals immer gesagt: Wühlischstraße, wie Wühltisch ohne T. Ich habe die Maskenbildnerschule gemacht, Nick hat Landschaftsarchitektur studiert, und dann hat er mir einen Heiratsantrag gemacht. Trotz Katzen. Wir waren eigentlich anti-heiratsmäßig drauf, aber haben aus dieser gemeinsamen Protesthaltung heraus dann doch geheiratet. Aus dem gemeinsamen Widerstand gegenüber der Institution Ehe haben wir geheiratet. ’98.

Wenn man verheiratet ist, trennt man sich weniger schnell. Da wirft man nicht so schnell die Flinte ins Korn. Aber unmittelbar am nächsten Tag oder zwei Wochen später war das Einzige, was sich für mich änderte, dass jetzt »verheiratet« in meinem Personalausweis stand. Vorteile hatten wir keine. Wir hatten beide keinen Job.

Dann hatte meine Mutter den ersten Schlaganfall.

Es muss im Frühjahr gewesen sein, Ende April, kurz nach ihrem Geburtstag. Sie lag erst einmal in der Uni-Klinik, und meine Mutter hatte den Eindruck: Jetzt wird an mir wissenschaftlich gearbeitet, sie machen noch diese und jene Untersuchung, jetzt entnehmen sie mir noch etwas aus dem Gehirn. Wissen Sie, die entnehmen ja tatsächlich Sachen aus der Birne: Die bohren den Kopf auf und nehmen ein Stück raus. Anhand dessen können sie feststellen, was der Grund des Schlaganfalls gewesen sein könnte. Beim Schläfenlappen hat meine Mutter gestreikt. Es reicht, hat sie gesagt. Sie hat schleppend gesprochen und war motorisch eingeschränkt, etwas humpelig. Sie ist langsamer gelaufen, sie hat bei manchen Zischlauten genuschelt. Sie hat für eine Weile aufgehört zu arbeiten, aber nach ein paar Monaten ist sie wieder ins Hotel gegangen.

Meine Mutter hat darum gebeten, dass man nicht mehr an ihr rumschnippeln möge. Aber weil man nicht wusste, warum sie den Schlaganfall hatte, konnte man auch einen weiteren nicht verhindern. Es hieß immer nur: Sie hat eine Entzündung im Gehirn.

Man hat ja eine vage Vorstellung davon, was es bedeutet, wenn die Ärzte anrufen und sagen, man solle vorbeikommen. Es wäre jetzt besser, wenn Sie bei Ihrer Mutter sein könnten. Ich dachte immer: Spinne ich? Erkenne ich die Zeichen nicht? Deute ich das alles falsch? Das Bemerkenswerte ist, dass man den Tod erkennt.

Wir haben da über Stunden gesessen. Mein Vater rechts, ich links und in der Mitte meine Mutter. Das war sogar recht schön. Vor den Fenstern lag der Himmel.

Ich ziehe keine Rückschlüsse mehr aus dem, was Leute auf ihrem Zimmer machen. Ich verurteile die Leute nicht mehr. Früher dachte ich: Leute, ihr wollt doch später wieder hierherkommen, also benehmt euch doch halbwegs anständig. Inzwischen habe ich gemerkt, dass man mit den Gästen darüber reden kann. Es ist keine leichte Aufgabe, so was zu besprechen. Wenn jemand ins Bett pisst und das nicht sagt. Ich glaube: Von zwanzig Leuten, die ins Bett pissen, sagt das höchstens einer am nächsten Tag.

Wir haben eine Blacklist. Da stehen die Psychopathen drauf. Die einen nicht mehr in Ruhe lassen. Es gibt Menschen, die lassen nicht von einem ab. Und wenn du dann an der Rezeption sitzt, bist du ausgeliefert. Du kannst nicht gehen. Du musst sitzen bleiben und damit umgehen. Diese Psychopathen stehen bei uns auf der Liste. Oder Bettpisser, die die Rechnung nicht bezahlen wollen. Der sagt dann: »Das war kein Urin, das war Apfelsaft.« Ja, was willst du da sagen? »Willst du mich verarschen? Glaubst du, ich kann Urin nicht von Apfelsaft unterscheiden? Halt mal deinen Riechkolben da dran. Gibt ja wohl kein Vertun. Das war weder Bier noch Suppe noch Apfelsaft.« Ich habe mit den Jahren einen ausgesprochenen Fäkalhumor entwickelt.

Ich kann sehr raue Scherze über dieses Leben machen.

Das Haus nebenan hieß früher Main Pension. Jetzt heißt es: My-Hotel. Da hat früher ein Dealer gewohnt, den hier jeder kannte. Der hat auf der Straße seine Jünger empfangen, er stand da wie

der Messias. Wenn du aus dem Fenster geguckt hast, konntest du sehen, wie Mörder-Mike seine Kundschaft bedient. Groß, dünn, fettige Haare hinten zu einem Pferdeschwanz zusammengebunden. Unterbiss. Hohle Wangen. Ausgeprägte Falten. Er hieß Mörder-Mike, weil er angeblich jemanden umgebracht haben soll. Und dem konntest du zugucken, wie er junge Mädchen unter seine Fittiche nahm und wie sie dann ein halbes Jahr später aussahen.
*Mörder-Mike. Killer-Karl. Galgenschorsch.*

Nick und ich hatten uns in Berlin auseinandergelebt. Ich hatte einen Job im Theater des Westens, er war tagsüber im Büro als Landschaftsarchitekt. Ich kam nach Hause, wenn er schon schlief. Wir hatten in dieser Phase wenig miteinander zu tun.
Ich hatte mich während meiner Arbeit in einen Musicaldarsteller verliebt. Er war verheiratet und hatte eine Tochter, das Stück hieß *Roll Over Beethoven*, er war die Drittbesetzung, und ich war die Pudertussi, wir waren zwei einsame Seelen, wir haben uns zusammengetan. Er spielte nur, wenn die beiden anderen keinen Bock hatten oder krank waren. Ich saß in der Solo-Kabine und musste ihm güldene Highlights auf die Oberarmmuskeln setzen. Alles war Musik, durchgenudelt, laut, auf der großen Bühne, mit großem Orchester. Irgendwann stehst du hinter der Bühne und fängst an, mitzugrölen.
Irgendwann war das Stück abgespielt. Nach der letzten Vorstellung war Dernierenfeier. Im Februar. Bei der letzten Möglichkeit haben wir geknutscht. Das hatten wir die ganze Spielzeit rausgezögert. Das stand immer im Raum. Es war phantastisch im wahrsten Sinne des Wortes, und es hätte auch wirklich nicht wahr werden müssen. Aus heutiger Sicht. Ist es dann aber. Ich habe schnell die Flucht ergriffen: Schnell weg hier.

Aber so einfach war das nicht.
In einer Kneipe am Paul-Lincke-Ufer habe ich eines Tages zu Nick gesagt: Ich habe mich verliebt. Wumm! Ich habe das erzählt, weil ich dachte, man müsse in einer Ehe immer alles sagen. Wahrheitsliebend. Wie lang waren wir da schon zusammen? Er hat sofort gesagt: »Ich ziehe aus.« Er ist da sehr schwarzweiß. Alles oder Nichts. »Ich gehe jetzt.«
Weg war er.
Irgendwann im März wollte er mir mein Auto vorbeibringen. Meine Ente. Weil ich nicht zu Hause war, hat er mein Tagebuch gelesen, hat die Autoschlüssel geschnappt, ist wieder in die Ente eingestiegen und durch Kreuzberg gerast, so schnell das Auto fuhr. Erst durch Neukölln, dann Richtung Süden über irgendwelche Landstraßen, immer Vollgas, über rote Ampeln, über Kreuzungen, eine Art Rennen gegen sich selbst. Gegen mich. Mit einer Ente. Das konnte nicht gutgehen.

Ein Mord ist hier im Haus noch nicht passiert. Aber ich weiß nicht, ob das, was passiert ist, eventuell ein Selbstmord war. Es sah auf jeden Fall so aus wie einer. Es war ein Selbstmordszenario. Hat aber nicht geklappt, die Dame ist nicht gestorben. In der 21. Im Zimmer drunter, in der 11, hat ein Ehepaar aus der Schweiz gewohnt, und die haben nachts irgendwann festgestellt, dass Wasser durch die Decke kam. Sie haben beim Nachtportier angerufen: Da kommt Wasser durch unsere Badezimmerdecke. Sie haben nicht gesagt: Das Wasser ist übrigens auch rot. Der Nachtportier hat in der 21 geklopft. Keiner hat reagiert. Die Tür war offen, die Dusche lief, alles war überschwemmt. Die Wände waren blutig. Und auf dem Bett lag ein Mensch. Das muss für den Nachtportier so gewesen sein wie in einem Film. Du kommst in ein Zimmer rein, die Dusche läuft, plätscher, plätscher, plätscher, alles ist nass, und alles ist blutig, und da liegt eine mit geöffneten Adern.

Wir wohnten in der Dieffenbachstraße. Wenn man zur Tür rausguckte, war das direkt die Mauer des Urban-Klinikums, und direkt hinter der Mauer lag die Kriseninterventionsstation. Ich bin dann in die Notaufnahme und habe gefragt, ob da zufälligerweise ein Herr Nick Jakob liegt.
Nick hatte eine Art Beschwerdebrief geschrieben. »Ich habe dein Tagebuch gelesen, das war echt das Letzte, und so weiter.« Dieser Brief war so unangenehm zu lesen, dass ich ihn unter Garantie weggeschmissen habe. Habe ihn tausend Mal angerufen, auf dem Handy, zu Hause, überall. Habe ihn nicht erreicht. Habe es irgendwie gewusst, dass etwas nicht stimmt, dass er durchgedreht sein muss.
Die haben mich nicht zu ihm gelassen. Rigoros.
Ich wollte ihm einfach nur sagen, dass ich da bin. Dass ich das kapiert habe. Die Ente im Teich, Totalschaden und Bergungskosten, Arm aufgeschnitten, Sehne durch, psychologische Betreuung. Mir ist es in dem Moment wie Schuppen von den Augen gefallen. Ich habe gedacht: Was machst du hier eigentlich? Und weil ich weiß, dass Nick so ein Symbolheinrich ist, bin ich am nächsten Morgen zum Tätowierer gerannt und hab mir eine Ente an die Stelle tätowieren lassen, die Nick sich aufgeschnitten hat. Damit wir beide was an der Stelle haben.
Deswegen habe ich eine Ente auf dem Arm.
Hier. Symbolheinrich.
Das Tier. Nicht das Auto.
Soweit geht die Liebe nicht.
Dann kam die Nacht des zweiten Schlaganfalls. Es gab Geschnetzeltes. Hühnchen-Geschnetzeltes. Das war so ein Essen,

das hatte ich vorher nie gemacht und auch danach nie wieder. Das war zu Tode gekocht, es war staubtrocken trotz all der Soße.
Der Anruf kam abends.
Mein Vater. »Es ist wieder passiert. Mutter liegt im Krankenhaus.«
Von diesem Moment an hat mein Leben wie unter einer Käseglocke stattgefunden. Ich habe in dieser Sekunde angefangen, mich auf eine ganz merkwürdige Art zusammenzureißen. Jubel, Trubel, Glück sind nur noch gedämpft zu mir vorgedrungen. Die Liebe. Ich wünsche keinem, seine Mutter in so einem Zustand zu sehen. Sie war noch jahrelang in diesem Scheißzustand, bis sie gestorben ist. Und damit es nicht die ganze Zeit weh tut, muss man irgendwas machen.
Ich habe meine Sachen gepackt und bin hingefahren. Ich konnte niemandem erzählen, wie es mir geht. Weil es allen anderen Menschen noch beschissener ging. Meinem Mann. Meiner Mutter. Meinem Vater, der sich um die Mutter sorgt.
Erst war sie im Krankenhaus, dann in einer Reha-Klinik in Bad Homburg. Es war Winter, es war verschneit und mit den ganzen Tannenbäumen sogar ganz idyllisch. Aber es gab nichts zu rehabilitieren. Sie hat dieses »Ereignis« auf der einen Seite gehabt und ein Jahr später auf der anderen. Sie hatte keine Reserve mehr. Sie konnte nur noch dasitzen, kaum noch essen und nicht mehr trinken, nicht laufen. Magensonde. Krakelige Handschrift.

Das waren deprimierende Jahre. In der Woche das Hotel machen, am Wochenende Mutter besuchen und ihr beim Entgleiten zusehen. Da ist bei mir der Wunsch nach einer eigenen Familie entstanden, nach einem neuen Leben. Nicht immer nur das Leben von meiner Mutter denken und ihr Hotel weiterführen, damit es nicht vor die Hunde geht. Sondern mein eigenes Leben

machen. Es gestalten. Und deswegen haben wir dann ein Kind gekriegt, ein Wunschkind.
Wenn ich fortan zu meiner kranken Mutter gegangen bin, hat sie sich wie Bolle auf den Milchwagen gefreut, endlich die kleine Kröte auf dem Schoß zu halten. Ich hatte ständig Angst, dass er ihr vom Schoß fällt. Sie hatte diverse Spasmen. Aber sie hat gelächelt.
Ich hatte Angst.
Meine Mutter konnte nicht mehr sprechen. Plötzlich musste sich mein Vater um sie kümmern.

Und das hat er dann jahrelang gemacht, ohne auch nur eine Sekunde einzuknicken. Damit hatte ich nicht gerechnet. Keine Sekunde.
Insgesamt war ich sechs Jahre weg aus Frankfurt. Für mich ist Frankfurt eine überschaubare, übergemütliche Stadt, sobald du die Innenstadt verlässt, ist es wahnsinnig dörflich. Und putzig. Höchst. Griesheim. In den Randgebieten ist es total gemütlich, in die Innenstadt haben diese Banken schon früh ihre Hochhäuser geballert, das hatte immer etwas Science-Fiction-Artiges. Es gibt halt Hochhäuser, es gibt eine Skyline, von den Einwohnern her ist Frankfurt aber recht offen. Hier tummelt sich alles. Es kümmert hier im Bahnhofsviertel niemanden, wenn der Banker die Krawatte nach hinten schlägt und beim Türken Fisch isst und auf dem Bürgersteig ein Cracker seine Steine sucht.
Ich würde die Stadt auf alle Fälle männlich denken. Deutsch. Piefig. Ganz so entspannt und relaxt, wie es tut, ist Frankfurt nicht. »069, aaah.« Wie alt ungefähr? Ich würde sagen: ein 60jähriger Mann, ein glatter Mann. Frankfurt ist ein mittelalter Mann mit Schlips und hoher Stirn. »Lasst die Affen ausm Zoo, Blanco.«

Es hat nicht gepiept. Es war nicht wie im Film.
Ich habe lange so dagesessen. Habe ihre Hand gehalten, habe gemerkt, wie die körperlichen Funktionen runtergefahren wurden. Spätabends bin ich nach Hause gegangen, mein Vater ist sitzen geblieben. Ich bin nach Hause, habe am nächsten Morgen die Kinder geweckt und versorgt, Kindergarten, Krabbelstube, dann bin ich wieder zurück. Da lag meine Mutter genauso da wie am Vorabend. Nur dass sie noch kälter war. Dass sie noch langsamer geatmet hat. Dass der Herzschlag langsamer war. Ich bin dann zu ihr hingegangen und habe gesagt: Ich bin wieder da, du kannst jetzt gehen.
Man denkt, dass da irgendeine Form von Kommunikation stattgefunden hat. Dass sie in dem Moment wirklich losgelassen hat. Dass wir die ganze Zeit so dagesessen haben und sie ganz in Ruhe ihren Herzschlag runtergeschraubt hat. Du starrst auf diese Geräte. Irgendwann hat sie wirklich nur noch einmal pro Minute geatmet. Ich hätte nicht gedacht, dass ein Herz so langsam schlagen kann.
Diese Erhabenheit des Moments, wie eine Geburt. Es ist ganz besonders, wenn du dabei bist, wie jemand das Leben aushaucht. Ich habe es so empfunden: Sie hat mich geboren, und ich habe sie aus dem Leben herausgeleitet. Es war ein Glück. Das Ineinandergreifen dieser Momente.
Ich habe sehr getrauert. Wut. Angst. Betroffenheit, alles da. Aber diese große Last, die immer verhindert hat, dass ich Sachen richtig empfinde, war weg. Ich musste plötzlich keine Angst mehr davor haben, dass es ihr noch schlechter geht. Und jetzt denke ich: Was soll denn schon passieren? Irgendwelche anderen Sorgen kommen sicher, aber diese Sorge ist weg.
Ich neige dazu, zu sagen, ich nehme gar nichts mit. Ich kann ganz gut loslassen.

Ich könnte jetzt durch das Hotel gehen und bei jedem Gegenstand sagen: Dieser Gegenstand hat diese Geschichte. Ich weiß, dass in diesem Bett schon George Clooney geschlafen hat. Die Einrichtung ist eher spärlich. Die Betten und die Schreibtische und Nachttische sind fast gleich.
Kann man mit all diesen Möbeln, die allesamt nichts mehr wert sind, einen Hotelbetrieb betreiben? Wenn ich alles rausnehme, kann man den Betrieb nicht aufrechterhalten. Aber steuerlich ist das alles nichts mehr wert. Was soll man auch mit 25 Betten anfangen?
Ich habe mit allem meinen Frieden gemacht. Meine Eltern haben immer versucht, zu jeder Zeit ihr Bestes zu geben. Ich weiß längst, dass das nicht immer reicht. Auch wenn man es versucht. Jetzt verlasse ich dieses Haus.
Usch. Usch. Mein voller Name ist Ursula Elsa Liebermann. Sehr altmodisch. Nach meiner Oma väterlicherseits. Oma Elsa in Frankfurt-Ginnheim.
Ich merke, dass ich von allen, vom Universum, von Gott dem Allmächtigen, dazu aufgerufen bin, loszulassen. Ich möchte drei Monate im Garten sitzen und in der Nase bohren. Ich möchte keine Löcher in die Luft starren, ich möchte einfach kurz mal nichts machen. Ich will nicht reisen. Ich habe keine Angst vor nix. Diese ganzen Täler, durch die wir gegangen sind. Ich glaube, es ist jetzt an der Zeit, damit aufzuhören.

# ANGELIKA KLÜSSENDORF
# BRANKA

**BRANKA**
**STIMME**: eine geduldige, fast tonlose Stimme

*Die letzten Gäste sind gegangen. Auf dem Tisch seht eine Bierflasche, ein Glas, liegt ein Block mit einem Zettel, Stift, Aschenbecher, Zigarettenschachtel.*

**BRANKA** Pss still. Sie ist weg. Gott sei Dank. Endlich Ruhe. Mir dröhnt der Kopf von ihren Fragen. Komme mir vor wie ein Sieb, völlig durchlöchert. Ich habe nichts zu erzählen. Das habe ich ihr gesagt. Mehrmals. Gibt es nicht, sagte sie, ein Mensch, der nichts zu erzählen hat.
*Sie will sich gerade setzen.*

**STIMME** Branka.

**BRANKA** O nein. Bitte nicht. *Mit überfreundlicher Stimme.* Ja, was ist denn, Stadtschreiberin?

**STIMME** Wann hat das angefangen.

**BRANKA** Was?

**STIMME** Na, das mit dem Lachen.

**BRANKA** Vor zwanzig Jahren.

**STIMME** Genau auf den Tag.

**BRANKA** Von mir aus, genau auf den Tag. Aber nun, liebe Stadtschreiberin, habe ich Feierabend. Muss den Einkaufszettel vorbereiten. Gute Nacht.

**STIMME** Aber warum, Branka, warum.

**BRANKA** Es ist spät. Bin müde. Gute Nacht.

**STIMME** Gute Nacht, Branka.

**BRANKA** *steht da, wartet ab* Ist sie wirklich weg? Der Stadtschreiberin ist nicht zu trauen. *Sie setzt sich vorsichtig an den Tisch, horcht, gießt sich Bier ein, horcht, trinkt einen Schluck.* Das tut gut. Ist die schönste Zeit des Tages. Die Schicht ist fertig, und ich sitze hier allein.

*Sie beginnt unvermittelt zu lachen. Es ist Brankas Lachen, laut und sehr gewaltig. Danach abrupte Stille.*

Alle halten mich für eine lustige Person. *Sie steht auf, wendet sich ans Publikum.* Ist das so?

*Setzt sich, beginnt zu schreiben.* Zucker brauchen wir, Senf. *Hält inne.* Was sie alles wissen will. Die Stadtschreiberin. Was für eine Person. Weiber. *Lacht.* Stadtschreiber sind mir lieber. Wenn ich an Schnute denke, großartiger Kerl … obwohl, auch ein wenig hochmütig. Zarte schöne Hände. Eitel. O ja, und …

**STIMME** Siehst du, eine Geschichte.

**BRANKA** Halt den Mund. Sonst erzähle ich gar nichts. *Horcht.* Einmal an der Tankstelle hatte er kein Geld dabei. Zuerst noch höflich fragte er, ob er später zahlen könne. Als ihm das verneint wurde: Wissen Sie denn nicht, wer ich bin? Ich bin der Stadtschreiber! Später sagte er mir, er wäre empört gewesen, überhaupt zahlen zu müssen. Aber sonst: seelenguter Mensch. Und sein Mund: eine richtige Schnute. Wenn er schmollte, dann … *Horcht.* Das geht niemanden was an! *Sie steht auf.* Die Stadtschreiberin will über mich schreiben. Will wissen, warum ich so laut lache. Und überhaupt. *Sie lacht laut, bekommt einen Lachanfall, verschluckt sich, das Lachen verebbt, sie sieht auf die Uhr.* Oh, spät, zu spät, um laut zu lachen. *Horcht.* Ich vermute mal, der Stadtschreiberin fällt nichts ein, hat nichts erlebt, und nun will sie mich melken. *Setzt sich.* Kräuter, ja. *Sie schreibt es auf.* Sie will wissen, wie es in meiner Heimat roch. Als ich wilder Thymian sagte, lächelte sie versonnen. Dabei: ein Scheißdreck! *Hält sich die Hand vor den Mund, horcht. Lauter.* Ein Scheißdreck! Scheißdreck! *Normale Tonlage.* Ich komme aus einem kleinen slowenischen Dorf. Bei mir zu Hause stank es. Nach Gülle. Schweinemist, nix mit Thymian. Meine Leute waren Bauern. Habe Schweine abgestochen. Weißt du, wie es da gerochen hat, Stadtschreiberin? *Horcht.* Was brauchen wir noch? Sahne. *Schreibt es auf.* Und es roch nach Hühnerkacke. Das Huhn ist mein Lieblingstier.

**STIMME** Ein Lieblingstier.

**BRANKA** O Gott, ein Lieblingstier. Ironie ist nicht jedermanns Stärke? *Horcht kurz.* Hühner sind unglaublich dumm. Unser Hühnerstall lag direkt neben dem Gemüsegarten, in dem Salat wuchs, Gemüse, alles, was ein Hühnerherz begehrte. Der Zaun hatte ein Loch, doch das Federvieh vergaß von Tag zu Tag, sozusagen über Nacht, wo sich das Loch im Zaun befand. Sie liefen aufgeregt hin und her, glotzten rüber zum Gemüse, und nur durch Zufall entdeckten sie das Loch und schlüpften zum Salatbüfett. Am nächsten Tag wiederholte sich das Schauspiel. Einmal beobachtete ich einen Star auf dem Zaun, er gackerte wie ein Huhn, und die Hühner gackerten zurück. So nun zufrieden? Ich sollte doch von früher erzählen. Kindheit! Gut: Wir spielten mit Maikäfern. Hielten sie in kleinen Schachteln und tauschten sie. *Schweigt.*

**STIMME** Warum.

**BRANKA** Sie hatten unterschiedliche Farben und Größen – der eine Käfer war Maler, der andere Bäcker; ich besaß einen bunt schillernden Prinzen, den habe ich gegen vier Totengräber eingetauscht. *Schweigt.*

**STIMME** Mehr davon.

**BRANKA** Ja, ja, ja. Geschichten aus dem Funduskeller. So reden die Stadtschreiber. Sowas gefällt. Himmel und Hölle heißt das Spiel bei euch. Und nein, Stadtschreiberin, gelesen habe ich nicht. Denn das willst du doch bestimmt wissen. Keine Zeit! Bin weg von zu Hause als junges Ding. Wollte in die Welt. Abgesehen von Mond und Sonne schien mir nichts weiter entfernt, als die Welt da draußen. Mein Vater erzkatholisch und ich verliebt in einen evangelischen Mann. Es hätte auch gleich der Teufel sein können. Ich sei verhext von ihm, sagte mein Vater. Er war s o gut zu mir. Mein Gott, hat mich das ermattet, dieses Gutsein. Er balancierte mich über die Friedhofsmauern. Kaufte mir ein blaues Kleid und eine Karte von Deutschland. *Schweigt.* Seine Tochter werde eine Herumtreiberin genannt. Wer sagt das, fragte ich meinen Vater. Die Leute. Das hätte e r nicht sagen sollen. Die Leute, die Leute hingen mir zum Halse raus. Die Leute halten dir nicht den Kopf, wenn du stirbst, sagte ich zu ihm. Bedaure, sagte er und knallte mir eine, so sprichst du nicht mit mir … *Schweigt.* So das reicht, mehr gibt es nicht. Denk dir doch was aus! Du bist die Schriftstellerin. *Trinkt, schreibt.* Kartoffeln. Bei uns gibt es eine Sorte namens Demissum Bastard. Bastard. Was heißt das schon.

**STIMME** Der oder die im Sattel geborene.

**BRANKA** Der oder die was? Aha, die Schriftstellerin ein wandelndes Lexikon. Aber keine eigenen Geschichten. Was für eine Generation. Wir müssen herhalten mit unseren Kriegen, Nachkriegen, nein, meine Liebe, darüber spreche ich nur mit meinen Leuten. *Trinkt, schreibt.* Mehl, Quark. *Trinkt.* Ich sah mir immer wieder die Karten an, sprach die Städte laut aus: Hamburg, Bremen, Berlin, Frankfurt am Main. Am Main. Keine andere große Stadt hatte im Namen einen Fluss.

Gut, Breisach am Rhein, Gundelfingen an der Donau, jeweils ein Fliegenschiss, viel zu klein für mich. *Trinkt, schweigt.*

**STIMME** Wo hast du Deutsch gelernt.

**BRANKA** O Gott, die Frage ist nicht ernst gemeint, oder? So gar kein Wissen? Warum befragst du nicht eine Maus. Die k. und k. Monarchie. Das kaiserlich königliche lag gleich um die Ecke. Meine Güte! Außerdem gab es Deutsch in der Schule. In Oberösterreich hab ich mein Praktikum gemacht, Küche, Service, Zimmerputzen, alles. Eine Schufterei. Aber ich war jung. Und mit dem Jungsein ist das so eine Sache. Keine Ahnung von Sterblichkeit und so. Verletzlich und gleichzeitig hart.

**STIMME** Wie warst du als junge Frau.

**BRANKA** Geht dich nichts an.

**STIMME** Heimat, was war Heimat für dich.

**BRANKA** Oho, oho, wie originell. Diese interessante Frage möchte ich nicht durch meine Antwort verderben. *Schreibt: Kaffeesahne.* Heimat war da, wo die Post ankam.

**STIMME** Der Evangele.

**BRANKA** Sein guten Morgen, mein Zaklad, gute Nacht, mein Medu, sein Schätzchenschatzgeschwafel ging mir auf die Nerven. Er wurde mir zu lieb. So etwas ertrage ich nicht! Ich hielt nur noch an ihm fest, weil mein Vater ihn hasste. Was hast du heute gemacht, fragte er, nichts Besonderes, antwortete ich, spürte, wie das Nein in mir wuchs, mit jedem Zaklad, jedem Medu. Der eigentliche Grund, warum ich gegangen bin, war mein Vater. *Horcht.* Bedaure: eine Ohrfeige zu viel. Auf dem Bahnhof kam alle Stunde ein Zug vorbei. Manchmal hielt einer. Ich wollte weg, wusste nicht wohin. Doch dann fiel mir die große Stadt wieder ein, mit dem Fluss im Namen. *Sie trinkt einen Schluck, steht auf, geht umher.*

**STIMME** Und was war dann.

**BRANKA** Als ich in der Stadt ankam ... alles war hell ... ein riesig großer Lampenladen. Meine Güte, was für ein Stromverbrauch. Die müssen reich sein, dachte ich. Stand erst mal da, wie erschlagen. Sah die Züge ein- und ausfahren. Und die Treppen, sie hörten einfach nicht auf. Die Menschen. Alle Farben, als wäre die ganze Welt hier versammelt. Und ich mittendrin. Ich erinnere mich noch an das Wummern meines Herzens, was für ein Galopp, und die Hufschläge hallten. *Sie hält inne.* Klingt doch gut? Ich sollte schreiben. Ich stand da in meiner ausgebeulten Jacke, schicke, neue Schuhe, rot, ein Knaller ... dachte ich ... nahm meine zwei Koffer, verließ den Bahnhof, stieg in die nächstbeste Bahn, fuhr bis zur Endstelle und wieder zurück. Dann in die nächste Straßenbahn, und irgendwann war es Abend. *Trinkt.* Ich ging in ein Hotel und fragte nach Arbeit. *Horcht.* Ja, das machte ich einfach so. Das Geschoss hinter der Theke zeigte mit lackiertem Mittelfinger an mir vorbei auf die Straße gegenüber und sagte: Da sind sie richtig. Eine Kaschemme. Der Chef Jugoslawe. Er sah mich an, nickte, dann blieb sein Blick an meinen Schuhen hängen, und er lachte los. Ich weiß bis heute nicht, warum. *Schweigt nachdenklich.* Ich war so jung. So voller Hoffnung. *Schweigt.*

**STIMME** Ja.

**BRANKA** Was hast du denn erwartet? Dass ich studiere? Obwohl ... im Traum studiere ich manchmal, vergesse aber frühmorgens, was es war. Ich war eine billige Arbeitskraft. Schlief in einem kleinen Zimmer, Gemeinschaftsklo auf dem Flur. Am nächsten Tag begann meine Schicht. Ich wusste, der Himmel ist mit Sternen, nicht mit Zucker verziert. Und natürlich 'ne Menge Sterne längst erloschen.

**STIMME** Mutig.

**BRANKA** *stöhnt* Meine Güte, wo bist du aufgewachsen? In einer Blase? Was ist daran mutig? Ich wurde als Springerin eingeteilt. In der Küche ließ ich die Bratkartoffeln verkohlen. Dann gestolpert, vollgepackt mit Tellern, natürlich Fisch, stank drei Tage lang. Dafür war ich ein Genie beim Abkassieren, sagte tausendmal Dankeschön, und wenn das Trinkgeld stimmte, sagte ich: Sie sind ein guter Mensch. Alle zehn Tag hatte ich frei, dann fuhr ich zum Bahnhof und sah die Züge ein- und ausfahren. Ich stellte mir vor, wie die anderen Bahnhöfe aussahen, wo sie hielten, ob es da Menschen gab wie mich. Ein großes, kostenloses Vergnügen. Und nein, ich verspürte nicht den Wunsch, mich in einen der Züge zu setzen, woanders hinzufahren. Obwohl mein Chef Alzheimer hatte, ständig vergaß er, was er versprochen hatte. Den Lohn. Dann die Gehaltserhöhung. Den kaputten Wasserhahn … Und dass er mich heiraten … ja! Er wollte nach Feierabend mit rauf zu mir. Doch als ich sein Gelaber ernst nahm, wollte er nichts mehr von mir wissen. Er war verheiratet, hatte Kinder. Sie kamen direkt von der Adria, braungebrannt … aber nicht gut gelaunt. Wer ist denn das, fragte seine Frau. Was ist hier los? Die Neue, antwortete er. Wahrscheinlich hatte sie das schon oft gehört. Ihr Blick unmissverständlich! Ich aber kess, fühlte mich überlegen. Seine Frau war älter, sah aus wie ein Schinken, trug Kleider mit Puffärmeln und furzte wie ein Gaswerk. Dafür schickte sie mich einkaufen. Auf dem Einkaufszettel standen Dinge, die niemand kannte. Mal sollte ich geronnene Milch mit Schimmel kaufen, die Verkäuferin lachte mich aus. Wieso, das ist Roquefort-Käse, sagte der Schinken. Eingelegte Blütenknospen waren Kapern, gesalzener Fischlaich Kaviar. Diese Natter. Ja, sie war nicht ungefährlich. Doch dann kam die Sache mit den Fotos. Die Kaschemme sollte auf Vordermann gebracht werden, Hochglanz, selbst auf den Toiletten. Irgendeine große Festivität stand an. Natürlich blieb die ganze Arbeit an mir hängen. Neue Vorhänge nähen: orangener Tüll, muss ich mehr sagen? Sogar neue Reserviertschilder kamen auf die Tische. Puh. *Trinkt, steht auf, läuft umher.* Der Fotograf. Stattlicher Mann, schöner Hintern, fiel nicht nur mir auf. Der Schinken hatte schon eine Woche vorher die Fette auf Diät gespielt, und nun stand sie da in ihrer ganzen Pracht – es nützte ihr nichts. Mich! Wollte er auf seinen Fotos haben. Gut, sagte er, sehr schön und umrundete mich mit seiner Kamera. Zeig, was du draufhast! Stell dich mal da hin, heb den Arm, jetzt die Augen, nimm das Schild vom Tisch, die Blumen … die Frau des Chefs blieb die Frau des Chefs. Pass auf, sagte ich zu ihr, gleich platzt du. Big Dragoner! Die Entlassung servierte sie mir eine Woche später, als der Ersatz für mich da war. Der Fotograf hielt mich in einer kleinen Kammer, versprach mir alles Mögliche, bis ich begriff, auch er hatte seinen Big Dragoner! Eine Rothaarige mit drei Kindern, das vierte im Bauch.

**STIMME** Der Fotograf hielt dich in einer Kammer.

**BRANKA** Ach, was weißt du denn, ich ließ mich halten. Nein, liebe Stadtschreiberin, ich bin kein Opfer, diesen Gefallen tue ich dir nicht. Ich machte das Beste draus. Als er mir sagte, er habe vier Kinder satt zu machen, aber er liebe mich trotzdem, da ließ ich ihn nicht mehr ran. Geschäft ist Geschäft, und Liebe ist Liebe. Ich höre ihn heute noch wimmern, mein Gott, was für ein Jammerlappen. Wäre nie gut mit uns gegangen. *Setzt sich.* Ich muss mich konzentrieren. *Schreibt.* Rote Rüben, Rindszunge gepökelt. Wenn ich an Essen denke, bekomme ich Hunger. *Steckt sich eine Zigarette zwischen die Lippen.* Wird auch Zeit.

**STIMME** Und dann.

**BRANKA** Und dann, und dann … *Zündet sich die Zigarette an.* Ich bin Genussraucherin durch und durch. Es gab die Phase, ja, wie soll ich mich ausdrücken … Sehnsucht nach Familie.

**STIMME** Kein Heimweh.

**BRANKA** *vehement* Nein. Jugoslawien gab es nicht mehr! Auseinandergefallen. Das erste Opfer des Krieges ist doch stets die Wahrheit. Schon mal davon gehört? Das staunst du, was? Ich wollte nichts mehr darüber wissen. Und du, Stadtschreiberin, verstehst gar nichts. Ihr versteht nichts.

**STIMME** Ihr.

**BRANKA** Wir sind das einzige Land, das sich selbst befreit hat. Einzigartige Partisanenarbeit. Davon könnt ihr nur träumen. Macht ihr aber nicht. Wir haben uns selbst befreit, alles andere ist danach. Wir waren und wir sind stolz! Aber so ein Wort kommt nicht vor in deinem Vokabular, Stadtschreiberin! Du willst nur über Liebe schwafeln, Lieblingstiere! Was macht dich stolz? *Horcht.* Sag schon! Ich höre. Oh, nun hab ich sie verärgert. Eine Frage von mir, und sie schweigt. Sprachlos, auch mal schön. *Schweigt, drückt die Zigarette aus.*

**STIMME** Dein Lachen.

**BRANKA** Ja, was ist damit?

**STIMME** Kann es nicht hören.

**BRANKA** Zu spät. *Trinkt.* Also die Liebe. Die Liebe und das Lachen. Ich glaubte daran. An die Liebe. Ich war bereit. Mit allem Drum und Dran. Er stand vor dem Löwengitter im Zoo. Er sagte etwas, und der Löwe brüllte, und so wurde es eins für mich, seine Stimme und das Brüllen des Löwen. Es war ein Zeichen. Er machte mir ein Zeichen. Und ich lachte laut, ich lachte ihn nicht aus, ich lachte einfach nur. Am nächsten

Tag trank er seinen Kaffee tiefschwarz bei mir in der Küche. Und er ging vor mir auf die Knie. Dein Lachen, sagte er … Das klingt doch wie …

**STIMME** Ein Mädchentraum.

**BRANKA** Oder als stünde man vor dem Erschießungskommando. Ehe ich mitbekam, dass er nur drei Nachbardörfer von mir entfernt aufgewachsen war, war ich schon verliebt. Er hatte rosarote Ohren, wie ein Säugling. Ich roch gern daran. Er erzählte viel von seiner Kindheit. Danach aber kam nicht mehr viel. Ich wusste wenig über den erwachsenen Mann. Er trank nicht, rauchte nicht, und auch … im Bett, na ja, er war zeugungsfähig, mehr war da nicht, aber scheiß drauf, ja, er war ein guter Mann. Ordentlich, sauber. Er erzählte mir, wo er in den letzten Jahren gearbeitet hatte, nicht viel Offizielles, sagte er, und eigentlich hätte ich es ahnen können … Ja, ich weiß, ich weiß … heute würde mir das nicht mehr passieren. Natürlich war ich es, die das Geld verdiente. Heute, ja heute würde ich fragen. Du hast zwei gesunde Hände, warum gebrauchst du sie nicht. Obwohl, ich kenne die Antwort: Engel, ich versuch es doch. Ich war sein Engel, ja, das war ich wohl. Ein schuftender Engel, zerfledderte Flügel. Wir bekamen zwei großartige Kinder. Noch Tage vor der Geburt habe ich geschuftet. Atemtechnik und so, hab ich mir von den Tieren abgeschaut. Bei den Geburten wollte ich ihn nicht dabeihaben, er sollte mein Elend nicht sehen. Und er wollte es auch gar nicht. Klar, ich war es ja auch, die sich dann um die Kinder kümmerte. Da gab es kein Pardon. Ich kann schließlich nicht stillen, sagte er, und zeigte mir wie zum Beweis seine Brust. Er wollte mich damit zum Lachen bringen, du hast so lange nicht gelacht, sagte er, aber … als er dann mein Lachen hörte, gefiel es ihm nicht, ganz und gar nicht. *Schweigen.*

**STIMME** Und.

**BRANKA** Eine Weile ging es gut. Er gab sich Mühe. Ich mag es nicht, wenn sich jemand Mühe gibt. Wenn ich das schon höre. Einmal hatte er die Treppe geputzt, als er fertig war, sah er mich an, als wollte er mir etwas wirklich Wichtiges sagen … aber er wollte nur gelobt werden. Und wie so oft, hat er nicht seine Arbeit gemacht, sondern nur angedeutet. *Trinkt.*

**STIMME** Was heißt das.

**BRANKA** Es lag überall noch so viel Dreck, dass ich es natürlich beim nächsten Mal wieder selbst machte.

**STIMME** Was ist mit Freude.

**BRANKA** Freude erfüllt das Herz, wenn der Schmerz vergeht. *Schweigen.* Als ich endlich froh war, dass mein Mann nicht trank, nicht rauchte, *Trinkt, schweigt.* ja, da setzte mein Lachen richtig ein. *Schweigen.*
*Steht auf, läuft umher.* Wir saßen beim Frühstück. Es klopfte an der Tür. Mein Ältester wollte gerade sein Schulbrot einstecken. Wer ist das so früh? Ich zuckte mit den Schultern. Dann klopfte es nicht mehr, sondern wummerte. Die Tür schien zu bersten. Polizei, aufmachen! Sie stürmten an uns vorbei, brüllten, wo ist Ihr Mann. Er schläft, sagte ich. Sie zerrten ihn aus dem Bett. Führten ihn ab, wie einen Schwerverbrecher. Durchsuchten die Wohnung. *Sie lacht laut, zerberstend, kann gar nicht mehr aufhören.* Drogen. Mein lieber, guter, ordentlicher Mann, der nicht trank, nicht rauchte, hatte es mit Drogen. *Wischt sich die Lachtränen aus den Augen.* Nein, er nahm sie nicht selbst. Dazu: alle meine Ersparnisse weg. *Lacht.* Mein Gott, was war ich blöd. Die ganze jahrelange Schufterei umsonst. *Beiseite.* Ich dachte, Dealer hätten einen Haufen Geld, aber leider hatte er auch die Spielsucht! Ja, so ist das mit dem Lachen. Ich lachte

das Leben weg, aus mir heraus. Ich lachte alle Fragen weg. Ich wieherte vor Lachen. Ich lachte nackt, lachte, wenn ich Zähne putzte, lachte beim Heulen, wenn ich fröhlich war, traurig, wütend, ich lachte, während mein Mann im Knast saß und ich mit den Kindern allein. Ich hatte das Leben satt, ich lachte, ich machte weiter, bis ich unsichtbar wurde und nur das Lachen blieb. *Setzt sich, zündet eine Zigarette an. Schweigen.*

**STIMME** Du machtest weiter.

**BRANKA** Was denkst du? Dass ich darauf wartete, dass mir jemand Geld schenkt. Wie ihr Schriftsteller? Geld vom Staat? Kriegt ihr doch, oder? Ich hab nur dieses eine Leben. Ich wollte nichts Großes vollbringen oder die Welt verändern. Ich wollte überleben. Konnte mir nicht leisten, Vegetarier, Nichtraucher oder einfach nur … was weiß ich zu sein. Eine Zeitlang war es so, als hätte ich mit meinem Leben nichts zu tun. Aber darauf wäre niemand gekommen. Ich funktionierte gut. Jahr um Jahr verging. Es gab Feste. Weihnachtsbraten. Die Kinder wurden älter, der Mann aus dem Knast entlassen. Irgendwann kam er wieder rein und so weiter. Ich fand inzwischen, er war da gut aufgehoben. Ab und an stand er vor der Tür. Hob seine Schwurfinger. Gelobte Besserung. Alles wird gut, sagte er. Ich glaubte ihm kein Wort. U n d irgendwann landete ich hier. *Schweigt.*

**STIMME** Hier.

**BRANKA** Ja, hier, siehst du doch! Willst du die Quadratmeter ausmessen? An diesem Ort geh ich nur raus: mit den Füßen zuerst! Das ist meins, ganz und gar, mein Reich. Leute kommen wie du, Stadtschreiber, und hierher kommen meine Leute. Hier war ich jahrelang angestellt, ehe ich das Restaurant übernahm. Meine Grüne Soße ist legendär! Übrigens, hier soll auch Napoleon mal abgestiegen sein. Die Speisekarte ist traditionell, Frankfurter Küche, ein bisschen Balkan. Dann das Schnitzel Cordon bleu, ich war Siegerin in einem Fast-Food-Duell, das stelle man sich einmal vor. Ich: Branka. Sechshundert Euro Siegeslohn. Duell mit einem Sternekoch! Die fragten nach meinem Geheimnis. Ha, ganz, ganz viel Butter. *Trinkt, schweigt.*

**STIMME** Was hast du mit dem Geld gemacht.

**BRANKA** Ging für Strom und Essen drauf.

**STIMME** Wie hast du das alles geschafft? Haben deine Eltern dich unterstützt?

**BRANKA** *beiseite* Muss ich das wirklich beantworten?

Mein Vater ist längst tot … Tot. Ich denke nicht oft an ihn. Nachts in meinen Träumen sehe ich ihn manchmal auf den Maulwurf warten. Mein Vater hasste Maulwürfe, vor allem die in seinem Gemüsegarten. Frühmorgens stand er am Fenster und wartete, dass die Erde sich bewegte und der Maulwurf hochkam. Er merkte sich die Zeit. Am nächsten Morgen stand er pünktlich da, erwartete seinen Feind und erschlug ihn. *Schweigt.*

**STIMME** Und deine Mutter.

**BRANKA** Schon lange tot. Ja, auch sie lachte. Hat meine Geburtswehen mit einem Lachen begleitet … natürlich um nicht heulen zu müssen. Sie hatte einen Leberfleck auf dem Gesicht, der sah aus wie eine Landkarte. Du musst lachen, hat sie gesagt, als sie starb. *Zu sich.* Das bin ich ihr schuldig. *Aufgesetzt fröhlich.* Doch inzwischen ist meine Familie größer geworden. Freunde – alles meine Leute. Ich bin gerne hier, und doch könnte ich manchmal den ganzen Laden in die Luft jagen. Ein Stück Heimat für mich, und trotzdem – das werdet ihr nicht verstehen –, wenn mich jemand Jugobraut oder Kanackenweib nennt, dann freue ich mich. Ich höre es gerne, ihr mit eurer Korrektheit habt keine Ahnung davon. *Beiseite.* Hab ich alles von den Stadtschreibern gelernt: PC. Ihr mögt es ja nicht, dieses PC, aber dann seid ihr doch wieder selber PC. Manchmal habe ich das Gefühl, eure Worte haben gar kein Leben, vor lauter Korrektheit versinkt ihr in eine Nichtwelt, die m i r Angst macht. Ihr braucht Zeit, euch zu finden, euch selbst zu entdecken, und solche Sachen. Was ist das? Seid ihr irgendwo verloren gegangen? Bald kommt ein neuer Stadtschreiber, ein Mann. Männer sind mir lieber. *Trinkt.* Mit ihnen kann man auch besser trinken. In ein paar Wochen wird er vorgestellt. Dann geht es hier hoch her! Meinem Mispelschnaps und meinem Sliwowitz kann niemand widerstehen. Blaue Augen hat der neue Stadtschreiber, sieht goldig aus.

**STIMME** Gibt es einen, den du besonders magst?

**BRANKA** Ob ich einen Liebling habe? Schnute. Schöne Hände. Schöner Hintern. Leider schwul. Er gab immer reichlich Trinkgeld, bist ein guter Mensch, sagte ich, ein seelenguter, wenn er noch mehr gab. Es gab einen Dichter, der war so fein, den hätte ich am liebsten eingeatmet. Der Lockenkopf dagegen, aus dem »Hause Nimm«, gab nie Trinkgeld, deshalb habe ich ihn abgefüllt mit meinem Mispelschnaps, geht aufs Haus, sagte ich zuckersüß. Einmal ist er umgekippt, einfach so, er lag noch da, als alle fort waren. Doch als ich morgens kam, war er wach und guter Dinge, auf seinem Frühstückstisch befand sich Essen für zwanzig Leute. Er nahm sich, was er brauchte. Dann gab es eine, die erzählte von ihrer Kindheit, Schauergeschichten, die wollte mich einwickeln, wollte, dass ich auch was erzähle. Was mich ausmacht, wollte sie wissen. So ein Schwachsinn! Mein Gewicht? Ich habe immerzu Hunger. Ich könnte essen … mein Gott. Ich war ein Frühchen, 1800 Gramm, passte in eine Hand. Deswegen der Hunger! Anderseits bin ich auch deshalb ein zähes Ding! Dann gab es die Stadtschreiberin mit den Gespensteraugen. Die Inkarnierte. Eine gute Trinkerin. Trank Wodka, bis es ihr zur Nase wieder rauskam, aber dann ging es zur Sache. Als sie mir erzählte, dass sie in ihrem früheren Leben ein Mann gewesen war, zuckte ich nur mit den Schultern, ja, von mir aus, sagte ich, ist doch nichts Besonderes. Doch dann nannte sie den Namen: Fritz Haarmann. Der war selbst mir bekannt. Gab mir Informationen über ihr, eh, sein früheres Leben, hob die Hand zum Schwur, das wisse niemand außer ihr. Wie sie, natürlich er, die heimatlosen Kinder vom Bahnhof weglockte, sie zuerst erdrosselte und später, ja, sie sah mich an mit ihren Gespensteraugen: die Kehle durchbiss. Willst du meine Technik wissen, fragte sie, und ehrlich gesagt, mir war nicht ganz wohl zumute. Der Wodka geht auf mich, sagte ich, und wollte schnell weg. Bin mir bis heute nicht sicher, ob sie sich das nur ausgedacht hat. *Steht auf, läuft umher.* Ich bin müde. Muss ins Bett. Der ganze Quatsch hier. Was bringt mir das.

**STIMME** Und sonst.

**BRANKA** Und sonst? Fällt dir gar nichts mehr ein? Nicht, dass dir bisher was eingefallen wäre. Was brauchen wir morgen noch? *Sie trinkt ihr Bier.* Handkäs. Mein Handkäs ist berühmt. Es soll schon Handkäs-Eis geben. Blödsinn. Für die Grüne Soße brauche ich – nein, da kommt kein Knoblauch rein! Neulich habe ich einen Heiratsantrag bekommen. Von einem bayrischen Gockel. Er stolzierte einen Monat lang jeden Tag hier herein und starrte mich an. Der Heiratsantrag kam Ende des Monats, nach zehn Liter Ebbelwoi, und dann, musste ja kommen, erbrach er sich, direkt vor mir auf die Holzdielen. Er kam nie wieder. *Schweigt.*

**STIMME** Spürst du ein Verlangen?

**BRANKA** *lacht laut* Ein Verlangen wonach? Nach Roter Grütze? Meine Abgründe zu zeigen. Hab keine. Was ist überhaupt ein Abgrund? Manche halten sich schon für abgründig, wenn sie bei Rot über die Straße gehen. *Wendet sich zum Publikum.* Wissen Sie es? Das ist meine kleine Hausaufgabe an Sie: Kurz vorm Einschlafen denken Sie bitte an Ihren persönlichen Abgrund!

Was ist eine Seele? Wissen Sie das? Haben Sie darüber nachgedacht? Sind Sie zufrieden mit Ihrer? Meine Seele ist auf Eis gelegt. Stört es Sie, wenn ich darüber spreche? Entschuldigen Sie, ich bin manchmal überdreht. Tanze immer noch auf Tischen. Kleine Kostprobe gefällig? Nein, nein, ich bin keine Heilige. Ab und an kam hier so ein Gelackter rein, mit Kindern und Frau, am nächsten Tag knutschend mit der Sekretärin. Der bekam von mir Tomatensoße auf den Latz, kam nie wieder! Ich heule nur, wenn ich ins Kino geh. Warum sind Sie eigentlich hier? Was erwarten Sie von mir? Wissen Sie was? Ich rede nicht gern von mir. Wenn ich rede, dann über Sachen, die im Leben eine gewisse Bedeutung haben. Über das, was ich morgen kochen werde.

**STIMME** Was bedeuten dir deine Gäste.

**BRANKA** Meine Gäste? Oh, Gott! Was willst du hören. Dass der Literaturpapst – *Beiseite.* So nennen ihn die Schriftsteller – hier war? Laut war er, seine Frau hat geraucht wie ein Schlot! Darf man hier nämlich – *Beiseite.* Ab und zu, wenn ich gute Laune habe. Er unterhielt den ganzen Laden, und wehe jemand erkannte ihn nicht. Aber darüber zu reden ist doch … Pustekuchen, er ist längst tot, ich werde sterben, und du auch!

Und alle waren: mein Lieber, meine Liebe – wie bei mir. Ja, so sind wir Außenseiter. Doch ich muss aufpassen, dass mein Lachen nicht stecken bleibt. Beste Frage der Stadtschreiberin: Wann fing es an? Zorn hatte sich wie in einem großen Koffer bei mir angesammelt. Es gab Augenblicke, da dachte ich: Ich schaffe es nicht. Das Leben. Aber was ist schon ein Leben? Hier: Wieviel Leben sitzen vor mir? Atmen. Können nicht gut schlafen. Quälen sich. Das Lachen brach damals aus mir heraus, wie eine Befreiung. Ich lachte so laut und oft, manchmal bekam ich kaum noch Luft. Mein Zorn hatte sich ein Ventil geschaffen. Ja, Stadtschreiberin, deshalb lache ich. Kann nicht mehr ohne. Bin sparsam, aber nicht beim Lachen. Ja, und dann wollten sie mich doch noch mal drankriegen. Es gibt immer Leute, denen irgendwas nicht passt. Und dann gab es den einen. *Beiseite.* Ein Nachbar, böse. Der fühlte sich gestört. Nicht von mir, das beteuerte er mehrmals. Von meinem Lachen. Immer wieder kam er abends ins Lokal und rief: Nicht so laut, Branka. Ja, erwiderte ich, erzähl das mal meinem Gesicht! Ich werde dich anzeigen, drohte er. Da sagte ich:

»Bis zum Äußersten
gehn
dann wird Lachen entstehn.«*

*Beiseite.* Hab ich von den Stadtschreibern, irgendein Beckett, nie persönlich kennengelernt. Ha,ha. Der Nachbar gab keine Ruhe. Und ich ließ mich nicht einschüchtern. Er kam schließlich mit der Polizei. Die Sache ging vor Gericht. Mein Lachen wurde protokolliert. Es wurde mir verboten. Seitdem

* Gedicht von Beckett

gibt es den Beschluss: Sonntags ab zwanzig Uhr darf ich nicht mehr lachen. *Sie horcht, zuckt mit den Schultern.* Aber: Ja, Sie vermuten ganz richtig.

*Vorhang.*
*Ihr Brankalachen ist noch lange zu hören.*

# STIMMEN EINER STADT VII–IX

Uraufführung: 9. April 2020
in den Kammerspielen am Schauspiel Frankfurt

# MARTIN MOSEBACH
# DAS LEBEN IST EINE KUNST

*Auf der Bühne ein Vogelkäfig mit einem schwarzen Vogel, der, als es hell wird, »Querora« sagt. Es klingelt. Aus der Schwärze des Hintergrunds der Ruf: Moment! Ich bin auf dem Klo! Dann tritt auf Erna Klobig, barfuß, langer schwarzer Rock, mit buntem, ins dicke krause Haar gewundenem Schal, viel Silberschmuck.*

Fabelhaft, da sind Sie ja! Sie sind doch der Kollege von Rechtsanwalt Amendt, nein? Nicht? Von diesem fetten Glatzkopf? Ist ja egal, wie er heißt. Hauptsache, Sie sind da. Das ist hier keine dolle Adresse, ich hab das Ihrem Kollegen gegenüber ja schon angedeutet ... Die Bordelle sind zwar um die Ecke, die Huren sind ohnehin noch das Beste, aber durch den Druckraum vorn kommen die Drogenleute hierher und pinkeln in die Hauseingänge. Vorhin – ich komme vom Schwimmen, Sie riechen vielleicht das Chlor – war ein ganzer Teppich aus grünen Flaschenscherben vor dem Haus, und ich mit offenen Sandalen ... aber wenn man dann hier reinkommt ... da staunen Sie über die Antiquitäten, nicht wahr? Dieser ganze Jugendstil, dieser ganze Biedermeier – Sie kennen sich da wahrscheinlich aus, in Fachausdrücken bin ich nicht so stark ... alles aus meinem Elternhaus in Hofgeismar, sieht hier aus wie in einem Möbellager, kein Platz! Die Stücke brauchen Raum um sich, müssen atmen … Sie sehen so aus, als könnten Sie mich verstehen, ich spüre sowas ganz schnell … aber bitte legen Sie doch die Jacke und die Krawatte ab, es ist ja ofenheiß hier drin, wenn Sie nicht gekommen wären, würde ich nackt rumlaufen … Nein, setzen Sie sich – halt, nicht auf den Stuhl, der ist kaputt, nehmen Sie den: Sie müssen die Vorgeschichte kennen, ich umreiße das kurz.

*Mit feierlicher Miene, sie macht eine Eröffnung von unerhörter Tragweite.*

Mein Vater war Kreisveterinärrat in Hofgeismar. Der war da ganz oben. »Herr Rat«, ein König in der Stadt, immer mit dem alten regengetränkten Jagdhut. Denken Sie an den verlorenen Krieg – der Kreisveterinärrat war mächtig, der konnte in der Hungerzeit aus einer Schwarzschlachtung eine Notschlachtung machen. In der Küche von unserer Villa wurden damals täglich Gänse, Speckseiten und Räucherschinken abgegeben. Mein Vater war auf den Gütern ringsum eingeladen, ging mit dem Baron Erffa und dem Baron Bibra auf die Jagd. Zu Hause natürlich Schreckensregiment, der hatte meine Mutter fest im Griff, solche Männer gibt's heute gar nicht mehr – die sind alle kastriert – Sie natürlich nicht, verstehen Sie mich nicht falsch! Wenn mein Vater bei seiner Mätresse übernachtete, in einem Häuschen am Waldrand, konnten ihn die Waldarbeiter morgens beobachten, wie er sich rasierte – einen Spiegel in den Apfelbaum gehängt, er in Hosenträgern und ohne Kragen – aber wehe, meine Mutter hätte sich beschwert oder gar geheult. Nur dass kein falscher Eindruck entsteht: Hofgeismar – das letzte Kaff! Da wusste niemand, wer Picasso war! Tierarzt war dort ein besserer Stallbursche. Eine Bäuerin sagte, sie hätte ihrer Kuh gründlich den Hintern gewaschen, als mein Vater dort zur künstlichen Besamung kam – das war das Niveau! Nebenbei –

wollen Sie einen Kaffee? Er ist leider schon kalt, aber das ist bei der Hitze ohnehin besser. Geht das mit dieser dicken Tasse? Ich habe auch gute Sachen, silberne Zuckerdose und Zuckerzange, Sie mögen so was vermutlich, aber ich komme nicht dran – ich habe alles unterm Bett versteckt, damit meine Tochter und ihr Mann das Zeug nicht stehlen. – Sie kennen doch Bella? Sie finden doch auch, die hat Klasse, Stil, kein Mensch stellt sich vor, dass sie aus diesem Loch hier kommt … Meine Lage wäre ja eine völlig andere, wenn Schwatzky nicht aufgetreten wäre. Ab dann lief alles irgendwie nicht mehr gut. Dabei machte er schon was her, immer mit breitkrempigem schwarzen Hut – ich auch mit großem Hut – wenn wir zusammen über die Buchmesse gingen, haben die Leute sich umgedreht. Aber mein Vater hat Schwatzky gehasst.

Der ist mit dem Spazierstock auf Schwatzky losgegangen! Hätte ich an seiner Stelle übrigens auch getan. Nur eins verstehe ich nicht: Warum hat er meine Heirat dann nicht verhindert? Das macht man anders, wenn man einem Mädchen den Liebhaber verekeln will. Da ist Umarmungstechnik gefragt! Wenn mein Vater es über sich gebracht hätte, mit Schwatzky Cognac zu saufen, Zigarren zu rauchen und mit ihm dreckige Witze auszutauschen, wäre ich am Ende vor Schwatzky davongelaufen – welche Frau heiratet denn einen Mann, der mit ihrem Vater unter einer Decke steckt? Ich sehe Ihre Frage – Sie brauchen sie gar nicht auszusprechen – warum habe ich diese großartige Technik nicht bei dem Kerl angewendet, den Bella partout heiraten musste … Ich gebe zu, ich habe es versucht, aber es ging nicht, ich war erfolglos. Lopez lässt sich auf so etwas nicht ein, mit einer alten Frau schon gar nicht – das sehe ich ganz nüchtern. Lopez ist nicht zu fassen. Sie kennen doch die Marder und Wiesel, die in die Stadt gekommen sind und hier in den

Autos die Drähte durchbeißen – er ist ein Teufel, er hat ja auch das Teufelsspitzchen, dieses in die niedrige Stirn spitz hineinwachsende Haar, das wussten wir schon als Kinder, dass das teuflisch ist. Und außerdem – Schwatzky war übel, aber doch ein ganz anderes Format als Lopez! Lopez ist ein Hütchenspieler, ein Aufreißer, ein Schnorrer – das war Schwatzky auch, aber das hat ja auch was gebracht. Für mich ist Lopez ein verkappter Zuhälter – pass auf, sage ich zu Bella, dass er dich nicht auf den Strich schickt – für Schwatzky wäre ich sogar freiwillig auf den Strich gegangen, aber er war zu eifersüchtig; die naheliegenden Lösungen kamen bei diesem Mann nie in Frage. Und immerhin – als ich Schwatzky kennenlernte, war er auf dem Gipfel seines Ruhmes. Der tragische Fall eines zu früh Berühmten. Heute muss man den Leuten umständlich erklären, wer Schwatzky war – Ihnen natürlich nicht, Sie kennen sich ja aus. Das war immerhin der Chefideologe der Gruppe »Strang«; der regierte die künstlerische Diskussion der siebziger Jahre! Nach der Düsseldorfer Ausstellung bekam er den Auftrag, das Haus des großen alten Mannes der deutschen Kunstkritik einzurichten, ein historisches Gehöft im Münsterland. Er ließ dort alle barocken Türen ausreißen und setzte blaue, rote und gelbe Pressspanplatten an deren Stelle – eine Art Kindertagesstätte von Miró. Das war ein Erfolg! Imponierte meinem Vater aber überhaupt nicht. Er hat ihm den schwarzen Hut mit dem Stock heruntergeschlagen, danach hatte Schwatzky wochenlang einen blauen Fleck an der Schläfe. Mein Vater war groß und schwer, Schwatzky war ein Zwerg ihm gegenüber. Die Männer haben sich schließlich zusammengesetzt und den Erbverzicht ausgehandelt. Warum habe ich mich darauf eingelassen?, fragen Sie zu Recht. Ja, warum? Ich denke manchmal nachts darüber nach. Wie heißt es doch – die Taube in der Hand ist besser als

die Fliege auf dem Dach, oder so ähnlich … Wir brauchten einfach bares Geld. Schwatzky hatte Schulden, so etwas fand mein Vater immer heraus, sein Rotary-Freund war Direktor der Raiffeisen-Kasse, in der Bankenwelt gibt es keine Geheimnisse. Damals war der alte Fachwerkkasten mit Glasveranda und Wetterfahne nichts wert – inzwischen haben die Schwestern ihn abreißen lassen.
Etwas aus der Hand geben – auch noch für das Leben mit Schwatzky! – das ist so gegen meinen Instinkt gegangen! Immer behalten, immer die Hand drauf haben, nie etwas loslassen – das bin ich –, damit hätte ich mich abfinden müssen. Sehen Sie mal – dieses ganze Biedermeier, dieser ganze Jugendstil – Sie kennen schon den richtigen Namen – neulich war mal einer hier, der sagte wilhelminischer Fabrikramsch dazu, auch egal – ich kann's nicht weggeben – dieses Biedermeier und dieser Jugendstil ist das Einzige, was mir geblieben ist. Der Alte ist fünf Jahre nach meiner Unterschrift gestorben, der lacht heute im Grab, und dabei war ich die Lieblingstochter, ich war wie er. Aber die Enttäuschung verzeiht man einem Kind niemals! Und zugleich war auch mit Schwatzky Schluss – meine Männer sind nie Romane, immer Kurzgeschichten –, komisch, wo ich so aufs Festhalten spezialisiert bin. Von mir aus hätte Schwatzky bleiben dürfen, natürlich in der zweiten Reihe, aber da war wieder diese lächerliche Eifersucht, die Stärke der schwachen Männer. Ohne mich sofort der Absturz ins Bodenlose: Kunstlehrer ist er geworden, hat eine Lehrerin geheiratet – ich werfe ihm das nicht vor. Seine Mutter hat sich eine frische Schürze umgebunden, wenn sie sich aufs Sofa vors Fernsehen gesetzt hat. Ein Mann wie Sie – mit internationalem Zuschnitt, Persönlichkeit des öffentlichen Lebens, Wirtschaftsanwalt – Sie kennen solche Verhältnisse gar nicht. Kaffee habe ich leider keinen mehr – ich würde jetzt gern

etwas Kräftigeres trinken – nehmen Sie mit mir einen Apfelkorn? Nicht in der Hitze? Versteh ich, aber man gewöhnt sich dran. Und ich hab quasi nichts mehr im Haus, seitdem ich mit ein paar Leuten in die Gastronomie gegangen bin – ich ernähre mich jetzt nur noch in dem Lokal. Tagsüber esse ich gar nichts, bin dann allerdings abends beim Servieren schnell betrunken. Mein Gott, das Lokal! Es macht mir große Sorgen. Es ist nicht das geworden, was ich mir vorgestellt habe. Ich bin schließlich keine Kellnerin. Verstehen Sie, was ich meine? Neinnein, Geld hab ich keins dahineingesteckt – von mir kam etwas viel Wichtigeres: die Idee zu dem ganzen Projekt! Machen Sie mal die Augen zu und lassen Sie das mal auf sich wirken:
Ein Spaghetti-Lokal – ein reines Spaghetti-Lokal – das hat gefehlt, Spaghetti und nichts als Spaghetti, mit allen erdenklichen Saucen, frisch gekocht, auf die Minute. In der Mitte des Lokals ein großer Ständer mit zwölf verschiedenen Spaghetti-Stärken. Der Gast sagt, welche und wieviel, und die werden dann auf einer altmodischen Waage – Sie wissen schon, wie aus dem Kolonialwarenladen früher – gewogen vor den Augen des Gastes! Ich wollte runter von dem üblichen Italienbild – das ist bei einem Spaghetti-Lokal natürlich nicht so leicht, etwas Italienischeres als Spaghetti gibt es bekanntlich nicht. Und da ist mir diese phantastische Idee gekommen – reines Gold wert, wie ich immer noch glaube!
Also aufgepasst – Konzentration jetzt, jedes Wort wirken lassen. Chicago – Schlachthöfe – Hunger – Einwanderer aus Sizilien – Elendsmilieu – Italienischer Anarchismus – Männer ohne Hemdkragen – einmal in der Woche zum Friseur zum Rasieren – Heimweh – Hass – Arbeitskampf – Schwarz – verstehen Sie mich? Sehen Sie es nicht vor sich – ein Lokal mit Schlachthofatmosphäre, weiß gekachelt, meine Spaghetti-Waage, die

Tische mit Papier gedeckt, Schwarzweiß-Fotos von der Hinrichtung von Sacco und Vanzetti an der Wand. Da haben Sie mein Konzept – »Sacco und Vanzetti« sollte das Ding dann auch heißen. Und das Ganze natürlich für ein Spitzenpublikum – obwohl nicht teuer! Der Witz der Idee ist – das muss nicht teuer sein! Erstklassiges Publikum gehört in so einen Laden – Leute wie Sie, mein Gott – wenn ich Sie damals, als wir das alles wochenlang beraten haben, doch schon gekannt hätte! Um die Spitzenklienten zu kriegen, gehört natürlich eine erstklassige Adresse dazu – obwohl ich behaupte, dass Sie die Leute überall hin bekommen – wenn Sie es richtig machen, kriegen Sie die Leute überall hin. Man muss es eben richtig machen. Aber wie? Darüber gab es endlose Diskussionen. Wie das denn alles bezahlt werden soll, von der Frage kamen meine Leute nicht runter. Dabei schwöre ich, dass die Bank einem auf ein solches Konzept hin jeden Betrag leiht – ach was – nachwirft! Es hätte eben ein Papier hergemusst – eine faszinierende Beschreibung des Projekts. Kreativ bin ich, habe tausend Ideen, aber Schreiben kann ich nicht, ich muss sprechen, muss mein Gegenüber sehen. Ich behaupte: dass ich nicht schreiben kann, ist gerade das Zeichen meiner Kreativität. Nächtelang haben wir um das Papier gerungen. Jetzt gibt es das Lokal – »Sacco und Vanzetti« im hintersten Nordend, immerhin mein Name – aber was ist daraus geworden! Es graust mich, wenn ich den Laden betrete. Als Erstes ist die Spaghetti-Waage weggefallen – der zentrale Punkt, auf dem das ganze Konzept beruhte. Die weißen Kacheln, die Schlachthofatmosphäre – gar nichts ist davon verwirklicht worden. Bei allem hieß es immer nur »später« oder »zu teuer« oder »zu eklig« – ich hatte mir auch Fleischerhaken mit Rinderhälften vorgestellt. Kleingeistig, spießig – das war meine Entdeckung: wie spießig Leute sein könnten, die als An-

ti-Spießer durch die Welt ziehen. »Sacco und Vanzetti« ist eine ganz normale Eckkneipe für Altlinke und altgrüne Ehepaare, die dort nach der Ortsgruppenversammlung noch ein Bier trinken – ein muffiger Treff für eine welke Politszene. Auf der Speisekarte finden Sie, was der jeweilige pakistanische oder bengalische Aushilfskoch so hinkriegt – auch Spaghetti natürlich. Ein Sieg der Dummheit. Meine ganze Kraft steckt in dem Projekt, ist dort vielmehr begraben. Zum Glück kein Geld – wenn ich Geld hätte, würde ich es doch nie in eine Kneipe stecken. Ich wollte Geld herausholen – das war die Idee! Wer Geld hat, braucht doch keine Ideen! Sie haben Erfahrung – Sie wissen das.
Ich weiß im Übrigen, was Sie jetzt denken. Sie denken, dass ich in diesem scheußlichen »Sacco und Vanzetti« eigentlich nicht schlecht aufgehoben sei – und Sie haben recht, diese missglückte Kneipe passt schon irgendwie zu mir. Aber das ist eben nicht alles, was in mir steckt. Das hat sogar Schwatzky kapiert, so mies er war. Es ist bei Ihnen vielleicht bisher der Eindruck entstanden, bei mir sei es im Ganzen nicht so gut gelaufen – das stimmt und stimmt nicht. Was ganz Zentrales: Ich habe es hingekriegt, von Schwatzky nicht schwanger zu werden. Selbst als ich noch verliebt war, ziemlich jedenfalls, war eines für mich klar – von dem Mann kein Kind. Das war das Einzige, was ich mir von meinem Vater habe sagen lassen – der hat eher so biologisch argumentiert, das war die Generation: »Schwatzky hat keine Erbmasse.« Richtig – was hat er denn mit seiner Lehrerin produziert: drei Söhne, der eine Busfahrer, der andere im Rollstuhl, der dritte … auch nichts Besonderes … ach, ja, Buchhändler, ein Frauenberuf. Als Vater von Bella habe ich mir was ganz anderes ausgesucht – das war ein schöner Mann. Oder eigentlich gar kein Mann, sondern ein Knabe, ein lebensunfähiger, hübscher, verwöhnter, nutzloser Knabe. Das war der einzige

schöne Mann, mit dem ich mich je abgegeben habe. Schönheit hat mich bei Männern nie interessiert. Das war möglicherweise ein Fehler, denn mit den inneren Werten bin ich ja auch nicht viel weiter gekommen.

Bellas Vater hieß Reinhold. Sein Vater war Physikprofessor, die Mutter Norwegerin, von der kommen Bellas Haare, Reinhold war dunkelblond. Augenwimpern wie Fliegenbeine, kurze gerade Nase, kleine Ohrmuscheln – ein Mädchengesicht. Auch zu unseren besten Zeiten habe ich nie daran gedacht, ihn zu heiraten. Er hat an meine Mütterlichkeit appelliert, das macht mich zur Tigerin. Er hat meine schlechteste Seite kennengelernt. Als ich schwanger wurde, war der Knabe auf einmal willensstark: Abtreibung, und zwar sofort. Da war wahrscheinlich so eine Art Instinkt in ihm – in seiner Schwäche hat er offenbar erkannt, dass er überhaupt keine Rolle mehr spielen würde, wenn ich erst mein Kind habe. Mit dem Streit darüber haben wir uns die letzte Zeit verpestet. Dann war es zum Glück zu spät. Aber leider hatten wir uns inzwischen ein bisschen zu gut kennengelernt. Wenn eine Verbindung halten soll, muss man die Missverständnisse hüten wie einen Augapfel. Wenn die ausgeräumt sind, ist alles aus. Reinhold, die sanfte Pflanze, hatte in Wahrheit die zerstörerische Energie eines von Selbsthass erfüllten Melancholikers. Das ist nicht meine Analyse, das hab ich irgendwo gelesen, in einem schlechten Roman vermutlich, den Autor hab ich sofort vergessen – war das Kierkegaard? Eins von Schwatzkys Büchern, aber ich habe bei der Stelle sofort gesagt: Das ist Reinhold. Stellen Sie sich das mal vor: Ich komme abends nach Hause, mit meinem kleinen Bauch – man hat bis zum Schluss nicht gesehen, dass ich schwanger war – wir wohnten in meiner letzten Wohnung mit Schwatzky, vollgestopft mit Zeug aus Ibiza, wo wir zwei Jahre gelebt haben – die Straße abgesperrt, drei

Feuerwehrautos, viel Polizei. Reinhold hatte den Kopf in den Gasherd gesteckt. Die Explosion hat das gesamte Dachgeschoss auseinandergerissen. Wenn ich gewusst hätte, dass er sich umbringen will, hätte ich ihm ein Röllchen Veronal gekauft. Vor schwachen Menschen muss man sich in Acht nehmen – starke sind ungefährlich – schwache bleiben immer Sieger. Ich bin glücklich mit Bella, auf jeden Fall glücklicher als mit Reinhold und Bella, er ist zum rechten Augenblick verschwunden, aber eine Frau allein mit einem Kind ist immer angeschmiert. Deshalb habe ich Bella eingeschärft: kein Kind von Lopez! Das hat sie auch versprochen, wenigstens das. Reinhold war wenigstens Akademiker, wenngleich ein hoffnungsloser. Er schlief ja überhaupt nicht mehr, und weil er nicht schlief, rasierte er sich nicht, aß nichts, trank nur Kaffee und guckte trübe vor sich hin. Das war die Doktorarbeit! Die Doktorarbeit hat ihm das Hirn zerrüttet. Jetzt ist jeder davon überzeugt, i c h hätte ihn ins Grab gebracht, aber kurz vor dem Selbstmord haben auch seine Eltern geglaubt, er würde verrückt werden. Und was war schuld an dieser Lähmung, an dieser Unfähigkeit, den kleinsten Entschluss zu fassen? Die Handlungstheorie! Sie wissen vermutlich, was das ist, wenn nicht, erkläre ich es Ihnen: Handlungstheorie beschäftigt sich mit der Frage:
Was geschieht, wenn ich diese Tasse neben diesen Aschenbecher stelle? Als Reinhold mit dem Manuskript in die Luft flog, war es schon achthundert Seiten lang, alles über die Frage: Was geschieht, wenn ich diesen Aschenbecher neben diese Tasse stelle. Ein Blinder versteht, warum er sich umgebracht hat! Aber schon bei der Beerdigung – eine trostlose Veranstaltung nebenbei – waren alle sich einig: Ich bin die Schuldige. Da stand ich, hochschwanger, und war auch noch schuldig. In der Trauerhalle wurde irgendwas Dröhnendes von Mahler vom Band gespielt,

und alle Anwesenden stellten sich vor: Unter uns sitzt Reinholds Mörderin. »Sie haben ihn auf dem Gewissen«, sagte seine Mutter zu mir am offenen Grab. Dabei war dieser Tod doch ein Triumph der Handlungstheorie: Was geschieht, wenn ich meinen Kopf in den Gasofen stecke und den Hahn aufdrehe? Nicht einmal der Doktorvater mit seiner scheinheiligen erschütterten Ansprache wollte über diese Bemerkung lachen – dabei hat das die Situation doch grob getroffen, nicht wahr? Immerhin gab es diese widerlichen Eltern, nicht unvermögend. Bis Bella achtzehn war, haben sie was für sie überwiesen – mit mir wollten sie natürlich nichts zu tun haben. Wenn diese Leute mal sterben, erbt Bella ganz nett. Bella ist reich! Was heißt schon reich – ein Professor ist selbstverständlich nicht reich. Aber es gibt dieses Haus in Ginnheim – das könnte zwei Millionen bringen. Und die Norwegerin hat auch was – Reinhold sprach von Wäldern und Seen, aber was interessieren mich norwegische Wälder und Seen – wenn die wenigstens in der Toskana liegen würden! Ich habe meine Pflicht getan – ich habe meine Tochter nicht ins Nichts, sondern in einen ziemlich großen Blumentopf gesetzt. Bella ist eine Erbin. Und was tut sie, mein schönes stolzes Mädchen – was tut sie mir an? Sie hängt sich an einen Lopez. Von mir hat sie das wahrlich nicht. Von Schwatzky ist vielleicht eben kein besonders vorteilhafter Eindruck entstanden, aber auch das täuscht! Schwatzkys Werke wurden damals vom Land Hessen angekauft! Mein letzter Mann war immerhin der Kunstfilmer Klobig; mit dem habe ich richtig zusammengearbeitet; der hatte immerhin ein Drehbuchstipendium der Bundesfilmförderung – für einen phantastischen Film, ein Jammer, dass nichts daraus geworden ist: Die Idee war, ich, nackt und weiß geschminkt, zähle langsam bis fünftausend, während eine Wurstmaschine bei jeder Zahl eine Wurst ausspuckt; nach anderthalb Stunden

wäre ich bis zur Hüfte in den Würsten gestanden, ein starker Eindruck, Raum für Interpretation ohne Ende. Damals habe ich auch das Übersetzen angefangen, aus dem Englischen – Englisch kann jeder – ein Verlegerfreund von Klobig hat mir Briefe aus dem Kreis der Virginia Woolf gegeben, aber nach den ersten Proben hat man mir mit schäbigen Intrigen und Eifersüchteleien den Auftrag wieder aus den Händen gewunden – ich war im Grund froh darüber, denn das Damengesäusel ist doch zu öde gewesen. Während ich mit Klobig lebte, war ich mit Bella am glücklichsten – wir haben beide gegen Klobig zusammengehalten. Wir hatten den gemeinsamen Feind, verstehen Sie? Vor der Schule hat Bella mir das Frühstück ans Bett gebracht, immer mit einer kleinen Überraschung: ein Stück geklaute Schokolade, eine Blume aus dem Park oder ein aus Klobigs Büchern ausgeschnittenes Gedicht. Ich hab das alles aufgehoben, weiß leider nicht, wo – Sie können es sich ja vorstellen. An Bellas Geburtstag im Januar – ist sie nun Steinbock oder Schütze? Egal, ich glaub sowieso nicht daran – da sind wir immer mit dem Omnibus nach Sachsenhausen gefahren – wir glitten durch die verschneite Stadt und sahen im Filmkunstkino diese ganz bedeutenden Filme, von dem berühmten Japaner Sadomaso oder so ähnlich – das waren Geburtstage!
Ich arbeite! Ich übersetze! Ich entwerfe! Ich serviere! Ich putze! Ich bin mir für nichts zu gut – und was tut Bella?
Im Grunde ist es einfach – wenn ich einen Mann habe, ist mein Verhältnis zu Bella gut, wenn sie einen hat, ist es schlecht. Man könnte ja sagen: Mann ist gleich Mann – ich vertrete das an sich – aber Lopez ist doch ein anderer Fall, der nicht vorhergesehene Fall. Ich lebe in einer Welt von Intellektuellen, Literaten, Künstlern und Akademiker – sowas wie Lopez gibt es da gar nicht. In der politischen Zeit – ich bin etwas älter als Sie – ist

immerfort von Proletariat die Rede gewesen – keine Ahnung haben die Leute gehabt! Ich weiß nach anderthalb Jahren Zusammenleben da schon etwas besser Bescheid. Ich habe mich hier nicht mehr entfalten können! Auf diesem schmalen Sofa haben die zwei geschlafen, fest umarmt, damit der außen liegende nicht auf den Boden fiel – an sich ein süßes Bild, aber wenn es morgens um sechs Sturm schellte, wusste ich nie, sind das Bella und Lopez, die wieder den Schlüssel vergessen haben, oder die Polizei auf der Suche nach Drogen? »Die konnten nichts finden«, hieß es dann von Lopez immer dreist, »alles war schon wieder aus dem Haus.« Aber das Drogen-Verkitschen hat er nur nebenbei betrieben, weil es nichts gibt, was er nicht nebenbei betreibt – Lopez ist der Erfinder des Nebenberufs. Er ist nicht faul, im Gegenteil. Er ist unablässig auf den Beinen. Er ist viel zu beschäftigt, um zu arbeiten. Als Dealer übrigens besonders ungeschickt. Lopez ist einer, der in jede Ausweiskontrolle hineingerät; und öfter kam er heftig blutend nach Hause, weil die Geschäftspartner auch unzufrieden mit ihm waren. Es ist ja nicht etwa so, dass dieser Mann Glück hat. Er witscht keineswegs überall durch. Als er Bella heiratete, wollte er plötzlich solide werden – er wollte mit Bella ein Sonnenstudio eröffnen – als Erstes wurde Geschäftspapier gedruckt – mit Palmen, die das Wort »Sonnenoase« formten – Oase, da denkt man an Erfrischung und Kühle und vergisst die Angst vor dem Hautkrebs. Er konnte das wunderbar ausmalen: er und Bella hinter einem Stapel weißer Handtücher sitzend und die Schlüssel für die Umkleidekabinen ausgebend – eine ästhetische Beschäftigung für ein Ehepaar, nebenbei würde man reich. Der Flirt mit dem Sonnenstudio Oase wurde teuer – für mich vor allem. Die Firma, die ihm die Bräunungsapparate vermieten sollte, wenn er sie denn irgendwo hätte aufstellen können, hat eine saftige Vertragsstrafe rt, als das Ganze platzte – komischerweise genau in der ie ich von Bellas Unterhalt abgezweigt hatte – das Leben la kostete ja nichts, die trägt immer etwas zusammen, die gehört zu denen, die nie kontrolliert werden – schon erstaunlich: Manchmal fängt sie an, hier mit der Salmiakflasche das Bad zu putzen, danach sitzt sie mit Handtuchturban, teure Lotion im Haar und poliert sich stundenlang die Nägel – woher hat sie das? Von mir nicht! Sagen wir es offen: was Kleinbürgerliches. Aber das muss noch nicht endgültig sein – wenn dies strahlend schöne Mädchen in andere Verhältnisse käme, wäre das wahrscheinlich schnell wieder weg.

Ich muss Ihnen etwas zeigen – sonst verstehen Sie nicht, was Bella mir bedeutet. Schauen Sie mal –

*Sie sucht in einem Schrank und findet schließlich ein kleines selbstgebasteltes Puppenhaus aus Pappdeckeln.*

Das habe ich gerettet, das wäre auch noch beinahe kaputtgegangen. Sie ahnen nicht, was hier jeden Tag los war. Dies hier hat Bella selbst gemacht – sie ist so unglaublich begabt, schöpferisch – sie hat das wahrscheinlich von mir, mit dem Unterschied, dass ich vor allem Ideen habe, sie die aber auch umsetzen kann – und das schafft ihr trotz einer gewissen Ideenarmut immer einen Vorsprung. Das Genie mit den hundert Ideen gerät dann ins Hintertreffen gegenüber dem komplett Phantasielosen, der seine einzige armselige Idee ausführt. Ich habe mich damit aber abgefunden – Gerechtigkeit, von dieser Vorstellung habe ich mich gründlich verabschiedet – Gerechtigkeit gibt es nicht und wird es nie geben, also wozu diese Heulerei. Hier dies Puppenhaus, das zeigt unser Leben, in leicht idealisierter Form natürlich, war auch für Weihnachten gebastelt, da darf man ein bisschen übertreiben. Die Tapeten zum Beispiel sind von William Morris – sehen Sie ja selbst, dass wir die hier nicht haben – die wir

aber haben könnten – so was ist dann immer aus Schwatzkys Büchern – er hatte so viel Angst vor mir, dass er sie nie abgeholt hat. Und sehen Sie hier: Gemälde in Papprähmchen, »Die Brücke von Arles« und »Guernica«. Die Stühle aus Knetgummi – sie hat doch das Zeug zur Designerin? Das sind doch tolle Entwürfe? Winzig klein und doch ganz schön originell, solche Sachen in Groß würden ihr aus den Händen gerissen, wenn das Startkapital da wäre. Und hier ist das Bett – wir haben immer in einem Bett geschlafen, sogar wenn ich einen Mann hatte – nie hat sich ein Mann zwischen uns gedrängt, bis jetzt auf einmal Lopez – mir vollständig unbegreiflich. Dann habe ich alles dunkel gemacht und mit der Taschenlampe – sehen Sie hier: das gelbwollige Puppenköpfchen – das ist Bella! Ich war auch da, aber ich bin irgendwann hinter die Kommode gefallen.
Sie vermuten jetzt wahrscheinlich, dass ich Bella für kalt, treulos, unzuverlässig halte – neinnein, ganz falsch! Ich beschwere mich im Grunde nicht, hoffe auch, die Sache wieder in die Hand zu kriegen. Mir bleibt auch gar nichts anders übrig. Wenn ich Bilanz mache, ganz nüchtern, dann muss ich mir sagen: Bella ist mein einziger Aktivposten. Bella ist mein Kapital. Es ist eben nur so:
Sie ist empfindlich, sensibel. Irgendwas hält sie noch an Lopez, aber sie leidet zum Glück, vielleicht sogar mehr als ich. Neulich hatte ich die Küche abgeschlossen, damit sich Lopez nicht nachts am Eisschrank ein Bier holen konnte – ich gebe zu, eine Schikane, kleinlich, eigentlich nicht mein Stil. Nachts dann Donnerschläge – ich schieße aus dem Tiefschlaf auf. Erst glaubte ich, das Nachbarhaus würde abgerissen. Zunächst hatte ich zu viel Angst, um aufzustehen. Als es dann ruhig wurde, habe ich gewagt, die Tür aufzumachen. Da steht Lopez ganz friedlich mit einer Flasche Bier – er hatte mit einem Wagenheber die Tür

eingeschlagen. »Ich hatte noch Lust auf ein Bier.« Unmögliches Betragen, dabei kann ich sowas akzeptieren – es war im Grund meine Schuld. Aber Bella nimmt solche Auftritte viel schwerer. Sie zittert am ganzen Leib und kann sich kaum beruhigen. Sie hat sich früher auch immer so angestellt, wenn ich sie geohrfeigt habe. Bei Gewalt reagiert sie wie ein traumatisierter Hund. Manchmal glaube ich, sie hat das von Reinhold geerbt, den sie doch gar nicht gekannt hat. Wenn der morgens um zwölf noch im Bett lag, weil er nachts nicht geschlafen hatte, bin ich manchmal mit dem Besenstiel auf ihn losgegangen, um ihn in die Uni-Bibliothek zu treiben. Bella hat das, wie gesagt, nie gesehen – aber ist das denkbar, dass von Reinholds Schreckhaftigkeit was auf sie übergesprungen ist?
Ich halte von solchem parapsychologischen Kram im Allgemeinen nichts, aber Sie vielleicht? Er ist immerhin der Vater. Kurzum, jetzt kennen Sie meine Lage. Ihr Kollege Rechtsanwalt Hütte will dreihundert Vorschuss, bevor er sich mit meinem Fall beschäftigt – das kann doch nicht korrekt sein? Dabei habe ich ja die gesamte Vorarbeit bereits geleistet! Hier mein Entwurf – aber das ist Vertrauenssache. Bella darf nichts davon mitkriegen, sonst macht sie mir ein Riesentheater – sie darf alles, ich darf nichts. Also, jetzt geht's los: »Am zwölften zehnten um achtzehn Uhr dreißig betrat ich den Aldi-Supermarkt, Filiale achtunddreißig, Eschersheimer Landstraße 588 und kaufte dort Waren für circa Euro neunundzwanzig.« – das war unter anderem eine Flasche Apfelkorn und eine Bürste »Wannenwichtel« für das Spülbecken – wollte Bella! »An der Kasse saß die mir bereits bekannte Kassiererin Frau Becker-Hecker« – eine bösartige Person mit großem blau-rotem Fleck im Gesicht, vom Ohr bis runter zum Hals, eigentlich Serviererin, nur halt schwer zu vermitteln. »Kaum sah sie mich, da drängte sich

Frau Becker-Hecker mit ihrem breiten Untergestell durch das Türchen der Kasse, packte mich mit beiden Händen und sagte: Raus hier! Frau Becker-Hecker schrie und zerrte an mir, und ich musste auch an ihr zerren, aber das war nur Verteidigung. Getreten habe ich nicht, obwohl später so etwas behauptet wurde, das wäre auch gar nicht mein Stil.« Für Sie ist das Neuland, mir ist das klar. Eine primitive Affäre, aber eben doch ärgerlich. Rechtsanwalt Hütte hat da nur drin rumgestochert – Was wollen Sie denn erreichen? Warum Zores mit solchen Leuten? Einfach nicht mehr zu Aldi gehen, das war sein toller Rat – dafür wollte er die dreihundert Vorschuss vermutlich. Aber das hilft mir nicht weiter. Das ist der nächstgelegene Markt zu »Sacco und Vanzetti«, ich bin ohne Auto. Ich verlasse diese Aldi-Filiale wöchentlich hochbeladen wie eine Auswanderin. Wenn ich die Halle betrete, können die dort in ihrem Umsatz schon ein paar handfeste Zahlen eintragen – das sind doch reale Werte. Ich verlange von dem Personal dort keine Unterwürfigkeit, keine verlogene Beflissenheit, sondern einen einfachen ehrlichen Ton – jedenfalls kein fatales Grinsen, und schon überhaupt kein Anfassen, Zerren, Wegdrängen und Herumschreien. Das muss man dem Geschäftsführer dort doch verständlich machen können! Diese Leute sind völlig amerikanisch ausgebildet, mit entsprechenden Schulungskursen, die wollen den Kunden eheähnlich an das Unternehmen binden, die wissen, dass eine solche Frau Becker-Hecker keine Reklame für das Haus ist. Sie gucken so verständnislos! Mein Entwurf ist noch unvollständig, aber es muss auch nicht immer alles ausgesprochen werden. Ein Anwalt ist doch kein Beichtvater! Hausverbot – das ist doch eine Frechheit! Es gibt Leute, ich kenne die, die tragen ganze Kartons dort hinaus. Das ist ja alles außerdem längst eingepreist – komisches Wort, habe ich jetzt erst gelernt.

*Man hört einen Vogel: Querora!*

Das soll Allora heißen. Der Vogel gehört einer Italienerin, er spricht angeblich noch andere Wörter, aber bei mir kommt immer nur Allora. Wenn der Vogel nicht bald abgeholt wird, drehe ich ihm den Hals um. Das war hier schön gemütlich, mit Lopez und Bella und dann noch diese vernagelte Krähe. Apropos Allora – da fällt's mir ein: Wir schreiben keine Briefe, verlorene Zeit. Ich mach das mit dem Marktleiter persönlich ab – ich kauf mir den, das ist ein vernünftiger Mann – vielleicht nicht ganz Ihr Format, aber beinahe. Was sagen Sie da? Sie sind gar kein Rechtsanwalt? Was wollen Sie denn dann hier die ganze Zeit? Ich meine, wir haben uns nett unterhalten, Sie sind ein intelligenter Mann, aber … Ach so, Sie kommen von der Hausverwaltung! Sehr gut, warum haben Sie das nicht sofort gesagt – ich habe nämlich sehr gute Nachrichten für Sie! Ich werde die Mietzahlungen demnächst wieder aufnehmen – doch, doch, das ist belastbar, hätte im Grunde schon begonnen werden können – aber nächste Woche ist wieder Münzklingeling in Ihrer Kasse, Sie können sich darauf verlassen … Ach, es geht gar nicht um die Miete? Sowas Kleinliches hätte ich Ihnen auch gar nicht zugetraut, das sehe ich sofort, Sie gehören nicht zu der Sorte Abkassierer, Eintreiber – Sie sind kein Loser! Nein, das muss ich gleich gestehen, die letzten Briefe von der Hausverwaltung habe ich gar nicht aufgemacht – das ist meine Lebenserfahrung – vieles regelt sich von selbst, wenn man ein bisschen Zeit verstreichen lässt. Und auf diese Weise habe ich jetzt Sie kennengelernt – ich finde immer gut, wenn sich die Kreise ein bisschen mischen – nur nicht im eigenen Milieu klebenbleiben; für Sie ist das ja auch mal interessant, wer so alles in dem Haus wohnt – die meisten können Sie abschreiben, Primitivlinge, zum Teil sogar ziemlich sinister … Soso, saniert werden soll das hier alles? Eine tolle Idee, es wird auch Zeit – gucken Sie sich nur mal das Bad an, der letzte Pinselstrich ist da vor dem Krieg gemacht worden – verstehen Sie mich recht, mich stört das nicht, ich bin nicht wie Bella, die graust sich da drin – das ist eine andere Generation, da gibt es, ich muss das leider sagen, überhaupt keine geistigen Interessen – und das trotz meiner Erziehung. Ich behaupte, ich habe mehr von meinem Vater, obwohl ich ihn bis auf Blut bekämpft habe, als Bella von mir, ich kann's oft nicht fassen. Neinneinnein – das ist nicht Ihr Ernst! Wie bitte? Sie wollen mich hier raushaben? Sie wollen mich auf die Straße setzen? Schauen Sie sich doch mal um! Dieser ganze Jugendstil, dieses Biedermeier – wo soll ich denn damit hin? Ich soll in so eine Häuschensiedlung, Endhaltestelle der S-Bahn, sozialer Wohnungsbau, verkehrsgünstig an der Autobahn gelegen – nie! Das schminken Sie sich mal schnell ab – ich bin vorzüglich anwaltlich vertreten, das haben Sie jetzt ja wohl mitbekommen … Ich habe eine andere, viel bessere Idee! Sie kommen mal zum Abendessen, ich koche für Sie italienisch, und Sie lernen Bella kennen, schauen sich das Mädchen mal an, völlig zwanglos und unverbindlich – ist das ein Vorschlag? Ein Mann wie Sie! Das ist für uns alle die beste Lösung, und Sie fahren auch nicht schlecht damit, ohne Ärger, ohne Streit – denn rauskriegen hier tun Sie mich nie! Niemals!

# LARS BRANDT
# DIE GRÄTEN

*Von draußen Baustellengeräusche. Stadtrat Edzard Busch kommt ins Büro, das nach Umzug aussieht. Er verrichtet, noch im Jackett, eine kurze meditativ-gymnastische Übung, nimmt dann auf dem Sofa Platz und steckt sich eine Zigarette an, die er nach zwei, drei Zügen wieder ausdrückt. Sein Blick kreist durchs Zimmer, das von Kartons und Aktenstapeln beherrscht wird. Er sitzt einige Zeit schweigend da. Schließlich zieht er sein Handy aus der Tasche, schaut darauf, legt es ab. Wirft einen Blick auf seinen Laptop. Verkehrslärm und ein leiser Donner. Dann streift er sein Jackett ab und legt es über die Sofalehne.*

Wie stellen die sich das eigentlich vor – soll ich im Büro erstmal die Waffe aus dem Halfter ziehen und griffbereit in der Schreibtischschublade verstauen? Wenn es hier noch eine Schublade gäbe. Chaos. Ein einziges Chaos. Nichts mehr da, wo es hingehört. Platz, was unterzubringen, gibt's schon gar nicht.
Absurde Idee: Ich und eine Walther unterm Jackett, soweit kommt's noch – auch wenn einem das vielleicht von manchem sogenannten Sicherheitsorgan geraten wird. Von wegen Leviathan, aber so ein Staatskörper hat den Bauch voller Organe, die sich am besten nicht bemerkbar machen. Sonst stimmt irgendwas nicht …
Allerdings. Irrsinnige heizen sich am Computer auf und brau-

chen dann keine Kanzlerin und keinen Minister, um auf sie anzulegen. Sie fackeln Wohnhäuser oder Imbißbuden ab und nehmen den Landrat X und die Dorfpolitikerin Y ins Visier. Heckenschützen zielen auf die Zivilgesellschaft. Jeder, der sie stört, kann auf der Abschußliste landen …
Aber eine Pistole zum Selbstschutz – ich? Sich zur lächerlichen Figur machen?
Also – was steht heute an: Pressetermin zum Sozialbericht. Koalitionsrunde samt gewohnt miserablem Mittagessen. Integrationsrat. Parteivorstand.

*Nimmt das Schreibtischtelefon und ruft sein Vorzimmer an.*

Hatten sich nicht diese Leute aus Leipzig für heute angekündigt? Ich sehe keinen Termin auf dem Plan. –
Ah so, aber mit dem Dazwischenschieben … Und was ist mit den Vorlagen zur Koalitionsrunde, die Defne vorbeibringen wollte? –
Ok.

*Wählt neu.*

Edzard. Grüß dich, Wolfgang, wie ist es gestern abend gelaufen? –
Aha, kannst du mir dann ja später … –
Hast du Nachrichten gehört? Unser Hoffnungsträger übertrifft sich mit seiner Erklärung wieder selbst an Undeutlichkeit. Langsam wird es ernst. Wir müssen da kristallklar sein, es geht bei diesen Schweinereien nicht um die Wirkung nach draußen, sondern um uns, unser eigenes Land. Unser Selbstverständnis. Oder fällt schon niemandem mehr auf, welcher Skandal es ist, daß wir hier keine Synagoge ohne Polizeischutz lassen können? –

*Pause.*
Natürlich, es geht dabei aber nicht um Rassismus. –
*Pause.*
Ja, das verlangt nach einer unmißverständlichen Aussage.
Und, hast du dir die Unterlagen zu diesem Großbauprojekt angesehen? Auch den Entwurf der anderen Seite? –
Die denken, sie könnten uns über den Tisch ziehen, ohne daß wir es überhaupt merken. Wohlig benebelt vom Wortgeklingel der Architekten. Die kommen mir mit ihrem Gerede vor wie Modefriseure und Sterneköche. Mit all den *endlosen Räumen* und *Big Details, Afterimages* … Wie blumig die uns das Leben der Menschen in ihren projektierten wunderbaren Gebäuden ausmalen, und daß sich dann ganz automatisch die öde Umgebung gleich mit in ein urbanes Paradies verwandelt … –
Sicher, klar, davon weichen wir keinen Zentimeter … Es geht um die Entwicklung des Gemeinwesens, um nichts anderes. Politische Verantwortung. Wann kommst du eigentlich? –
Na, hierhin immer noch. Keine Ahnung, wann die drüben so weit sind. Eigentlich sollten wir schon vor drei Wochen … –
Also, dann bis später.

*Legt das Telefon weg. Baustellenlärm, Verkehr, dazwischen etwas Donner. Busch tritt ans Fenster und schaut kurz hinaus. Er zieht aus dem Durcheinander eine Broschüre hervor. Betrachtet sie amüsiert.*

Was ist das denn? *Stadt der Zukunft. Lebenswertes Miteinander – Vielfalt und Gerechtigkeit. Herausgegeben von Edzard Busch.* Sogar aus unserem Haus. Neulich sah ich auf der Straße einen Eingang mit dem Firmenschild *Werbeagentur*, auf dem Briefkasten der Aufkleber *Bitte keine Reklame einwerfen!* Die

wissen, warum. Ich bezweifle, daß sich ein einziger Mensch schon mal von solchem Zeug beeindrucken ließ. Parteiwerbezettel – wurde so je auch nur eine Stimme gewonnen? Hat diese ganze Art, an Leute heranzutreten, irgendwann mehr bewirkt, als Geld in die Taschen gerissener Werbeleute zu spülen? Was Besseres fällt uns aber auch nicht ein, allenfalls jetzt statt Drucksachen das Internet. Die Botschaft bleibt immer dieselbe.
Gott, was man alles so von sich gibt im Dienst seiner Partei auf dem Podium oder unterm Sonnenschirm in der Fußgängerzone. Und heutzutage zieht dann einer das Messer und rammt es dir in den Hals.
Eine dicke Decke aus Schweigen und vorgestanzten Leerformeln erstickt das Leben. Die Menschen leiden darunter – und wer will eigentlich verantworten, wenn sie ihren Anspruch auf ernsthafte Debatte immer weiter verspottet fühlen?
Oft genug habe ich mich gefragt, wie sich die Leute damals wohl gefühlt haben in ihrer Haut – wenn nicht mehr Worte und Tricks die politische Auseinandersetzung ausmachen, sondern blutiger Haß bis zum Mord. Jetzt machen wir selbst die Erfahrung, nun werden w i r befragt: Wer sind wir, und wie behaupten w i r uns? Begreifen dabei vielleicht erst richtig, was uns diese Art von Zusammenleben und dieser Staat eigentlich wert sind. Denken darüber nach, was unser eigener Beitrag dazu war, daß er heute so aussieht – geleistet unter dem Gezeter derer, die uns nicht verstehen konnten oder wollten. Und jetzt soll all das für die Katz gewesen sein, damit die Geschichte wieder von vorn losgeht?
Noch wollen die meisten Menschen hierzulande das nicht. Womöglich ist ja doch nicht alles ganz umsonst, was man tut und versucht – gesteht man sich zaghaft ein. Dann lohnte sich doch die Plackerei, das ganze erniedrigende Betteln ums Mandat. Man kommt sich dabei manchmal vor wie ein Vertreter, ein Drücker –

ist man ja auch: Klingelt bei den Leuten an der Tür, hallo, ich heiße Edzard Busch und möchte mit Ihrer Unterstützung meine prima Absichten umsetzen. Verantwortung übernehmen. Etwas tun für die Bürger unserer Stadt. Und dann halte ich ihnen eine Tulpe hin und den Flyer mit meinem Gesicht drauf …

*Steckt sich eine Zigarette an und drückt sie kurz darauf wieder aus.*

Die Leute nehmen die Reklame und die Blume und wenden sich ab. Die Tür geht zu, fünfzigmal, hundertmal, dann ist wieder ein Nachmittag um und nichts erledigt. Und in dem Bewußtsein stiere ich dann wieder in das riesige schwarze Loch, das sich unter meinem Schreibtisch auftut, unter all den Akten für Konferenzen, Absprachen, Entscheidungen. Wozu bin ich hier, tue wichtig und hole mir jeden Morgen den Schwarzen Peter ab? Großes bewegen! Ja, natürlich. Muß man aufpassen, daß einem das nicht zu Kopf steigt. Wie aber sieht es wirklich aus? Man konstruiert in zähem politischem Hin und Her ein Kartenhaus – dann kommt ein Windstoß, für den man nichts kann und gegen den man nichts in der Hand hat, und alles fliegt auseinander. Wir bauen hier natürlich nicht einfach irgendwelche Häuser aus unserem Schwarzer-Peter-Spiel, wir errichten Hochhäuser. Dies ist die Stadt der Hochhäuser. Bisweilen kommt mir alles, was ich verantworte, wirklich so fragil vor wie ein Kartenhochhaus. Weit draußen auf einem Eisenträger vor dem Rohbau, unter mir das tosende Nichts, sitze ich wie vor hundert Jahren von Lewis Hine fotografiert und weiß: Ganz gleich, wie tüchtig ich sein mag oder nicht – ehe ich's begreife, bin ich fortgeblasen. Bin ich weggefegt von der Bühne. Hängt vom Wind ab, vom Wettergeschehen. Habe ich nicht den geringsten Einfluß drauf.

Worauf eigentlich? Was ist überhaupt übrig vom Gestaltungsfeld der Politik? Feld genug ist schon da, nur bestellen es andere. Die klassischen politischen Lager haben sich außerdem vermischt. Ob ich als Christ, als Sozialist, als Liberaler, Konservativer oder als Ökologist an die Probleme herangehe – handelt sich meist ohnehin um eine Mischung –, all das sagt aber sowieso nicht mehr viel darüber aus, wer einer ist und was dabei herauskommt. Aber ob ich Demokrat bin oder nicht, das ist ein fundamentaler Unterschied.
Im übrigen gibt's die größten Kotzbrocken grundsätzlich in der eigenen Partei, Freundschaften unter Politikern ergeben sich selten, und dann eher mit Leuten aus dem anderen Lager. Insofern droht einem paradoxerweise absolute Vereinsamung, wenn wir zusehends alle mehr oder weniger ein Verein werden. Daß sich mittlerweile parteiübergreifend zur Begrüßung alle um den Hals fallen, spricht nicht gerade dagegen, eher im Gegenteil ...

*Steht auf und wirft einen Blick in einige Kartons.*

Gegen das penetrant im unpassendsten Moment aus der Deckung hüpfende Gefühl der Vergeblichkeit ankämpfen zu müssen, ist mir im Grund peinlich.
Wird eine Sauarbeit, das drüben alles neu zu ordnen. Hier kommt natürlich nichts weg, dahinter stehen Schicksale. Ich mache ja gerade K o m m u n a l politik, weil ich dicht an den Leuten und ihren Problemen arbeiten will. Amen.
Gute Absichten – von mir aus. Und Angst: Nicht etwa wirklich davor, daß irgend so ein irrer Neonazi mit der Knarre hinter der Ecke wartet. Angst davor, mir selbst fremd zu werden. Mich im Spiegelkabinett der Vortäuschungen zu verirren. Heutzutage fällt es schwer zu sagen, wo die Realität aufhört und die Simulation

anfängt. Diesen Unterschied aus dem Blick zu verlieren. Davor fürchte ich mich tatsächlich. Daß sich alles in Substanzlosigkeit auflöst. Darum arbeite ich dort, wo ich die Chance habe, mit anderen Menschen als meinesgleichen und ihrer Lebensrealität zu tun zu haben und selber direkt die Ergebnisse dessen sehen zu können, was ich mache. Klingt schwer nach Bodenhaftung. In Wahrheit bin ich der fliegende Robert. Huittt, fort bin ich.

*Kramt in einem Schrank. Von draußen Donner und Flugzeuglärm.*

Wo ist denn verdammt nochmal … So war es nicht geplant: Planen. Wir planen. Und stellen fest, andere, die man nicht zu greifen kriegt, haben anders geplant. Also planen wir dagegen an. Logischerweise verwirren sich die Pläne, und irgendwie kommt irgendwas dabei heraus. Manchmal frage ich mich freilich, ob Planen überhaupt die richtige Strategie ist. Die Alternative allerdings fiele nicht in unsere Zuständigkeit als Stadtrat. Auch wenn der Anarchist, ob er's weiß oder nicht, heute eigentlich den Staat verteidigen müßte, weil allenfalls der Staat dem totalitären Herrschaftsanspruch weltumspannender Wirtschaftsunternehmen noch irgendwas entgegenzusetzen hat. Sei's drum, der Magistrat ist nun mal nicht für die Anarchie zuständig – jedenfalls nicht als Arbeitsziel, allenfalls aus Überforderung und Unvermögen.

*Nimmt sich die nächste Kiste vor.*

Wo ist denn der verdammte Sozialbericht … Seit Wochen findet man hier nichts mehr …
Das Erste, was man lernt, wenn man sich mit Falschspielern einläßt: daß man unaufhebbar hinterherhinkt – die sind immer

längst schon da, wenn man selber auch ankommt, so wie im Märchen. Und prinzipiell geht es nie geradlinig weiter, sondern immer hin und her, vor und zurück. Wie bei der Echternacher Springprozession, nur noch komplizierter. Wenn man anfängt, wird einem das von den alten Hasen vorbuchstabiert: Durchhalten, Junge, einstecken und durchhalten, nichts geht einfach so voran. Zwei Schritte vor, einen zurück, einen zur Seite, einen nach oben, zwei nach unten – freu dich, wenn es überhaupt weitergeht. Hauptsache kein Stillstand. Aber irgendwann fragt man sich, wer man ist und ob man noch seine Tassen im Schrank hat. Was man eigentlich wollte. Wo man gelandet ist.

Manche Kollegen beneiden die Wirtschaftsbosse um ihren Luxus und die Unabhängigkeit von Wahlen. Luxus, mit dem die obendrein ungehemmt angeben können, für den sie sich nicht mal zu rechtfertigen brauchen. Die Wirtschaftsleute umgekehrt beneiden die Politiker um die Zeichen ihrer offiziellen Würde, die Amtskette oder die Armee – keiner von denen kann sich ein Staatsflugzeug mit Luftwaffenoffizieren am Steuerknüppel kaufen oder einen Zapfenstreich. Ist der vorüber, sind Trommeln und Trompeten wieder eingepackt, hat die Politik jedoch kaum noch was zu melden, das ist das Aparte. Welche wirkliche Macht ist uns denn geblieben im Zeitalter des nanosekundenschnell computergelenkten Finanzkapitals? Carl Schmitts Lehrsatz *Souverän ist, wer über den Notstand entscheidet* scheint manche Leute ja immer noch zu beeindrucken, klingt so schön markig und nach Stiefelknallen. Über welchen wirklichen Notstand, mit dem wir es zu tun haben, von den internationalen Finanzkrisen bis zur Klimakatastrophe, entschiede wirklich politisches Handeln? Was davon läge in der Hand eines Staates? Wer also ist souverän?

*Das Tischtelefon summt. Er hebt ab und setzt sich an den Schreibtisch. Während des Gesprächs sortiert er die vor ihm herumliegenden Stifte nach der Größe.*

Soll sich später nochmal melden. Und, Karla: Hast du eine Ahnung, wo der Sozialbericht abgeblieben ist? Den brauche ich nachher natürlich, wenn die Presse … –
Ok.

*Legt auf. Tritt vor und wendet sich – dieses eine Mal – direkt ans Publikum.*

Kann sich hier eigentlich noch jemand an die Vorgänge vor fünfzig Jahren erinnern, an die sogenannte APO? Den Adorno hätten sie nicht so schockieren sollen, die Studentinnen. Aber ob die APO sich als *die jungen Leute* hätte tätscheln lassen, wie sich das heute eingebürgert hat? Ich selbst habe das damals natürlich nicht miterlebt, da war ich ja noch gar nicht geboren. Es gibt aber jede Menge Filmaufnahmen. Mit welch revolutionärem Furor zogen die damals durch die Straßen – hier, oder in Berlin, wo sie skandierten: *Brecht dem Schütz die Gräten, alle Macht den Räten!* (Schütz war damals dort Bürgermeister.) Der Zorn, der ihm entgegenbrandete, transportierte die Frage nicht nach seinem Modebewußtsein, seiner Smartheit oder Nettigkeit, sondern nach seiner Haltung, seinem Selbstverständnis und Handeln als politisch Verantwortlicher – dieselbe Frage, der wir uns heute hier zu stellen haben. Ich auch, insofern ganz gleich, welcher Partei man nun angehört.

*Geht zum Fenster und schaut hinab. Bau- und Verkehrslärm.*

Da unten würden sie vorbeiziehen – wenn sie denn zögen: *Brecht dem Busch die Gräten*! Na ja. Vielleicht kommen sie ja demnächst mal vorbei. Nachher im Integrationsrat appelliere ich erst einmal: Hört zu, Leute, hört zu – oder laßt es bleiben. Wir kommen hier aus 180 Ländern, nicht gerade aus dem Vatikanstaat oder aus Tonga, sonst aber so ziemlich aus allen Ecken der Welt. So viele Länder, so viele Sprachen. Vielleicht kann ich mich ja trotzdem verständlich machen.
Ein bißchen was läßt sich nämlich eben doch bewegen, sage ich. Im Magistrat wurde beispielsweise auf Antrag des zuständigen Kollegen beschlossen: Wir verlangen nicht mehr nur, sondern sorgen jetzt endlich auch dafür, daß in jedem neuen Mietshaus, in das staatliches Geld geflossen ist, ein Drittel der Wohnungen zu Bedingungen angeboten werden, die auch für Nichtreiche tragbar sind – egal, wer sie sind und woher sie stammen. Nicht nur in abgelegenen Siedlungen draußen irgendwo am Stadtrand, sondern hier mittendrin, in den teuersten Innenstadtlagen, den nobelsten Hochhäusern – auf die wir hier doch so stolz sind. Also, fügen wir diesem Stolz doch eine demokratische Dimension hinzu, damit wir erst richtig damit protzen können!

*Geht zum Tisch und notiert etwas. Eine weitere Zigarette, die rasch wieder zerdrückt wird, der große Aschenbecher füllt sich. Dann deutet er eine meditativ-gymnastische Übung an. Das Handy meldet eine Nachricht. Er schaut darauf, legt es weg. Baustellengeräusche, Verkehr, Flugzeuge. Ein fernes Donnern. Busch tritt vors Fenster.*

Ja, Hochhäuser sind die Kathedralen des Glaubens an ein Gespenst namens Kapital – huschhusch fliegt es um den Globus, keiner sieht davon viel, keiner kann mehr davon greifen als ein

paar Scheine, aber seine wahre Natur ist gasförmig, und seine Macht kennt keine Grenzen. Sie dringt durch jede Ritze überallhin. Spuk.
Nach dem Brand von Notre-Dame war zu lesen, das mache einem klar, worin die Bedeutung solcher heiligen Bauwerke liege: Sie erinnerten uns nämlich daran, daß es die Wirklichkeit gibt. Daß außer Gotham City auch noch die Realität existiert.
Das Unwirkliche, Traumartige des heutigen Finanzkapitalismus verleibt sich alles ein – und diese Stadt mit all den Menschen, die in ihr leben, ihrem Alltag, der ganzen Geschäftigkeit des Betriebs, den Myriaden an Einsen und Nullen, die unvorstellbare Geldmengen bewegen – unsere schöne Stadt hier ist ja nun wahrhaftig eine Kapitale des Spuks. Eine leuchtend wabernde Wolke hüllt unser Leben ein und verwischt die Grenze zwischen Fakten und Illusion. Aber gerade mit dieser Unwirklichkeit, die sich ausbreitet wie ein halluzinogener Nebel, in dem radikale Ungerechtigkeit ihre Schamlosigkeit ungehemmt zur Schau trägt, finde ich mich nicht ab. Ich akzeptiere sie gerade hier nicht. Diesem Wahnsinn muß man doch Regeln verpassen! Diesem völlig aus der Form laufenden Schwabbelfisch namens postindustrielle Gesellschaft ein paar Gräten einziehen! Sonst führt das Ganze früher oder später zu einem Gemetzel ungeheuren Ausmaßes.

*Das Handy brummt. Er schaut drauf und drückt es aus, setzt sich.*

Politik sei ein schmutziges Geschäft, lautet so eine gängige Phrase, an die viele glauben. Gewöhnt man sich dran. Die typische Verachtung des Untertans für jene, die sich erdreisten, die Stelle der Obrigkeit einzunehmen und demokratische Macht auszuüben.

Glück gehabt, denke ich gelegentlich, vielleicht ist es ganz gut, wenn man nicht zu den von vorneherein Privilegierten zählt. Hauptsache, man vergißt nicht gleich, was es heißt, sich Aufmerksamkeit erst verschaffen und den Platz in der Gesellschaft zunächst erobern zu müssen. Jetzt treten …

*Schaut auf seinen Laptop.*

… allerdings immer penetranter Leute auf den Plan, die unter Berufung auf die Demokratie das Gegenteil, nämlich autoritäre Führung, einfordern – natürlich nur, sofern sie sich nicht gegen sie selbst richtet. Die sich nach der Kandare sehnen, der eindeutigen, unmißverständlichen Herrschaft der Peitsche. Man bekommt es hier mit dem klassischen Paradox zu tun, daß Toleranz gegenüber den Feinden der Toleranz dazu tendiert, sich selbst abzuschaffen. Sackgasse.
So einfach ist das alles aber nicht. Von der Parkvilla aus, dem Büro im zwanzigsten Stock mit Panoramablick über die Niederungen, bietet sich ein Bild – unten, wo die Angst derer sich ausbreitet, die ihre Realität nicht mehr verstehen, ein anderes. Es ist die strapaziöse Wirklichkeit derer, die irgendwann nicht mehr darüber hinwegsehen, wenn einer oder einem, die sie vertreten wollen, der Mangel an jeglicher Erfahrung auf die Stirn geschrieben steht, was es heißt, mal eigenhändig einen Stein aufgehoben und aus dem Weg geräumt zu haben. Das sollten wir vielleicht bedenken, wenn es gilt, Kandidaten aufzustellen.
Erwachsene Menschen, fürchte ich, akzeptieren auf die Dauer auch keine Politiker, die sie erziehen wollen. Und genauso wenig solche, die sich ihnen anbiedern.

*Holt ein Blatt Papier mit ein paar Notizen aus der Jackettasche, setzt sich damit an den Schreibtisch, steckt sich eine Zigarette an, um sie kurz später zu löschen. Schaut auf die Uhr.*

Erst? Ob ich schon mal die Banane …?

*Geht zu seiner Tasche und holt eine Banane hervor.*

Das übliche Menü nachher bei der Koalitionsrunde lädt nicht dazu ein, den Hunger aufzusparen.

*Steckt sich eine Zigarette an und drückt sie bald wieder aus.*

Manche wundern sich, wenn sie mit all ihren schönen Vorhaben und guten Absichten nicht landen bei den Leuten. Wenn alle Appelle an die Vernunft nichts fruchten. Den naiven Glauben an die Vernunft der Menschen aufrechtzuerhalten, an ihr Gespür dafür, was in ihrem Interesse liegt, ist nicht ganz einfach. Die pfeifen uns nämlich was, die Leute, die handeln, wenn es ihnen paßt, einfach konträr zu ihren Interessen, nicht erst heute. Wer konnte ernstlich daran interessiert sein, 1943, als längst alles verloren war, nun gerade, jetzt erst recht, auch noch die Bombenteppiche des Totalen Kriegs auf den Kopf zu bekommen? Doch wie haben sie gejubelt: Ja!!!! Ja, wir wollen es unbedingt! Die Menschen sind nicht vernünftig, nie gewesen. Und die, die ihre Unvernunft nicht fassen können, sind es ebenso wenig, man braucht ja nur mal all die Ärzte und Krankenschwestern zu sehen, die rauchend vor ihren Kliniken stehen, wo sie den Leuten die Lungenkarzinome herausschneiden. Die Leute haben recht, sie spielen Lotto und geben ihre Stimme Hasardeuren, einfach weil sie sich über den Staat und seine kreuzlangweiligen Büttel wie mich schwarzärgern. Den Staat, der langsam, aber sicher ihr letzter Verbündeter ist gegen die Allmacht gewissenloser Konzernkraken, die aus dem digitalen Nichts heraus ihre substanzlosen Tentakeln ausstrecken, um sie in den Griff zu nehmen und nicht mehr loszulassen. Ja, ja – das wollen wir entschieden! Und wagt es bloß nicht, uns davor etwa schützen zu wollen!

*Ein Blitz in den Fenstern erhellt die Szenerie. Flugzeuggeräusche. Busch steckt sich eine Zigarette an und drückt sie gleich wieder aus.*

Wir führen ein absurdes Improvisationsstück auf, ich mittendrin. Erste Vorstellung und zugleich die letzte. Und alle sind dabei auf der Bühne, jeder ist Akteur. Alle Bürger vereint im Willen, jeden Fortschritt auf seine Perversionskapazitäten hin zu untersuchen. Mittels der untergangslüsternen Dialektik, die unser ganzes Stück trägt. Voll masochistischer Wollust buchstabiere ich's mir hier allmorgendlich vor.
Neulich hat mir Isabel mitgeteilt, daß sie freitags nicht mehr zur Schule geht, schon einige Zeit. Wegen des Klimas. Gut, habe ich schon mal gehört, weiter habe ich nichts dazu gesagt, ihr aber etwas erzählt: Mein Urgroßvater ist noch mit dem Karabiner für den Kaiser in den Krieg gezogen – kannst du dir wahrscheinlich nicht vorstellen. Der hat den ganzen Wahnsinn des letzten Jahrhunderts mitgemacht: Weltkrieg, Inflation, Weltwirtschaftskrise, Nazis, wieder Weltkrieg. Ist nun gottlob alles schon einige Zeit her. Sogar den Ostblock gibt's längst nicht mehr. Bessere Zeit, Friede, Demokratie. Plötzlich bekommt die schöne neue Welt überall Risse. Und jetzt, da wir uns gerade wieder zum Rand des Untergangs vorarbeiten, fehlen diese Leute, die einem aufgrund eigener Erfahrung sagen könnten, was das ist, wie das vonstatten

geht: gesellschaftliche Selbstzerstörung, kultureller Selbstmord. M e i n Großvater bereits hat die Nazizeit bloß noch als Kind miterlebt, und d e i n Großvater kennt nur den Frieden – so wie ich. Aber alle siebzig, achtzig Jahre spätestens beginnt der Boden weich zu werden, zieht der ganze, umständlichst trockengelegte Sumpf wieder Saft, und hilflos staunend sieht man zu, wie alles im Morast versinkt. Niemand weiß mehr, wie systematischer Nächstenmord sich anbahnt, was Krieg ist und wie schnell sich miese Kleinigkeiten zur bestimmenden Wirklichkeit verdichten. Die das zuletzt bewußt mitbekommen haben, leben nicht mehr, und jetzt geht alles von vorne los. Und wer was dagegen sagt, ist von gestern. Oder kriegt eine Kugel verpaßt.
Ihre Miene zu interpretieren, überstieg meine Möglichkeiten.

*Das Telefon brummt.*

Krank – was heißt hier krank? Krank bin ich auch, wieso denn nicht? Alle sind krank. Wir brauchen jede Stimme, hast du denen das nicht klargemacht? –
*Pause.*
Ach was, scheuch die Flaschen zum Arzt, sie sollen sich eine Spritze in den Arsch jagen lassen. Jedenfalls stehen sie alle pünktlich zur Abstimmung auf der Matte. –
Ja.

*Legt das Telefon ab.*

Mir hat, ziemlich am Anfang war das, ein alter, mit allen Wassern gewaschener Kollege – von der Konkurrenz, toller Typ –, der hat mir mal gesagt, *ich gebe Ihnen nur einen Rat: Hüten Sie sich vor Zynismus. Die Gefahr ist groß, für jeden, der Macht will, Macht hat. Aber wenn man nicht mehr an das glaubt, was man sagt, wenn man seine Arbeit mit doppeltem Boden zu machen beginnt, kann man einpacken.* Versuche ich zu beherzigen. Das Bemühen um Aufrichtigkeit war stets meine Leitschnur. Konflikte, die sich daraus ergeben, müssen eben ausgetragen werden.

Neuerdings allerdings treten jakobinische Tugendwächter mit immer aggressiverem Wohlverhaltensterror auf den Plan und verändern das ganze Szenario. Sprechen und Denken sollen auf Linie gebracht werden. Die operieren ohne das geringste Gefühl dafür, was das Blut in den Adern der Demokratie ist. Daß die Sprache das Werkzeug der Aufklärung ist. Der barbarische Umgang mit diesem Werkzeug wird sich schwer rächen. Mit ihm wird gedacht, ein äußerst persönlicher Vorgang – weshalb die Sprache im übrigen zur Intimsphäre eines Menschen zählt, auch nicht weniger schützenswert als der Unterleib. Statt eine scharfe Klinge führen, heißt es jetzt vor allem unscheinbar sein, unauffällig bis zur Selbstverleugnung. Bloß nicht von der vorgegebenen Linie abweichen. Manchmal, dagegen kann ich gar nichts tun, giere ich inzwischen geradezu nach einem Hauch Zynismus, wie ein Erstickender nach Luft, freue mich, wenn ich irgend jemanden im Beet der frommen Vorschriften herumstampfen höre.

Heute wirst du rund um die Uhr überwacht von einem Heer bigotter Sittenwebel-*Stern*-Innen. Ein nicht genehmer Blick, ein verschmähtes Endsilbensalatrezept, und du bist erledigt. Das würgt schon mal ein Gutteil deiner Energie ab und arbeitet daran, auch dich langsam zum heimlichen Zyniker umzuschmieden. Willst du das nicht, hilft dir nur schweigen und dabei konsequent Kärtchen auf Kärtchen türmen, Plan gegen Plan. Zähne zusammenbeißen und im Blick behalten, worum es geht. Ganz einfach um Menschen …

*Das Telefon brummt.*

Auf keinen Fall, Karla, war doch alles besprochen. Hast du inzwischen die Unterlagen …? –
Was soll das heißen, bei mir? Da sind sie eben nicht, deshalb bat ich dich ja, sie zu suchen. –
Gut, ich brauche sie nachher, versteht sich ja wohl!

*Legt auf. Steckt sich eine Zigarette an und drückt sie nach zwei Zügen aus.*

… um die Bürger dieser Stadt. Alle Bürger, und keineswegs nur die, von denen ich gewählt wurde. Ich bin Politiker, weil mir klar ist, welche Gewalten auf die Gesellschaft einwirken. Dagegen muß man sich stemmen. Für die Menschen – solange sie einen lassen. Nicht in jedem Augenblick kapiert es jeder, doch wir alle bekommen früher oder später zu spüren: Der Markt richtet die Dinge eben durchaus nicht in unserem Sinn. Für diese Erkenntnis braucht man kein Sozialist zu sein. Leben, unser anarchisches Zusammenleben, ist weich und schutzbedürftig. Da liegt die Aufgabe. Eine zivile Gesellschaft, die sich eine freie, demokratische Verfassung gegeben hat. Der deutsche Parlamentarismus wurde in der Paulskirche begründet. Hier ist ein geistiges Zentrum, die Stadt Horkheimers und Adornos, ein Brennpunkt der gesellschaftlichen Diskussion, wer hier Verantwortung übernimmt, sollte sich dessen bewußt sein. Leider, muß man sich eingestehen – nationaler Mittelpunkt der kritischen Öffentlichkeit ist sie nicht mehr. Gut, Öffentlichkeit – was heißt denn das heute? Überall ist heute Öffentlichkeit, und alles – bis an die Grenze des Erträglichen – wird öffentlich. Unentwegt sind wir in Bewegung, leben rund um die Uhr mit Handys, Internet. Gebannt kleben die Augen an YouTube und Twitter, ob wir nun gerade in New York sind, am Südpol oder im Amt.

*Das Tablet meldet den Eingang einer Mail. Er wirft einen Blick darauf.*

Falsch verbunden. Überhaupt nicht verbunden. Macht nichts. Die heutigen Kommunikationsmöglichkeiten sind berauschend. Aber wo fängt die Wirklichkeit an, und wo endet sie? Wie immer man es nennt, die Gesellschaft braucht eben auch, daß sich Menschen leibhaftig versammeln. Immer mehr begreifen das. Leute miteinander und gegeneinander, die sich in die Augen schauen und anfassen können. Und dabei etwas austragen. Aushandeln. Auskämpfen. Es gibt soviel mehr als das Klimaproblem. Anderes als die Hatz auf Sündenböcke. Wo wird das verhandelt? Wo sind wir, wo verstecken wir uns?
Die Bühne ist vollgestellt mit Krempel, aber in Wahrheit leer. Die Agora wird nicht von den Bürgern, sondern von Touristen bevölkert. Jeden Tag findet soviel mehr Weltveränderndes statt, als alle Revolutionäre früherer Zeiten zusammen sich ausmalen konnten. Aber das Zentrum liegt von uns verlassen da.

*Sieht nochmals auf die Uhr, steckt sich eine Zigarette an und drückt sie nach zwei Zügen aus.*

Die Angst vor der Sinnlosigkeit dieser Existenz unter Kontrolle zu halten, ist nicht immer ganz leicht. Manchmal könnte man sich wünschen, ein gestandener Säufer zu sein, so im Stil der alten Recken – Frauen waren da noch nicht so involviert. Wie wär's erstmal mit 'nem Gin-Tonic, wird man morgens im Büro begrüßt. Ein herzhafter Schluck als Auftakt verschafft einem auch die markante Stimme, die man braucht, wenn es eine schwungvolle Rede zu halten gilt – oder vielmehr zu brüllen. Wußten die alten Knaben noch, die kippten zwei, drei Whiskys, und dann schrien sie die größten Belanglosigkeiten wie leidenschaftlichste Bekenntnisse durch die Gegend. Männer, die es allerdings – darauf kommt es an – ernst meinten. Und die Leute wußten, wem sie zuhörten, wen sie da vor sich hatten. Wir säuseln alle nur noch samtig und trinken Wasser, um uns alles aus dem Leib zu spülen, was wir erst gar nicht zu uns nehmen. Jeder hat Angst, zu verdursten. Gegen seelisches Verdursten nützt aber kein Wasser, nicht mal Weihwasser.

*Tritt ans Fenster und sieht hinaus, Blitze. Baulärm, Verkehr und Flugzeuge. Er breitet die Arme kurz aus, als wolle er sich hinausstürzen und vom Wind tragen lassen. Setzt sich wieder. Steckt sich eine Zigarette an und drückt sie gleich wieder aus.*

Was uns in dieser Gesellschaft mehr als alles andere fehlt, sind Bilder von uns selbst: Was ist das, ein Mensch, was ein Kind, was ein alter Mensch?

*Prüft sein Tablet. Tippt ein, zwei kurze Mails. Baulärm, Verkehr. Donner.*

Die Politik zerfällt in lauter Partikularinteressen, die sich absolut setzen. Die Politik ist dabei, sich aufzulösen, und zerbröselt. Ihr Element war die Gesellschaft, die Schicksalsgemeinschaft der Menschen namens Gesellschaft, etwas mit greifbarer Substanz und Struktur. Sich ins Fernsehen setzen, floskelreich dem, was man für die Jugend hält, nach dem Mund reden, und im übrigen wie ein unbeteiligter Halbinformierter kommentieren, was in der Welt geschieht, dazu benötigt niemand Politiker.

*Das Schreibtischtelefon brummt – Karla erinnert ihn an den anstehenden Termin. Lauter Donner von draußen.*

Die Presse wartet? Ok. Hast du den Sozialbericht denn jetzt gefunden? –
Na, dann muß es eben auch so gehen. War denn Defne inzwischen da und hat die Vorlage für die Koalitionsrunde …?

*Zieht sich das Jackett an und prüft sein Aussehen kurz im Spiegel. Wirft einen Blick aus dem Fenster. Der Lärm von Baustellen, vom Straßenverkehr und von einem Flugzeug dringt herein.*

Absurd alles um einen herum. Weitermachen, eine Karte auf die andere. Solange das Gefühl nicht Oberhand gewinnt, in Wahrheit immer weniger zu sein, was man vorgibt, nur noch eine Rolle zu spielen und dabei neben sich zu stehen. Dann ist's vorbei. Gute Absichten, sicher. Vielleicht. Was aber kann man sich noch selbst glauben?
Teufel, juckt dieses Hemd, angeblich Baumwolle. Wer soll das denn bis zum Abend … ein Termin nach dem anderen …

*Das Telefon brummt. Karla mahnt.*

Ja, doch.

*Busch öffnet das Fenster. Verkehrsgeräusche und Baulärm branden lauter herein. Er greift nach Handy und Jackett. Abgang.*

ZSUZSA BÁNK
ALLES IST GROSS

*Grundsätzlich: lieber schräg und komisch als betont traurig. Unbedingt das Komische und Überzogene an den Stellen herauskehren, die das gestatten. Das immanent Groteske herausstellen.*

*Er singt Johnny Cashs Heart of Gold.*

Heute wirklich: Johnny Cash. Urne mit Johnny Cash.
Gestern Erdbestattung mit Beethoven. Klavierkonzert Nummer drei, c-moll, Opus 37. *Singend.* Dingdingdingding – pingping. Stand so auf der CD.
Jeden Tag höre ich Musik, immer Lieblingsstücke. Musik, die ein ganzes Leben zusammenfasst. Auf den einen Nenner bringt. Jeden Tag höre ich die Lebensläufe dazu, lerne die Leben kennen, jeden Tag höre ich Trauerreden. Das Tolle: Alle Menschen werden am Ende gut. Ja: Alle sind am Ende gut! Rückblickend gut. Retrospektiv gut. Rückwärts gesehen gut. Rückwärts gewandt gut. Mit dem Rücken zum Grab gut. Mit dem Gesicht zum Tod gut. Aber das hätte man doch gemerkt, oder? Wenn jetzt alle mal gut wären, oder? Alle mal so plötzlich gut. Einfach gut. Kein falsch. Kein blöd. Kein nervig. Kein ätzend. Kein bös.
Also, ich hätte das gemerkt. Mir wäre das aufgefallen. Sicher.

De mortuis nil nisi bene. Über die Toten nur Gutes. Nichts Schlechtes über die Toten.
Es kommt zum Ende – und alle sind gut. Das Ende ist da, und alle sind gut.
Warum denn nicht gleich so? Mann, warum denn nicht von Anfang an so?
Alle haben am Ende dieses goldene Herz. Ein Herz aus Gold. Und diesen *fine mind. Such a fine mind.* Nur gute Gedanken hat dieser fine mind. Natürlich. Logisch. Ist ja klar. Ein Geist, gefüllt mit guten Gedanken. Ein Kopf gespeist aus guten Gedanken.
Ein Gutegedankenkopf.
Ein Feinergedankekopf.
Die kleinen Verbrechen des Lebens – vergessen. Die kleinen Garstigkeiten im Charakter – verpufft. Die kleinen Schmerzpartikel des Zusammenlebens, diese Reibeflächen – gab es die überhaupt? Die kleinen Widersprüche im Lebenslauf – sind aufgelöst. Kleinere Sünden – och, nicht erwähnenswert. Größere? Fanden nie statt. Todsünden oder Verbrechen sind in diesen Lebensabrissen eh unbekannt. Gab es nicht! Nee, niemals. Gab's einfach nicht.
Nie wurde gelogen. Nie geschlagen. Getreten. Geohrfeigt. Verängstigt. Erpresst, unter Druck gesetzt. Hintergangen. Ausgegrenzt. Vernichtet. Diese Verben kann man streichen, aus der Trauerrede direkt raus. Raus mit diesen Tu-Wörtern!
Es ist eine Welt, in der alle Menschen gut sind. Eine Welt aus Freundlichkeit. Ohne Misstöne. Eine gute Welt mit guten Menschen. Eine Welt aus Menschenliebe.
Für gute Menschen eine gute Welt.
Schöne, gute Welt!

Jeden Tag höre ich so ein bis drei Lebensläufe. Über die kleinen Lautsprecher dringen sie aus der Trauerhalle zu uns nach hinten: Ein Abriss, die kurze Zusammenfassung eines Lebens, mit dem ich nie zu tun hatte. Mit dem ich es jetzt zu tun kriege. Reduziert auf acht bis zwölf Minuten. Eingekocht wie Sirup. Eingedickt wie Marmelade. Ich weiß, wen ich auf seinem letzten Weg begleite. Wen wir zu seinem letzten Plätzchen hinaustragen.
Im Schnelldurchlauf höre ich das Wichtigste, die Stichpunkte einer Biographie. Das Herausragende. Oder – es ist nichts Herausragendes dabei. Manchmal gibt es einfach nichts. Kaum etwas, das erwähnt, das gesagt werden müsste.
Da war nichts Großes.
Das Leben war eher klein. Eher klein und wenig. Manchmal gibt so ein Leben gar nicht viel her. Manchmal will es nicht viel erzählen.
Manchmal hat es nichts zu sagen.

Hinter der Trauerhalle, an einem Tisch mit fünf Stühlen – da sitzen wir. Die Pietät hat mir schon vorher gesagt, haben wir einen mit Rollator oder sind alle lauftüchtig.
Wir warten auf unseren Einsatz, unser Kommando, wir reden nicht, wir schweigen und lauschen. Hinter der Orgel, unter dem kleinen Kasten mit den Lämpchen. Manchmal – da drifte ich ab und verliere mich in Gedanken, an meine Frau, mein Kind, falle kurz in meinen Tagtraum. Aber ich kehre rechtzeitig zurück, immer kehre ich rechtzeitig zurück. An der Wand steht eine Liege – sollte jemand umfallen, sollte jemand einen Schwächeanfall hinlegen. Daneben der Feuerlöscher, der Verbandskasten.
Und die Kreuze. Ja, natürlich die Kreuze.
Fünf große Holzkreuze mit Stab haben wir zur Auswahl. Zwei

mit dem Gekreuzigten, und drei ohne, schlicht und glatt. Sind Messdiener dabei, tragen sie das Kreuz voran. Aber meistens trägt es einer von uns. Kreuz übrigens nur bei Erdbestattung. Das sind dann vier am Sarg plus einer mit Kreuz. Bei Feuerbestattung gibt es kein Kreuz.
Am Rednerpult in der Trauerhalle sind drei Tasten. Drückt man sie, gehen bei uns die Lämpchen an.
Erstens: Chor. Die Musik muss laufen. *Singt.* I've been to Hollywood, I've been to Redwood. Nanana, undsoweiter.
Zweitens: Orgel. Der Organist beginnt zu spielen.
Drittens: Kondukt. Meine Lampe, ich bin gemeint. Sargzug. Leichenzug. Totenzug. Wir sind dran.
Heute kein Kreuz.
Heute bei Helmuth kein Kreuz.
Ein Country-Fan. In Nashville war er sogar. 1974 die erste Frau tot. Zwanzig Jahre später, 1994, die zweite Frau tot. Als Kind der Krieg, die Bunker, die Bombennächte, die Armut, die Entbehrung, der verlorene Vater – ist ja immer gleich in dieser Altersgruppe.
Später: War er Kioskbesitzer, Versicherungsvertreter. Noch später: Hatte er einen Schlaganfall, kam ins Pflegeheim. Schlaganfall, fremde Hilfe. So im Wechsel. Und dann: Herzstillstand.
»Daher wollen wir an dieser Stelle Danke sagen. Den lieben Menschen von der Seniorenresidenz. Allen voran Alma, die Lieblingspflegerin, die an seiner Seite war, als Helmuth starb.«
Kinder, Enkelkinder.
War er so toll?
So ein guter Mensch?
»Sein Charme und sein Witz« – den hatten am Ende übrigens alle. Man könnte glauben, wir leben in einer Welt voller Witz und Charme. Wär ja schön. Das müsste man doch merken, das

hätte man doch schon gemerkt. Das wäre uns doch aufgefallen. Also mir, mir wäre das sicher aufgefallen.
Wenn hier alles so witzig wäre!
Wenn alle so charmant wären!
Erst später kann man etwas ablesen. Erst später ahnt man, welches Leben sich unter dieser Haut, in dieser Asche verbirgt. Welche Blutfarbe durch diese Adern geströmt ist. Blass, dunkel, rot, blau.
Später erst sieht man: Kommt jemand zum Grab? Wird es gepflegt? Überhaupt besucht? Oder verwaist es?
Steht da noch jemand und weint? Steht da noch jemand und klagt den Himmel an?
Boxt gegen die Wolken? Tritt gegen die Wolken?
Liegen da Blumenbouquets für 200 – oder faulen die Lilien?

Mein Lämpchen leuchtet, Kondukt, ich bin gemeint: Totenzug. Ich nehme meine Mütze. Streiche über den Schirm. Fusselfrei. Picobello. Ich gehe los. Sagen wir, ich schreite. Jetzt passt es, oder? Schreiten! Ich drücke auf den Knopf fürs Glockengeläut. Die Glocke läutet.
Ich atme ein und gehe los.
Ich trage meinen Anzug. Im Sommer mein Kurzarmhemd, im Winter mein Langarmhemd. Den Mantel im Winter. Den Mantel bei Starkregen. Hier, auf dem linken Ärmel das Wappen der Stadt: weißer Adler auf rotem Grund, mit Goldkrone. Blaue Zunge, blaue Krallen. Dazu die dunkle Krawatte. Die schwarzen Lederhandschuhe. Auch im Sommer Handschuhe. Handschuhe immer. Weil uns sonst die Hände verbrennen, wenn wir den Sarg hinablassen. Das Seil würde uns sonst die Hände verbrennen. Alles schon passiert. Alles schon geschehen. Alles schon so, genau so gesehen.

Aber Lederhandschuhe bei 30 Grad!
Darunter meine Gärtnerhände. Nach dem Grabausheben geschrubbt. Vor einer Stunde war ich noch in meiner Gärtnerkleidung. Arbeitsschuhe, Arbeitshosen, Fleecejacke, Mütze. Ich muss ordentlich aussehen. Für diesen letzten Gang muss ich ordentlich aussehen. Meine Schuhe sind geputzt, mein Haar ist kurz geschnitten, mein Bart gestutzt. Mein Mantel ist abgebürstet. Keine Schuppen. Kein Haar. Kein Stäubchen darauf.
Den Sarg tragen wir zu viert. Sargtragen ist Schwerstarbeit. Knochenarbeit. Einer zieht den Sarg auf den Bahrwagen, und dann heben wir den Sarg zu viert. Mir ist gleich, ob ich rechts oder links trage. Ich bin Linkshänder.
Gehen Sie mal dreihundert Meter mit fünfzig Kilo am Arm und an der Schulter! Mindestens fünfzig Kilo! Durchqueren Sie mal achtzehn Hektar! Gehen Sie mal den Weg hinab und wieder hinauf! So wie er sich unter den Eiben in die Länge zieht und biegt und krümmt.
Vorne gehen die Starken. Der Kopf ist schwerer als die Füße.
Und wer's mit dem Rücken hat, macht nur noch Urne. Sollen die Jungen ran. Sollen die Jungen den Sarg tragen. Die Anfänger.

Heute ist Urne. Der Country-Fan ist Urne. Also gehe ich allein.
Ich betrete meine Bühne. Wie aus dem Nichts tauche ich auf. Als wäre es ein Trick. Ein bisschen Magie. Die Tränen fließen – und ich stehe da.
Ich warte auf das Nicken. Der Redner, der Pfarrer gibt mir das Zeichen, ich gehe los. Ich schreite. Sechs Schritte vielleicht. In der großen Trauerhalle nicht mehr als sechs Schritte. Über mir auf der Kuppel sitzen die Tauben im runden Fenster, schlagen mit den Flügeln, gurren und schauen zu. Ich ziehe meine Mütze

ab. Ich verbeuge mich vor der Urne. Ich ziehe meine Mütze auf.
Ich nehme die Urne in die Hände.
Ich drehe mich zur Trauergesellschaft.
Halbe Drehung.
Ich drehe mich zum Ausgang.
Vierteldrehung.
Die Türen öffnen sich. Ich führe den Zug an. Ich bin der Erste in der Reihe. Hier lang, bitteschön.
*I walk the line.*
Später bin ich der Letzte, der geht.
Ich zeige den Weg, ich schreite voran. Drei, vier Meter Abstand zu den anderen. Nicht mehr. Auf keinen Fall mehr. Hinter mir Husten, Schneuzen, kein Reden. Ein bisschen Flüstern.
Vor meiner Brust ein Gefäß aus Metall, aus Keramik, aus Holz – und darin steckt das Leben. Achtzig Jahre Leben, mit vielen Abzweigungen darin. Mit vielen Wegen, Kreuzungen, Gabelungen, Umwegen, Sackgassen, Sperrungen. Zweiundneunzig Jahre Leben – oder weniger, manchmal auch nur zwanzig Jahre, manchmal bloß acht. Aber dann keine Urne, dann Sarg.
Bei Kindern nie Urne.
Bei Kindern immer Sarg.
Am Anfang hatte ich Angst, es war aufregend, mein Herz klopfte laut, bambambam!, meine Hände waren heiß, meine Wangen, ich hatte Angst, ich könnte stolpern. Die Urne könnte mir aus den Händen fallen. Malen Sie sich mal den Rest aus. Denken Sie sich mal den Rest.
Jedes Mal gehe ich den Weg vorher ab. Wenn es geregnet hat, präge ich mir die Pfützen ein, nach einem Sturm sammle ich die Äste auf. Ich will beim Gehen nicht zu Boden schauen müssen. Nicht an einem Ast hängenbleiben. Der Weg muss frei sein. Dieser Gang ist schwer genug. Für die Leute hinter mir? Der schwerste Gang. Klar.

Ich richte meinen Blick geradeaus nach vorne, ich suche mir einen festen Punkt – und gehe. Ich achte darauf, ob alle folgen. Keiner soll zurückbleiben. Ich höre auf das Knirschen unter den Schuhsohlen. Ich gehe nicht zu schnell, auch nicht übertrieben langsam. Das habe ich eine Weile ausprobiert, erst lernen müssen. Früher bin ich zu schnell gelaufen, ich hatte keine Zeit. Ich hatte das Tempo von draußen, ja, von draußen, da, dort draußen, von den Bürgersteigen des Lebens. Von den Kreuzungen, den Ampeln, den Zebrastreifen, von den Einkaufsstraßen und Märkten des Lebens. Den Turbo in mir, immer so mit hundert Sachen im zweiten Gang.
Aber hier, für diesen Gang gibt es nur eine richtige Geschwindigkeit. Einen Hauch bewegter, einen Tick dynamischer – und es wird zu schnell.
So im Todestempo eben. Wenn Sie sich das vorstellen können. Im Geleit-Tempo. Im Übergangs-Tempo. So als wären wir knapp über dem Boden.
Wir versuchen – zu schweben. Wir üben – das Schweben.
Gestern war viel Rollator. Heute keiner. Heute rote Luftballons. Ein Mädchen trägt einen Strauß roter Herzluftballons.
Heute Johnny Cash.
*Er singt weiter Johnny Cashs Heart of Gold.*

Ich bleibe am Grab stehen.
Duft von Erde. Duft von feuchter Erde. Duft von Jahreszeit. Duft von Wetter.
Am Morgen habe ich das Erdloch ausgehoben. Mit dem Urnenspaten, unserem Handbagger. Bis zur Markierung. Tiefe: siebzig bis achtzig Zentimeter. Größe des Urnengrabs: achtzig mal achtzig. So.
Habe die Grabmatten ausgelegt. Für die saubere Umrandung.

Dann die Schubkarre weggebracht. Fünfzig Meter weiter am Weg unter die Kastanie gestellt. Am Grab soll keine Schubkarre stehen. Das Grab soll nicht nach Arbeit aussehen. Am Grab bitte keine Arbeitsgeräte, keine Hinweise auf Arbeit.
Am Grab bitte nur ausgesetzte Zeit. Nur aufgehobene Zeit.
Am Grab nur Zeitlosigkeit.
Oder Zeichen, Anzeichen, die gehen auch, die sind erlaubt, die sind gewünscht, von denen gerne jede Menge – die Menschen warten ja nur darauf. Hinter der Friedhofsmauer kommen sie ohne Zeichen aus, doch am Grab ist alles gut für ein Zeichen. Für eine Botschaft aus dem Jenseits, aus dem Zwischental, dem Verbindungstunnel zwischen Erde und Himmel. Oder Erde und Hölle.
Wenn der Regen plötzlich aufhört – oder wenn er plötzlich beginnt: ein Zeichen.
Eine dunkle Wolke – oder aber ein wolkenloser Himmel: ein Zeichen!
Ein Gewitter – oder das Ende eines Gewitters: Seht nur, ein Zeichen!
Ein Vogel, der aus dem Baum hochflattert und schnell davonfliegt. Oder einer, der von oben langsam herabgleitet und sich in der Baumkrone verfängt. Alles Zeichen!
Ich lasse die Urne an ihrer Kette hinab. Ich verbeuge mich und verschwinde hinter den Menschen. Ich gehe ein paar Schritte, ich stelle mich unter einen Baum. Ich halte Abstand, bleibe aber in der Nähe. Ich bin auf alles gefasst. Einmal ist ein Kind ins Grab gesprungen! Da bin ich aber sofort los, sofort!
Für die anderen habe ich mich schon aufgelöst. Keiner sieht mich. Zwar sind mir alle gefolgt, aber jetzt sieht mich niemand mehr. Die Menschen vergessen mich sofort. Sie setzen mich in die Landschaft und – ich werde zu einem Baum. Ich werde zu

einem Gegenstand des Friedhofs, zu einem Stein, einem Busch. Keiner prägt sich mein Gesicht ein. Ich bin so etwas wie ein Niemand. Der Pfarrer wird zur Feier eingeladen, der Pfarrer wird dazu gebeten. Mich lädt niemand ein. Weil man mich schon vergessen hat. Zwei Minuten später schon vergessen hat.
Aber ich schaue mir die Gesichter an. Ich sehe die Leute in der ersten Reihe. Die Töchter und Söhne, die Ehemänner, Ehefrauen. Ich ahne, was dem vorausgegangen ist. Ich meine, es an den Gesichtern ablesen zu können. Der Tod zeichnet ja etwas in so ein Gesicht. Der Tod zieht seine Furchen. Seine Gräben. Schränkt die Farbpalette ein, pinselt sein Grau bis Schwarz auf. Wie heißt das noch?
*Kein Toter ist so tief begraben wie eine erloschene Leidenschaft?*
Ich sehe die Leute in der letzten Reihe. Die irgendwie dabeistehen, aber nicht so richtig dazugehören. Die kaum jemand wahrnimmt. Aber ich sehe sie, ich schaue sie an und ordne sie ein. Alte vergessene Freunde? Jemand aus einem Leben, das nebenher lief? Geheim? An einem anderen Ort?
Der Tod macht die Menschen klein.
Im Angesicht des Todes schrumpfen sie, gehen sie ein. Ich sehe sie am Grab kleiner werden. Ich kann zusehen, wie sie einlaufen und sich zusammenziehen, wie alles an ihnen kleiner wird, ihr Kopf, ihre Füße, ihre Schultern, ihr Rücken – wenn sie sich später abwenden, gehen sie als Zwerge.
Winzig.
Ich schaufle die Erde zurück, schließe das Grab. Höre auf den Sound der Erde.
Drisch, Drisch. Der Winter ist lauter. Wintererde ist lauter. Sommererde nicht so laut.
Aber das kann dauern. Manchmal stehen sie lang, wollen nicht

gehen, manchmal dreht sich wer um und läuft zurück, kann sich nicht verabschieden, kein Ende finden.
Ich warte und dränge nicht. Ich habe Zeit.
Ich werde ja dafür bezahlt, dass ich Zeit habe.
Das Mädchen lässt die Luftballons für Helmuth steigen. Zwei bleiben im Baum hängen.
Alle drehen sich langsam um und gehen los, bereit, ihr Leben wieder aufzunehmen, sich dem Draußen-Tempo zu nähern. Ziehen zum Alten Zollhaus die Straße runter.
Danach ist alles still und leer.

Ich bin Grabmacher.
Es ist eine gute Arbeit.
Alle sagen: Wie kannst du das machen?
Meine Frau sagt: Wie kannst du das machen?
Meine Mutter sagt: Wie kannst du das machen?
Meinem Kind habe ich noch nicht gesagt, was ich mache.
Doch wenn ich mich selbst frage: Bedrückt mich das?, antworte ich: Nö.
Nö!
Klar, macht schon nachdenklich.
Man hofft, man bleibt noch eine Weile verschont. Wird noch eine Weile vergessen und nicht aufgerufen. Man weiß, das alles hier kann schnell vorbei sein, sehr plötzlich vorbei sein. Aber es ist eine gute Arbeit. Ein guter Beruf.
Es ist ruhig, ich bin draußen.
Und alles ist groß.
Der Blick zum Taunus: groß.
Der Blick ins Freie: groß.
Keine Stadt hier. Kaum eine Idee von Stadt hier draußen. Heiligenstock ist eher Park als Friedhof. Friedhof nebenbei.

Der Himmel: groß. Nah und groß.
Und wir sind klein darunter.
Ich bin klein darunter.
Ist das Leben verrutscht, rückt es sich hier zurecht.
Das Grün: groß.
Der Rasen: groß.
Die Baumkronen: groß. Die Eichen, Kiefern, Birken, die Eiben: alle groß.
Achtzehn Hektar Fläche. Gewann eins bis zwölf. Trauerhain, FdU – das Feld der Ungenannten. Ist unser Name. Wir nennen es so. Wer kein Geld hat oder keine Angehörigen oder beides nicht, der endet hier. Den bettet die Stadt ins Rasengrab. Den bringt sie im Rasengrab unter.
Wie heißt das noch? Elend ist unbegrabner Tod.
Auch für die Ungenannten ziehen wir uns um. Natürlich. Dunkler Anzug mit Krawatte, Handschuhe, Mütze mit Schirm – muss sein. Für jeden. Auch für die, zu denen niemand kommt, von denen sich niemand verabschiedet. Auch für sie bleibt es das gleiche Ritual. Wird es der gleiche Ablauf. Wenn sonst keiner kommt, um Adieu zu sagen, machen wir das. Wir sagen Adieu. Im Anzug. Das hat jeder verdient.
Jeder.
Adieu.
Ich weiß, wo sie liegen. Auch wenn es keinen Stein, keine Platte gibt, auch wenn das Gras später auf nichts hindeutet, kenne ich jedes Grab, auch diese unsichtbaren Gräber kenne ich.
Ich finde die unsichtbaren Gräber blind.

Ich bin zufrieden.
Ich bin Grabmacher.
Fünftausend Bestattungen im Jahr in dieser Stadt. Kann man

sich ja ausrechnen, wie viele pro Woche, pro Tag. Ja, rechnen Sie ruhig. Von Montag bis Freitag. Um neun geht's los. Um drei ist Schluss. Aber gestorben wird ja nicht gleichmäßig. Mal sind es vier am Tag. Mal die ganze Woche keiner. Letzte Woche war sehr ruhig. Der Tod verteilt sich nicht in gleichen Abständen. Der Tod ist unregelmäßig. Er kennt kein Nacht oder Tag, er braucht keine Uhrzeiten, keine Jahreszahlen, er kommt und geht, wie er will. Wie es ihm gefällt. Wie er Lust hat. Wie es ihm Spaß macht. Ja, und nimmt mit, wen er kriegen kann.
Hundert Grabmacher sind wir. Darunter eine Frau. Jeder hat seine Friedhöfe. Jeder hat seine Lieblinge.
Mein Bezirk ist Frankfurt Ost. Fünfundzwanzig Mitarbeiter auf dreizehn Friedhöfen, darunter zwei jüdische. Nieder-Erlenbach Neu, Nieder-Erlenbach Alt, Berkersheim, Fechenheim, Bergen-Enkheim, undsoweiterundsoweiter. Und hier, Heiligenstock, die Luxuslinie, mein liebster.
Grabmacher?
Keiner kann damit etwas anfangen.
Grabmacher?
Ja, Grabmacher. Der Mann fürs letzte Geleit. Der Mann für den Schlussakkord. Für den nachklingenden, abebbenden Ton nach dem Schlussakkord. *Summt.* Für das mhhhhhmmmhhh. Grabmacher – kann man doch sehr leicht übersetzen, jedes Kind kann das sofort übersetzen:
Ich mache das Grab. Ich bin der, der das Grab macht.
So was kann man nicht lernen. Es ist keine Ausbildung, da geht man nicht drei Jahre zum Friedhof und lernt Gräber ausheben, Särge tragen, Urnen halten, Schirmmützen aufziehen, neutral schauen. Angemessen neutral schauen. Nicht übertrieben, einfach nur angemessen neutral. *Zeigt.* So ungefähr.
Man fängt eines Tages einfach damit an. Und dann ist man es.

Das kann nicht jeder, wenige können es. Und einer muss es schließlich machen.
Alle wollen, dass diese Arbeit getan wird.
Aber alle sagen, wie kannst du diese Arbeit machen?
Wie kannst du nur?
Wenn ich davon erzähle, schauen die Leute komisch, gehen zwei Schritte weg von mir. Als würde ich den Tod bringen! Als könnte ich ihn übertragen! Ich bin das doch nicht! Deshalb sage ich oft nur, ich arbeite auf dem Friedhof. Nichts weiter. Und mehr wollen die Leute nie wissen.
Sage ich Friedhof, werden sie sofort stumm.
Höchstens: Oh. Oder: Oh, Friedhof.
Sage ich Friedhof, kriegen die Leute sofort Angst. Sage ich Friedhof, werden die Leute schon nervös.
Fangen an, sich zu kratzen.

Früher hießen Leute wie ich Totengräber.
Aber das klang wohl irgendwie igitt.
Tot und Grab oder graben in einem Wort – das geht nicht mehr.
Deshalb bin ich ein GrabMACHER. Machen klingt besser.
Das klingt nach Technik, nach Handwerk, nach Können, nach Energie und Geschwindigkeit: Machen.
Das passt zur Stadt.
Jeder macht hier ständig etwas. Wurschteln, Im-Zick-Zack-Rennen, Betrügen, Zocken, Dinge verkaufen, immerzu verkaufen, verkaufen, verkaufen. Nichts machen: gibt's hier nicht.
Macher, machen: Klingt doch besser. Verdrängt das kleine Wörtchen Grab daneben. Machen ist stärker.
Machen – macher – am machsten.
Ja, das Machen ist es!

In dieser Stadt denken doch alle: Wir sterben nicht. Nee, wir nicht.
Alle sind so dumm zu denken: Wir sind für die Ewigkeit gemacht.
Alle tragen diese Ewigkeits-Visagen zur Schau.
Die Stadt ist jung, die Stadt ist Leben. Die Stadt ist Licht. Ihre Lichter gehen nie aus. Es gibt keinen Augenblick der Stille in dieser Stadt. Keinen Moment des Schweigens.
Nee, hör mal, gibt's nicht.
Nicht einmal nachts um vier. Auch nachts um vier ist irgendwo irgendetwas zu hören.
*Macht Lärmgeräusche.* Brooooaaahhh. Schschschschsch.
Achten Sie mal darauf.
Die Stadt ist Laufen. Ein Wettlauf, ein lärmender Wettlauf.
Die Stadt ist Rennen. Die Stadt ist aus Rennbahnen gebaut. Galopp, Galopp, immer Galopp, Galopp. Aus Rennpisten.
Heute Trab, morgen im Grab.
Niemand denkt hier an den Tod. An das Ende.
Sie vielleicht?
Diese Stadt kommt ohne Ende aus. Das Ende wird nicht mitgedacht. Das Ende hat keinen Platz. Sie kommen wahrscheinlich auch ohne Ende aus!
Sie, ja Sie!
Diese Stadt ist immer nur Anfang. Fängt immer nur an. Ständig fängt sie an. Immerzu muss sie anfangen. Sie hat einen Zwang, immerzu anzufangen. Wacht morgens auf und fängt schon an. Schläft abends nicht ein, sondern fängt lieber wieder an. Sie verachtet die Nacht und liebt den Morgen, wenn der Wecker klingelt und der Tag beginnt. Diese Stadt ist immer nur Anfang, oder gerade mittendrin. Gerade dabei. Gerade bei dieser einen Sache. Dann schon wieder bei der nächsten.

Sagt immerzu: Heute, heute, heute.
Immerzu: Jetzt, jetzt, jetzt.

Erst am Totenhaus merken die Leute: Oh, Mist, es gibt den Tod. Also doch. Hoppla, hatte uns niemand gesagt, hatten wir ganz vergessen, hatten wir gar nicht mehr so eingeplant. Gar nicht mehr so auf dem Schirm. Erst wenn sie im Zellengang sitzen und warten, dass wir die Türen für sie öffnen, merken sie: Oh, das ist er.
Das ist er also.
Unser Zellengang, das sind fünfzehn Kühlzellen nebeneinander. Fürs letzte Treffen. Meist ohne Gespräch. Also, ohne hörbares Gespräch. Hier liegen sie wartend, aufgebahrt für die letzten gemeinsamen Stunden.
Sogar eine Dreier-Zelle gibt's. Falls alle gleichzeitig sterben. Alle auf einmal: Vater, Mutter, Kind.
Als die Bauarbeiten am Hauptfriedhof waren, wurde in unseren Zellen zwischengelagert. Die reine Leichenspedition – aus der Stadt hoch zu uns und von uns dann runter zur Bestattung.
Da war Bewegung drin! Da war was los!
Aber – ist schon komisch, wenn die Leute überrascht sind, weil sie vom Tod erwischt werden. Als hätte ihnen das keiner gesagt. Als hätte man ihnen verschwiegen, dass ein Mensch eines Tages stirbt.
Dass der Tag kommt.
Dass wir Menschen sterben.
Dass es am Ende unseres Plans steht.
Und dass sich dieser Plan immer erfüllt: ausnahmslos, ohne Ausnahme.
Dass wir dafür vorgesehen sind. Dass nur das und nichts anderes unsere Vorsehung ist. Nein, nichts anderes.

Dass sich unser Tod bereithält, sobald wir auf der Welt sind. Dass er mitläuft. Sich aufstellt, losgeht, sprintet, die Lust am Laufen verliert, einen Umweg geht, uns aber nie aus den Augen verliert, sondern irgendwann anklopft und sagt: Hallo.
Oder nichts sagt.
Nur anklopft, sich setzt und wartet.
Überall macht er das – nicht nur am Krankenbett, Sterbebett. Überall hängt er doch rum – an der Autobahnauffahrt Schwanheim-Goldstein, nachts an der Hanauer Landstraße, im Park auf einer Bank im Schatten, Louisa, Stadtwald, Günthersburgpark, auf dem Fußballplatz, Tennisplatz, im Freibad schwimmt und taucht er mit, er steht im Aufzug, in der Tiefgarage oder an den Bahngleisen – da hockt er viel, da kauert er oft. Da verbringt er gerne Zeit.
Ich wohne an den Gleisen Richtung Süden. Unter mir die Züge, über mir die Flugzeuge. Die sehe ich vom Küchenfenster. Wenn ich frühstücke, morgens um sechs. Im Sommer schon früher, da fange ich schon um sechs hier oben an und gehe um drei, das ist schön im Sommer.
Ich halte den warmen Tee in meinen Händen und schaue aus dem Fenster. Fühlt sich nach Leben an. Spricht von Leben, zeugt von Leben. Der Tee, dazu mein Toast, mein Käse, meine Marmelade. Das Radio läuft, Musik und Nachrichten. Überall ist Leben. Alles ist mit Leben gefüllt. Von Leben umgeben. Fürs Leben gemacht und gedacht. Fürs Leben entworfen.
Ich stehe am Fenster und schaue auf den Verkehr. Die Lichter an der Kreuzung gehen an und aus, das gleiche Spektakel jeden Morgen. Wenige Autos um die Zeit, aber das Leben beginnt anzuklopfen, das Leben meldet sich zurück, der Lärm setzt schon ein, die Geschwindigkeit beginnt schon aufzudrehen.
Der Pulsschlag dieser Stadt.

Ihr Nervenkostüm.
Ihre Hirnrinde.
Ich schaue in das Morgengesicht meiner Frau. Müde, aber voller Leben. Nachtnah, aber voller Leben. Verschlafen, schläfrig, aber voller Leben.
Ich nehme noch einen Schluck Tee, die Toten rufen, ich drücke ihr einen Kuss auf die Stirn und gehe, die Treppen hinab, vom dritten Stock hinab und dann quer durch die Stadt, durchs erwachende Leben, durch den schlagenden Puls hoch zu meinem Hügel der Stille.

Oh! Die Moslems sind da!
Aber da habe ich nicht viel zu tun. Jetzt gehen sie zum islamischen Bestattungsfeld. Zum Gräberfeld der muslimischen Kinder.
Sie tragen den Sarg selbst. Sie legen den Leichnam selbst ins Grab.
Der Imam im grauen Umhang hält den winzigen Leichnam. Ein Kind unter einem weißen Tuch. Keine Frauen am Grab. Heute nicht.
Einer steigt hinein und legt den Leichnam ab.
Sie schaufeln das Grab selbst zu.
Alles, was ich zu tun habe: Ich muss es zeitig am Morgen ausheben. Ich lege die Schaufeln für die Angehörigen bereit. Wird ein Erwachsener beerdigt, stelle ich eine Leiter ins Grab. Damit sie hinabsteigen können. Bei Kindern keine Leiter.
Ich räume die Dinge später weg. Das Blech, die Schaufeln.
Mehr muss ich nicht tun.

Es ist eine stille Arbeit.
Die Toten sind still.

Die Bäume sind still.
Es gibt wenige Besucher hier oben. Manchmal zieht ein Nordic Walker den Hügel hinauf. Im Herbst kommen die Kindergärten zum Kastanien-Sammeln, die Kinder gießen ihre hellen Stimmen über den Rasen, über die Gräber – großzügig, verschwenderisch.
Viel Lebensgeräusch.
Sehr viel davon.
Ich mag, wenn es still ist. Ich mag keinen Lärm. Ich kann den Lärm immer weniger ertragen. Immer schlechter aushalten.
Hinter der Baumreihe, da hinter den Steinen hört man ein bisschen Landstraße. Aber das stört nicht. Ein bisschen Stadtverkehr von der Friedberger Warte Richtung Osten.
Im Ernst: Heiligenstock schwebt über der Stadt.
Wie auf einem unbewohnten Planeten hier.
Sommer oder Winter – macht keinen Unterschied für mich. Bei Frost und Eis müssen wir mit dem Schlagbohrer ran. 2006 war der härteste Winter, minus 18 Grad am Morgen, Eis-Hände, Eis-Ohren, tränende Augen, die Luft wie ein Messer.
Das Ausheben an Eistagen, das ist schwer. Die Erde ist hart und störrisch. Wie Stein. Die will einfach nicht.
Dazu viel Schneebereitschaft – unsere Rufbereitschaft für den Schneedienst. Im Dunkeln fahre ich die Konduktwege ab und streue Split mit der Hand.
Wir Grabträger dürfen nie rutschen. Nie!
Der Sommer war lang und heiß, die Klimawandelsommer fangen jetzt an, das wird noch was. Wir haben nur mit Schlagbohrer ausgehoben, mit der Schaufel ging gar nichts mehr. Die Erde wie Beton.
Diese vier riesigen Kiefern da hat der Sommer zerstört. Getötet. Hat er auf dem Gewissen. Wir haben nur die Jungbäume

bewässert, aber die haben es auch nicht alle geschafft. Haben einfach nicht genug Wasser bekommen. Nichts zum Trinken gehabt. Und jeden Tag über 30 Grad. Das hält doch kein Baum aus!

Immerhin hat der Weihnachtsbaum überlebt. Da vorne, die große Tanne vor der Trauerhalle. Noch immer samtig grün. Noch immer üppig. Im Advent kriegt sie wieder ihre Lichterkette.

Nur für uns spielt das Wetter eine Rolle. Die Angehörigen kümmert es nicht.

In den Menschen ist Winter.

Draußen ist Sommer, Frühling, Herbst – aber in ihnen ist Winter.

In den Menschen liegt Bodenfrost.

In ihren Blutbahnen fließt das Blut knapp über Null, knapp über dem Gefrierpunkt.

An heißen Tagen bibbern sie. Das macht der Tod mit ihnen. Das macht die Halle mit ihnen. Der Tod fängt schon mal an – und den Rest übernehmen die Trauerhallen. Unsere städtischen Kühltruhen, unsere Winkel der Ruhe, unsere letzten Ecken des Stillstands, die letzten Quadratmeter für das Andere.

Lasst doch mal die Sonne rein!, möchte ich rufen.

Mann, reißt doch mal die Fenster auf!

Dieses alte, abgelegte Wort, hier fällt es uns wieder ein: Ehrfurcht. Schreiben Sie es mal auf, sagen Sie es mal, denken Sie es mal: Ehrfurcht.

Furcht und Ehre. Oder was heißt das?

Ehre und Furcht?

Furchtlos ist der Geehrte?

Furcht in der Ehre?

Keine Ehre ohne Furcht?

Ehre dem, der fürchtet?

Nur wer fürchtet, wird auch geehrt?

Das zusammengenommen, in einem Wort. So verschränkt, als Paar.
Ziehen Sie es mal ganz langsam auseinander:
E h r f u r c h t .
Und schon wird Ihnen kalt. Schon fangen Sie an zu zittern.

Ich bin Grabmacher.
Das heißt, mein Anzug ist maßgeschneidert. Der Schneider kommt und nimmt Maß. Ich habe zwei Anzüge, fünf Hemden mit langem Arm, fünf mit kurzem. Die Hemden wasche ich zu Hause, der Anzug muss in die Reinigung. Schlimm sieht der aus, wenn es heftig regnet. Einen Schirm tragen wir nicht, haben ja keine Hand frei für den Schirm. Der Pfarrer geht mit Schirm. Wir nicht. Regen, Pfützen, Schlamm, Erde – und meine Hose ist ruiniert.
Am Anfang?
Ja, am Anfang hatte ich Träume. Klar hatte ich die.
Ich immer unter einer dunklen Wolke, die zog nicht weiter. So eine schwarze, tiefhängende, jeden Moment aufreißende und lostobende Gewitterwolke. Aber nie riss sie auf und tobte los. Setzte sich nur jede Nacht in meinen Traum – fett und düster und träge.
Aber jetzt schlafe ich gut.
Schon lange. Der Tod kommt nicht in meinen Traum. Er macht halt vor meinem Traum. Halt vor meinem Bett. Vor meinem Kopfkissen. Ich bin ausgeschlafen am Morgen. Punkt sieben fangen wir an. Wir sind zu zwölft. Die Chefin plus zwölf Männer, die sich übers Grün verteilen.
Gräber ausheben. Für den Sarg: drei bis vier Männer. Für die Urne: reicht einer.
Gartenarbeiten, Rasenmähen, mit dem Rasenmäher über den

Trauerhain. Den Platten macht das nichts, den gravierten Namen mit ihrem von – bis macht das nichts. Büsche stutzen, Bäume schneiden, am Denkmalplatz welke Blumen einsammeln.
Die Chefin sagt, was zu tun ist. Wir gehen die Bestattungspläne durch.
Grünflächenamt 67.51.2. Zeit: 12 Uhr. Art: Trauerfeier und Bestattung. Art 2: Urne. Friedhof: Heiligenstock. Name: Fischer, Christl. Bemerkung: Urne kommt eine Stunde vor Trauerfeier. Überurne. Orgel. Gefüllte Schale. Grab: 04 0176 c UG, vorne links. Grabart: Urnenwahlgrabstätte. Pietät: Walter. 1. Kontrolle: Gianni. 2. Kontrolle: Ich.
Siebentausend Gräber mit Nummern. Da kann schon mal was schiefgehen. Darf nicht passieren? Passiert aber. Ist uns passiert. Ist mir passiert. Ja, echt, einmal hatten wir das falsche Grab ausgehoben. Den ganzen Vormittag das falsche Grab ausgehoben. Den ganzen Vormittag den Schweiß von der Stirn gewischt, die Schaufel aufgesetzt, uns abgestützt für eine Pause, einen Schluck Wasser getrunken und dann weitergegraben – leider an der falschen Stelle. Ein Meter dreißig mal zwei Meter zwanzig – völlig umsonst. Ein Meter achtzig tief – völlig umsonst.
Als wir uns mit dem Sarg genähert haben, ist mir plötzlich sehr heiß geworden. Als ich davor stand und gemerkt habe: Sch…, es ist das andere! Es ist das Grab daneben. 0134 ist es und nicht 0135. Sehr heiß unter meiner Mütze.
Ich hab's dem Pfarrer geflüstert. Mit der Zeit kennt man ja alle und weiß, wer verträgt einen Spaß. Wer kann gar nicht lachen. Hat nie lachen gelernt.
Die Angehörigen haben es gar nicht gemerkt. Wir haben entschieden, der Sarg bleibt stehen und wird nicht versenkt. Erst später dann, ins richtige Grab. Das wir noch ausheben mussten. Ja, das gab Ärger. So ein Mist!

Deshalb jetzt immer zwei Kontrollen. Zwei Augenpaare. Vier Augen.
Fehler sind bei uns nicht vorgesehen. So eine Bestattung muss reibungslos geschehen. Muss surren. Und gleiten. Widerstandslos. Das Sterben ist ja Fehler genug. Die Beerdigung muss fehlerfrei sein.

Also, ich bin Grabmacher.
Ich mache eine Arbeit, die keiner machen will. Von der kaum jemand etwas weiß. Von der sich alle abwenden. Oder? Wie viele Grabmacher kennen Sie? Wie viele Grabmacher lassen Sie an Ihrem Tisch essen?
Alle denken doch, das bringt Unglück. In meiner Nähe zu sein, bringt sofort Unglück. Das Komische ist: Jeder braucht mich. Jeder will, dass es mich gibt. Die Menschen würden verzweifeln, wenn es mich nicht gäbe. Jeder will, dass ich diese Arbeit erledige. Umbettungen zum Beispiel.
Umbettung – das klingt fast schön, oder?
Bett – das klingt doch weich, nach Decke und Kissen, warm und weich. Heißt aber: Alles wieder aufbuddeln und raus. Die Familie geht zurück in die alte Heimat – und nimmt die Großmutter mit. Die Familie geht zurück in die Türkei – und nimmt den Vater mit. Die Familie geht zurück nach sonstwohin – und nimmt die Mutter mit. Obwohl ich denke: Lasst den Toten die Ruhe. Lasst sie liegen, lasst sie hier. In dieser Erde.
Das weiße Leinentuch ist nach Jahren lila-schwarz. Viel besser und einfacher für uns, man wurde im Leinentuch begraben. Am schlimmsten ist so ein Zinksarg. Zinksärge – die sind wie Bunker. Sollten Sie jemals einen Bunker brauchen, verstecken Sie sich in einem Zinksarg.
Öffnen Sie mal so einen Zinksarg für eine Umbettung und ver-

suchen Sie nicht umzufallen. Denken Sie: Kloake, brackiges Wasser, gekippter Teich – und dann denken Sie noch etwas dazu. Denken Sie: faul, modrig, verschimmelt, vergoren – und dann denken Sie noch etwas dazu.
Ist die Pacht abgelaufen, zahlt keiner mehr fürs Grab, dann gibt die Chefin es frei. Wir öffnen es und entfernen den Sarg, wir räumen es. Ich muss schauen, ist noch Fleisch an den Knochen. Klebt da noch was, hängt da noch was. Oder sind es nur noch Knochen. Also, Leinen macht die Sache viel einfacher für uns. Auch Urnen sind einfach. Die Urnen verrotten, und die Asche der Toten vermischt sich mit der Erde. Asche zu Asche. Staub zu Staub. Heißt doch so.
Wir heben das Grab tiefer aus und versenken die Knochen, dann schaufeln wir Erde darauf. Das Grab kann wieder verkauft werden, der nächste Sarg kann kommen – Doppelbelegung.
Aber erst planiere ich es. Und streue Grassamen. Das Gras beginnt langsam zu wachsen. Es lässt sich Zeit, es dauert. Vielleicht weigert es sich auch. Weigert sich, an dieser Stelle zügig zu wachsen. Überhaupt zu wachsen.
Die Knochen bleiben.
Die Knochen sitzen tief in der Erde.
Irgendwann sind alle Wiesen voller Knochen.
Wir gehen über Knochenwiesen.
Da sprießt der Rasen, da zeigen sich die Gänseblümchen. Da springen die Eichhörnchen.
Sie lieben unsere Knochenwiesen.

Ich war Fahrer, jetzt bin ich Grabmacher.
Ich habe Pakete ausgeliefert. Gelbe Jacke, Scanner, immer am Rennen. Immer im Dauerlauf. Immer mit der Uhr in der Hosentasche. Immer mit der Uhr am Handgelenk. Immer gegen die

Zeit. Immer mit Warnblinker. Immer das dämliche Hupen im Rücken. Geht doch nicht schneller, wenn einer hupt!
Dann wurde verkauft, ich sollte Einzelunternehmer werden. Nein, danke, habe ich gleich gesagt, nicht mit mir. Die anderen waren früher Bäcker oder Heizungsinstallateure.
Gianni war Fischer.
Ja, wirklich. Fischer in Kalabrien.
Seit er elf war, ist er mit seinem Vater jede Nacht hinaus aufs Meer. Winter, Sommer, kaltes Wasser, warmes Wasser. Kein Samstag, kein Sonntag, kein Wochenende, kein freier Tag. Keine Freizeit. Kein Feierabend um halb vier. Mit zwanzig kam er nach Deutschland. Erst Hauptfriedhof, da war schon sein Onkel Grabmacher, dann Bockenheim, dann zu mir, Heiligenstock.
Ich frage ihn, vermisst du das Meer?
Er sagt: Nein.
Ich frage ihn, vermisst du die Sonne?
Nein, sagt er.
In Italien ist das Grabmachen anders. Sagt Gianni. Nach fünfzehn Jahren verlässt jeder sein Grab, alle werden herausgeholt. Umbettung ist Standard. Auch wenn noch Fleisch dran ist. Die Knochen werden mit Alkohol gereinigt und kommen in eine kleine Knochenschublade. Schild drauf, Name drauf. Die kennen Sie doch, diese Wände auf italienischen Friedhöfen. Schwarzglänzend unter der Sonne des Südens. Mit goldenen Schriftzügen und Fotos.
Sind Knochenwände.
Reine Knochenwände.
Ein Nord-Süd-Gefälle? Ja, gibt es. Sogar bei den Trauernden. Die Südländer schreien und weinen, sie schimpfen mit dem Tod, sie wollen ihn verjagen, vertreiben, die Südländer schütteln die

Köpfe, sie klammern, sie raunen in dieser Endlosschleife neinneinneinnein, nonononono. Einmal hat sich eine Mutter auf den Sarg geworfen. Wir standen an der Grube, hatten soeben den Sarg angehoben, wollten den Sarg gerade hinablassen – und in diesem Augenblick wirft sie sich auf den Sarg. Bäng! Noch einmal sechzig Kilo mehr. Oder siebzig. Italienerin. Die Tochter war 21. Im Sarg die 21jährige Tochter. Ich kann's verstehen, ja, klar, kann ich. Aber meine Schulter!
Die Nordländer sind gefasst und still. Meistens. Sie klagen still, sie weinen still. Sie tragen wenig nach außen, machen vieles mit sich selbst aus. Nach innen. Sie schlucken. Und gehen danach zum Leichenschmaus. Leichenschmaus! Zum Schmaus der Leiche!

Gianni kann kochen.
Ja, und wie der kochen kann! Hätte auch Koch werden können! Mittags schicken wir ihn hoch, damit er für alle Spaghetti mit Scampi macht. Spaghetti Carbonara. Spaghetti Vongole. Ich sage, ich grabe das für dich aus, und du gehst hoch kochen. Viele Italiener hier am Heiligenstock. Portugiesen. Ich sag Ihnen was: Wir haben eine tolle Stimmung!
Wir verstehen uns ohne viel Reden. Wir nicken, geben uns Kommandos ohne Ton. So ungefähr. *Zeigt Kommando, gibt Zeichen.*
Neulich hat Gianni seinen Autoschlüssel unter die Schirmmütze gesteckt. Und ihn dann vergessen. Als wir den Sarg absetzten, um uns zu verneigen, zog er die Mütze ab, und KLONK!, schlug der Schlüssel auf den Sarg.
Ja, und da versuchen Sie mal nicht zu lachen! Einfach weiter im Text und nicht lachen!

Weh tun nur die Kindergräber.
Die schmerzen. Hier, unter der Brust, über dem Bauchnabel. Das kann man nicht wegschieben, das kann man nicht ausschalten. Das kann man nicht wegatmen, nicht wegdenken. Das kann man kaum aushalten. Das ist wie Teer. Heiß ausgegossen und dann hart geworden.
Ein Meter mal ein Meter das kleinste.
Das bricht Ihnen das Herz.
Ich muss nicht weinen, wenn ein 92jähriger stirbt. Nee, muss ich nicht. Warum denn? Hat doch alles gehabt, alles erlebt, mehr darf man nicht erwarten, mehr kann man nicht kriegen als 92!
Aber bei dem Jungen musste ich.
Letzten Herbst, die Jahreszeit, wenn es früh dunkel wird. Feucht, düster, klamm und neblig. Ein Autounfall, draußen auf der Landstraße, Berger Schützenhaus Richtung Maintal. Sie kennen das, diese Herde Schafe, wenn man Bergen verlässt, – und dann die Route direkt in den Tod. Jemand war Vater und Sohn auf der Landstraße ins Auto gerast. So ein besoffenes Arschloch.
Da denkt man: Der liebe Gott hat diese Scheißkarteikarte verschlampt. Irgend so ein Scheißengel hat sie in der Konferenz mit seinem Scheißflügel erwischt, und keiner hat es gemerkt. So ein Scheißengel im ersten Lehrjahr hat sie beim Fortschweben in den scheißhimmlischen Gulli getreten.
Der Vater hat überlebt, der Junge war sofort tot. Der Vater kam mit eingegipstem Arm zur Beerdigung, humpelnd, mit Krücke. Stand mit Gips und Armschlaufe am Grab und musste seinen Sohn beerdigen. Der hatte kaum Zeit für ein DAVOR gehabt. Ganz wenig Zeit für ein DAVOR.
Wie der Vater geredet hat! Über die Unvorhersehbarkeit des Lebens. Nee, ich glaube: des Todes, ja, so ist es richtig, so muss es sein, über die Unvorhersehbarkeit des Todes. Mann! Ich hätte

schreien wollen: So ein besoffenes Arschloch muss ins Grab!
Aber nicht der Junge!
Das besoffene Arschloch!
Nicht der Junge!

Grabmacher bin ich.
Hebe das Grab aus. Das große, das kleine.
Die Urne bringe ich allein.
Den Sarg mit den Kollegen.
Ich gehe um drei, ich gehe zurück ins Leben.
Ich lasse die Stille hinter mir und gehe ins Leben. Fühlt sich warm an. Fühlt sich heiß an. Auch an kalten Tagen fühlt es sich heiß an. Mit jedem Schritt wird es lauter, manchmal ohrenbetäubend laut. Flugzeuge, Autos, Menschen, Stimmen, Straßenbahnen, Sirenen. Die Leute rennen, reden, streiten. Wie sie rennen! Wie sie immerzu reden müssen! Und Streiten. Hey, wozu streiten!? Morgen schweigt ihr.
Warum rennt ihr?
Morgen seid ihr kalt.
Warum streitet ihr?
Morgen seid ihr reglos.
Ich kann ablesen, was DAVOR geschehen ist.
So setzt sich die Trauergemeinde zusammen, so sehen die Gesichter aus. Ja, ist leicht abzulesen:
Kleines Leben, großes Leben.
Wenig Leben, viel Leben.
Karges Leben, reiches Leben.
Klasse Leben. Scheiß Leben.
Kann ich sehen, kann ich den Gesichtern in der Trauerhalle ansehen. Manchmal kommen drei, und keiner weint. Manchmal 150 und alle weinen.

Ja, alle. Alle 150.
Echt.
Wenn die halbe Stunde nicht reicht, weil sie länger weinen wollen und für die doppelte Belegung zahlen. Also zweimal die halbe Stunde. Dreißig Minuten mal zwei.
Da kann ich ablesen, wie das DAVOR war. Ganz einfach ablesen. Das Von-Anfang bis Gestern-Noch.
Ich kann sehen, wie es mit dem Glück war.
Ob es eins gab.
Ob es da war.
Ob das Glück die Hand gereicht hat – und jemand vielleicht gesagt hat: Nein, danke.
Ob das Glück die Hand gereicht hat – und jemand so dumm war und gesagt hat: Jetzt gerade nicht.
Ob das Glück die Hand gereicht hat – und jemand gesagt hat: Äh, später vielleicht.
Also, ich mache das nicht.
Ich warte nicht auf die bessere Gelegenheit. Den rechten Augenblick. Bis es für mein DAVOR dann zu spät ist. Bis mein DAVOR über Nacht plötzlich abgelaufen ist.
Peng – vorbei ist.
Ach, man muss auch nicht alles bis ins Letzte verstehen – man muss: leben.
Also:
Das Glück reicht mir die Hand – und ich sage, ja bitte!
Das Glück bestreicht meinen Toast mit Marmelade, und ich sage, Dankeschön, und wünsche mir einen guten Appetit.
Das Glück reicht mir die Hand – und ich sage, ja, passt mir gerade. Klar hab ich Zeit.
Das Glück reicht mir die Hand – und ich sage, nein, nicht später, jetzt.

Ja, passt.
Genau jetzt passt es.
Der Tod ist doch schließlich verrückt.
Nicht das Leben.

## URAUFFÜHRUNGSDATEN AM SCHAUSPIEL FRANKFURT

**Stimmen einer Stadt I–III**

*Im Dickicht der Einzelheiten* von Wilhelm Genazino
Gespielt von Matthias Redlhammer

*Absturz* von Olga Grjasnowa
Gespielt von Friederike Becht

*Ein Hund namens Dollar* von Teresa Präauer
Gespielt von Felix Rech

Regie: Anselm Weber, Bühne und Video: Philip Bußmann, Kostüme: Mareike Wehrmann, Musik: Thomas Osterhoff, Dramaturgie: Marion Tiedtke
Uraufführung am 5. Mai 2018 in den Kammerspielen

**Stimmen einer Stadt IV–VI**

*Unvollkommene Umarmung* von Antje Rávik Strubel
Gespielt von Peter Schröder

*Ich verlasse dieses Haus* von Thomas Pletzinger
Gespielt von Anna Kubin

*Branka* von Angelika Klüssendorf
Gespielt von Christina Geiße

Regie: Anselm Weber, Mitarbeit Regie: Kornelius Eich, Bühne und Video: Philip Bußmann, Kostüme: Mareike Wehrmann, Musik: Thomas Osterhoff, Dramaturgie: Ursula Thinnes
Uraufführung am 6. April 2019 in den Kammerspielen

**Stimmen einer Stadt VII–IX**

*Das Leben ist eine Kunst* von Martin Mosebach
Gespielt von Anke Sevenich

*Die Gräten* von Lars Brandt
Gespielt von Bijan Zamani

*Alles ist groß* von Zsuzsa Bánk
Gespielt von Nils Kreutinger

Regie: Anselm Weber, Mitarbeit und Regie (IX. Monolog): Kornelius Eich, Bühne und Video: Philip Bußmann, Kostüme: Mareike Wehrmann, Musik: Thomas Osterhoff, Dramaturgie: Lukas Schmelmer
Uraufführung am 9. April 2020 in den Kammerspielen

*Stimmen einer Stadt* entstand am Schauspiel Frankfurt in Zusammenarbeit mit dem Literaturhaus, Frankfurt am Main e. V.

Die Uraufführungsserie wurde ermöglicht durch den Hauptförderer *Deutsche Bank Stiftung* sowie die *Aventis Foundation, FAZIT-STIFTUNG, Deutsche Vermögensberatung* und die *Adolf und Luisa Haeuser-Stiftung für Kunst und Kulturpflege.*

# ÜBER DIE AUTORINNEN UND AUTOREN

**Zsuzsa Bánk** wuchs zweisprachig als Tochter ungarischer Emigranten in Frankfurt am Main auf. Nach einer Ausbildung zur Buchhändlerin studierte sie in Mainz und Washington Publizistik, Politikwissenschaft und Literatur. Anschließend war Bánk zunächst als freie Mitarbeiterin für Tageszeitungen tätig und später als Wirtschaftsredakteurin für das Fernsehen. Seit 2000 arbeitet sie als freie Autorin. Schon für das Manuskript ihres Romandebüts *Der Schwimmer* wurde sie mit dem Jürgen Ponto-Preis ausgezeichnet. Der Roman, erschienen 2002, spielt in Ungarn nach dem Aufstand 1956, während dem auch Bánks Eltern flohen. Bánk erhielt dafür den aspekte-Literaturpreis, den Deutschen Bücherpreis, den Mara-Cassens-Preis sowie den Adelbert-von-Chamisso-Preis. Die Erzählung *Unter Hunden* aus ihrem Erzählband *Heißester Sommer* wurde mit dem Bettina-von-Arnim-Preis ausgezeichnet. 2011 erschien ihr Roman *Die hellen Tage*, in dem sie sich mit dem Mysterium Kindheit beschäftigt. Zuletzt veröffentlichte sie 2017 ihren Roman *Schlafen werden wir später.*

**Lars Brandt** ist in Berlin geboren und aufgewachsen. Sehr jung spielte er eine Hauptrolle in der Verfilmung der von Günter Grass stammenden Novelle *Katz und Maus.* Doch statt der Schauspielerei studierte er Politikwissenschaft, Soziologie und Philosophie. Seit Mitte der 1970er Jahre ist er als bildender Künstler, Filmemacher und Autor tätig. Oft arbeitet er mit seiner Frau, der Fotografin Renate Brandt, zusammen. Von der Literaturkritik hochgelobt wurde sein Buch *Andenken* (2006) über das Verhältnis zu seinem Vater, den er in dessen Zeit als Bundeskanzler und SPD-Vorsitzender auf zahlreichen Auslandsreisen begleitete und beim Schreiben wichtiger Reden und Bücher unterstützte.

Sein TV-Dokumentarfilm *The Berliner Freund* (1998) beschäftigt sich mit der Geschichte Berlins nach der NS-Zeit. Mit dem Dokumentarfilm *Momente des Glücks – H.C. Artmann* (2000) und dem daraus hervorgehenden Buch *H.C. Artmann – ein Gespräch* setzte er dem Dichter kurz vor dessen Tod ein Denkmal. Lars Brandt schreibt Romane (*Gold und Silber*, 2008, *Alles Zirkus*, 2012) und Erzählungen (u.a. für den Rundfunk).

**Wilhelm Genazino** veröffentlichte 1965 im Alter von 22 Jahren seinen ersten Roman *Laslinstraße*. Als Redakteur arbeitete er zunächst für verschiedene Tageszeitungen und 1969/70 für die Satirezeitschrift *Pardon*, im Kreis der *Neuen Frankfurter Schule* um Robert Gernhardt und Eckhard Henscheid. In den 1970er Jahren wurde Genazino durch seine *Abschaffel*-Trilogie über das Innenleben eines isoliert lebenden Angestellten erfolgreich und bekannt. Von 1982 bis 1990 studierte er Germanistik, Philosophie und Soziologie in Frankfurt am Main. Neben seinen Romanen und Essays hat Wilhelm Genazino auch zahlreiche Hörspiele verfasst. Als Dozent für Poetik war er an den Universitäten in Paderborn, Frankfurt, Heidelberg, Göttingen und Bamberg tätig. 2004 erhielt er den renommierten Georg-Büchner-Preis der Deutschen Akademie für Sprache und Dichtung, 2007 wurde er mit dem Kleist-Preis und 2010 mit dem Rinke-Sprachpreis ausgezeichnet. Seit 2011 gehörte er zur Berliner Akademie der Künste. Sein letzter Roman *Kein Geld, keine Uhr, keine Mütze* erschien im Frühjahr 2018. Er verstarb im Dezember 2018 im Alter von 75 Jahren in Frankfurt am Main.

**Olga Grjasnowa** wurde in Baku, Aserbaidschan, geboren und zog 1996 mit ihren Eltern nach Frankfurt am Main. Längere Auslandsaufenthalte in Polen, Russland, Israel und der Türkei, Absolventin des Deutschen Literaturinstituts Leipzig. 2011 und 2019 erhielt sie das Grenzgänger-Stipendium der Robert Bosch Stiftung. 2012 erschien der Debütroman *Der Russe ist einer, der Birken liebt* im Hanser Verlag und wurde mit dem Klaus-Michael Kühne-Preis, dem Hermann-Lenz-Stipendium und dem Anna Seghers-Preis ausgezeichnet. 2014 folgte *Die juristische Unschärfe einer Ehe* und 2017 *Gott ist nicht schüchtern*. 2014 und 2018 erhielt sie das Arbeitsstipendium Literatur des Berliner Senats.

Alle ihre Werke wurden für die Bühne dramatisiert und insgesamt in 15 Sprachen übersetzt. *Gott ist nicht schüchtern* feierte im April 2020 in einer von ihr bearbeiteten Fassung am Berliner Ensemble seine Uraufführung. Im Herbst 2020 erscheint ihr neuer Roman im Aufbau Verlag. Grjasnowa war Gastprofessorin am Deutschen Literaturinstitut Leipzig und am Schweizerischen Literaturinstitut in Biel, leitete die Schreibwerkstatt der Jürgen Ponto-Stiftung und zahlreiche Workshops im In- und Ausland.

**Hauke Hückstädt** lebt mit Familie in Frankfurt am Main, wo er seit 2010 das Literaturhaus leitet. Zuvor verantwortete er die ersten zehn Jahre des Literarischen Zentrums Göttingen. Er ist zudem tätig als Herausgeber, Kritiker, Lehrbeauftragter und berät für ausgewählte Verlage Autoren in ihrer Öffentlichkeitspraxis. Von ihm erschienen neben Gedichten in Zeitschriften und Anthologien (*Twentieth-Century German Poetry.* Farrar, Straus and Giroux) der Gedichtband *Neue Heiterkeit* sowie aus dem Englischen *Etwas für die Geister* von David Constantine. Gemeinsam mit Friederike von Bünau initiierte er das Debattenbuch *95 Anschläge – Thesen für die Zukunft.* Aktuell erscheint von ihm herausgegeben die Anthologie *LiES! Das Buch. Literatur in Einfacher Sprache* mit Originaltexten von Judith Hermann, Arno Geiger, Julia Schoch u. v. a.

**Angelika Klüssendorf** ist in der DDR geboren und aufgewachsen. 1985 übersiedelte sie nach Westberlin. 1990 veröffentlichte sie ihr erstes Buch *Sehnsüchte*, das viel Beachtung fand. Seitdem stand sie mehrfach auf der Shortlist für den Deutschen Buchpreis. Ihre Erzählungen und Romane wurden mit zahlreichen Preisen und Stipendien geehrt. 2013/14 war sie Stadtschreiberin in Bergen-Enkheim. Großen literarischen Erfolg hatte Klüssendorf 2011 mit dem Roman *Das Mädchen*, der eine Kindheit in der DDR beschreibt. In *April* (2014) schildert sie die jungen Erwachsenenjahre der gleichen Protagonistin, im Roman *Jahre später* deren gescheiterte Ehe. Das Buch stand 2018 auf der Longlist des Deutschen Buchpreises. 2019 erhielt Klüssendorf den Marie-Luise-Kaschnitz-Preis.

**Martin Mosebach** lebt als freier Autor in seiner Geburtsstadt Frankfurt am Main. Er studierte Rechtswissenschaften. Gegen Ende seines Referendariats begann er als Autor zu arbeiten; 1980 erhielt er den Literaturpreis der Jürgen Ponto-Stiftung, Juror war Golo Mann. Es folgten Erzählungen und Romane, die mit zahlreichen Preisen ausgezeichnet wurden. Er ist Mitglied der Deutschen Akademie für Sprache und Dichtung, der Bayerischen Akademie der Schönen Künste, der Berliner Akademie der Künste, im PEN-Zentrum Deutschland und war 2009/2010 Fellow des Wissenschaftskollegs zu Berlin. 2007 wurde er mit dem Georg-Büchner-Preis, dem renommiertesten Literaturpreis der deutschen Sprache, ausgezeichnet. Neben den bekannten Romanen wie *Westend* (1992) oder *Das Beben* (2005) verfasst er auch Opernlibretti, Filmdrehbücher, Hörspiele und Lyrik. 2014/15 war er zu Gast in der Deutschen Akademie Villa Massimo in Rom. Aufsätze in Zeitungen und Zeitschriften wie der *Süddeutschen Zeitung*, der *Frankfurter Allgemeinen Zeitung*, der *Welt*, *Sinn und Form* u.v.a. Zuletzt erschienen der Roman *Mogador* (2016) und *Die 21. Eine Reise ins Land der koptischen Martyrer* (2019).

**Thomas Pletzinger** lebt mit seiner Familie als Autor und Übersetzer in Berlin. Er wuchs im Ruhrgebiet auf, studierte Amerikanistik in Hamburg und anschließend am Deutschen Literaturinstitut Leipzig. Sein Roman *Bestattung eines Hundes* erschien 2008. In seinem Buch *Gentlemen, wir leben am Abgrund* (2012) beschäftigte sich Pletzinger mit dem literarischen Erzählen über Sport – dem *Sports Writing*. Für seine Arbeit erhielt er zahlreiche Preise und Stipendien, zuerst den MDR-Literaturpreis (2006) und zuletzt gemeinsam mit dem Zeichner Tim Dinter den Comicbuchpreis der Berthold Leibinger Stiftung für die Graphic Novel *Blåvand* (2018). 2019 erschien sein Sachbuch *The Great Nowitzki* – eine Reportage über den Basketballspieler Dirk Nowitzki.

**Teresa Präauer** lebt in Wien. Sie studierte Malerei und Germanistik in Salzburg, Wien und Berlin. Ihr Roman *Für den Herrscher aus Übersee* wurde zur Frankfurter Buchmesse 2012 mit dem aspekte-Literaturpreis für das beste deutschsprachige Prosadebüt ausgezeichnet. Im Herbst 2014 erschien ihr Künstlerroman *Johnny und Jean*, ausgezeichnet mit dem Droste-Literaturförderpreis sowie dem Förderpreis zum Hölderlinpreis und nominiert für den Preis der Leipziger Buchmesse. Teresa Präauer erhielt 2017 den Erich-Fried-Preis. Im Sommersemester 2016 hatte sie die Samuel-Fischer-Gastprofessur an der Freien Universität Berlin inne, 2017 die Mainzer Poetikprofessur und war als Writer-in-Residence eingeladen an das Grinnell College in den USA. Zuletzt erschienen der Roman *Oh Schimmi* (2016) und der literarisch-philosophische Großessay *Tier werden* (2018). Im Herbst 2020 werden ihre Essays zur bildenden Kunst als Sammelband publiziert.

**Antje Rávik Strubel** lebt und arbeitet als Schriftstellerin in Potsdam. Nach einer Ausbildung zur Buchhändlerin studierte sie in Potsdam und New York Literaturwissenschaften, Amerikanistik und Psychologie. In New York arbeitete sie als Beleuchterin an einem Off-Off-Theater in Greenwich Village, das zum Schauplatz ihres ersten Romans *Offene Blende* wurde. Neben dem literarischen Schreiben verfasst Antje Rávik Strubel essayistische Texte, übersetzt aus dem Englischen und Schwedischen, zuletzt Lucia Berlin und Virginia Woolf, und unterrichtete am Deutschen Literaturinstitut Leipzig. Ihr literarisches Werk erhielt zahlreiche Auszeichnungen. Für den Roman *Tupolew 134* (2004) erhielt sie den Marburger Literaturpreis, *Kältere Schichten der Luft* (2007) wurde mit dem Rheingau-Literatur-Preis sowie dem Hermann-Hesse-Preis ausgezeichnet, der Roman *Sturz der Tage in die Nacht* (2011) stand auf der Longlist des Deutschen Buchpreises. Antje Rávik Strubel wurde mit einem Stipendium in die Lion-Feuchtwanger-Villa in Los Angeles eingeladen sowie als erster Writer-in-Residence 2012 an das Helsinki Collegium for Advanced Studies. 2019 erhielt sie den Preis der Literaturhäuser. Für die Reihe Gebrauchsanweisungen im Piper Verlag schrieb Strubel eine Hommage an Schweden, das auch den Hintergrund mehrerer Romane bildet. Zuletzt erschien 2016 der Episodenroman *In den Wäldern des menschlichen Herzens.*

**Marion Tiedtke** ist Professorin für Schauspiel und Dramaturgin. Nach ihrem abgeschlossenen Studium der Philosophie, Germanistik und Geschichte in Freiburg und Berlin begann sie 1989 ihre Theaterlaufbahn als Assistentin an der Schaubühne Berlin, danach folgten bis 2007 feste Engagements als Dramaturgin am Schiller Theater Berlin, Bremer Theater, Bayerischen Staatsschauspiel, Burgtheater Wien und an den Münchner Kammerspielen. Sieben von ihr betreute Produktionen wurden zum Berliner Theatertreffen eingeladen, drei Produktionen mit Preisen als beste Inszenierung des Jahres ausgezeichnet. Von 2007 bis 2017 war sie Ausbildungsdirektorin für Schauspiel an der Hochschule für Musik und Darstellende Kunst in Frankfurt sowie von 2011 bis 2014 Dekanin für den gesamten Fachbereich Darstellende Kunst. Sie arbeitete als Gastdramaturgin auch für die Oper (Salzburger Festspiele, De Nederlandse Opera Amsterdam, Covent Garden London, Bayerische Staatsoper München) und verfasste zahlreiche Artikel in Fachbüchern und -zeitschriften. Von 2017 bis 2020 ist sie Stellvertretende Intendantin und Chefdramaturgin am Schauspiel Frankfurt.

Aus Verantwortung für die Umwelt hat sich der S. Fischer Verlag zu einer nachhaltigen Buchproduktion verpflichtet. Der bewusste Umgang mit unseren Ressourcen, der Schutz unseres Klimas und der Natur gehören zu unseren obersten Unternehmenszielen.

Gemeinsam mit unseren Partnern und Lieferanten setzen wir uns für eine klimaneutrale Buchproduktion ein, die den Erwerb von Klimazertifikaten zur Kompensation des $CO_2$-Ausstoßes einschließt.

Weitere Informationen finden Sie unter: www.klimaneutralerverlag.de